KB275343

페델타

페델타

마르코 미시롤리 장편소설   김희정 옮김

Fedeltà

문학동네

일러두기

1. 주석은 모두 옮긴이주다.
2. 본문 중 고딕체는 원서에서 이탤릭체 등으로 강조한 부분이다.
3. 장편 문학작품 및 기타 단행본은 『 』, 단편 문학작품 및 시는 「 」, 영화·연극·음
   악·TV 방송명·연속간행물 등은 〈 〉로 구분했다.

또다시, 막달레나에게
실비아 미시롤리에게

그렇게 하면서 우리는 우리가 살아 있다는 것을 안다.

우리가 틀렸다는 것을 알면서.*

필립 로스,『미국의 목가』

---

*『미국의 목가 1』, 정영목 옮김, 2014, 문학동네, 62쪽.

"당신 부인이 날 따라왔어요."

"내 아내?"

"여기까지." 소피아는 그를 쳐다보았다. "교수님?"

그는 강의실 입구를 쳐다보았다.

"안뜰에 있는 것 같아요."

카를로 펜테코스테는 창문으로 다가갔고, 봄의 둘째 날부
터 입고 있던 자줏빛 코트로 마르게리타를 알아보았다. 그
녀는 담벼락에 걸터앉아 책을 읽고 있었다. 여전히 네미로
프스키였고, 한쪽 다리를 꼬고 책을 들지 않은 손으론 배낭
을 지키고 있었다. 3월 말이었고, 예기치 않은 안개가 밀라

노를 덮쳤다.

카를로는 학생들을 향해 돌아섰다. 소피아는 둘째 줄에 자리를 잡고 공책과 아몬드를 꺼냈다. 그녀는 작은 얼굴과 의외로 잘록한 옆구리의 부드러운 움직임 때문에 스물두 살보다 어려 보였다. 그녀는 학장이 그들을 불렀을 때와 같은 걱정스러운 표정으로 그를 바라보았다. 일층 화장실에 있던 그들을 한 신입생이 보았던 것이다. 그가 그녀를 껴안고 목을 쓰다듬는 것과 같은 장면. 신입생의 목격담은 이런저런 무수한 이야기로 번져갔기에, 그 모든 이야기는 펜테코스테 교수와 그의 학생이 의심스러운 성격의 접촉을 가졌다는 소문에 힘을 실어주었다.

그는 수업을 시작하지 않았다. 재킷을 입고 강의실에서 나가 계단을 내려갔다. 로비에서 걸음을 늦추고 화장실 쪽으로 고개를 돌렸다. 그는 해명하기 위해 동료 한 명과, 그리고 또 학장과 함께 그곳을 다시 갔다. 둘 모두에게 그가 오해라고 부르는 상황을 재연했다. 남자화장실에 들어가고, 소변을 보고, 공용 구역으로 나오고, 손과 얼굴을 씻은 뒤 말리고, 여자화장실에서 '쿵'하는 소리가 들리고, 문이 조금 열려 있는 걸 알아차리고, 자신의 수업을 듣는 학생 소피아

카사데이가 거의 정신을 잃은 것을 발견했다―‘거의’라는 말은 무슨 뜻이었을까? 그는 그녀를 향해 몸을 기울여 이름을 여러 번 불렀고, 그녀가 앉았다 일어날 수 있게 도왔고―그는 학장에게 어떻게 했는지 보여주었다―잠시 구석에 기대게 했다. 몇 분도 채 지나지 않아 그녀는 진정되었고, 그는 그녀가 얼굴을 씻을 수 있게 세면대로 데려갔다. 신입생의 존재는 전혀 눈치채지 못했다.

그는 아내에게 다가가기 전에 멈춰 서서 핸드폰을 확인했다. 마르게리타는 들를 거라고 미리 알리지 않았다. 그는 안뜰로 걸어갔고, 그녀는 여전히 거기에 앉아 책을 읽고 있었다.

"당신 코트를 한눈에 알아봤어." 그는 교실 창문을 가리켰다.

"힘줄을 쉬게 해주고 있었어. 올라가려고 했는데." 그녀는 책을 덮고 일어섰다. "이걸 잊었더라고." 그에게 약병을 내밀었다.

"항히스타민제 때문에 온 거구나."

"당신, 지난주에 괴로워했잖아. 그런 거 더 안 보고 싶어서."

"당신이 다리 아픈 건 싫은데."

"지하철 타고 왔어." 그녀는 그의 재킷 깃을 바로잡아주었다. "내가 당신이라면 오늘은 밖에서 수업했을 거야. 안개는 매력적이잖아."

"학생들이 산만해지거든." 그는 동생 집의 저녁식사 자리에서 처음 만났을 때처럼 그녀의 등허리에 한 손을 얹었다. 허리의 골은 그에게 탄탄한 육체의 감촉을 느끼게 했다. "올라올래? 수업 시작해야 해."

마르게리타는 선생님답지 않은 그의 손을 좋아했다. 그녀는 그의 도움을 받아 배낭을 메고 입구까지 함께 걸어갔다.

"약 때문에 정말 여기까지……"

"왔으니까 온 거야." 그녀는 시계를 가리키며 서두르라고 재촉했다. 그는 아내에게 미소를 지으며 돌아섰다.

마르게리타는 계단 너머로 그가 사라지는 것을 보자마자 유리문에 기댄 채 고개를 숙였다. 왜 그녀는 교실까지 따라갈 용기가 없었을까? 왜 건물 안으로 들어가 그 화장실로 향하지 않았을까? 어머니가 말했듯이 배짱이 없는 걸까? 그리고 지금 그녀는 왜 떨고 있을까? 그녀는 천천히 자리를 떴다. 내키지 않는 발걸음을 떼며 억지로 큰길까지 나아갔고

정문을 지나 코트의 단추를 채웠다. 그녀는 걸음을 멈추고 눈을 감으며 낙담하지 않기 위한 끈을 붙잡으려 했다. 곧 다가올 오십 분, 묘한 기분에 휩싸이는 그 시간을 떠올렸다. 묘하면서 위태로운 느낌. 수첩에 물리치료라고 적어놓은 그 일정은 모험을 의미하기도 했다. 그녀는 대학을 뒤로하고 택시 승강장으로 향하면서 불안의 해독제라도 되는 듯이 그 생각에 매달렸다. 그녀는 아침에 눈 뜨면서부터 다리가 아팠다. 치골에서 무릎으로 이어지는 통증은 석 달 전 헬스장에서 뛰고 난 뒤로 나타났다. 그 이후로 그녀는 자신을 의기소침하게 만드는 여러 조건을 감수해야 했다. 하이힐을 운동화로 바꿔야 했고, 엘리베이터가 없는 부동산은 현장 조사를 포기해야 했으며 어린아이를 쫓아다닐 수 없게 되었다.

그녀는 핸드폰을 꺼냈고, 콘코르디아대로의 집주인이 보낸 메시지를 읽었다. 친애하는 마르게리타, 서명했어요. 이제 여러분에게 맡깁니다. 그리고 동료가 보낸 메시지. 사무실에서 열쇠 받고 매물 접수함. 어머니에게서 온 부재중 전화가 있었지만, 무시했다. 그녀는 핸드폰을 쥔 채 페이스북을 열어보고 싶은 충동을 참았다. 소피아 카사데이의 계정을 열 때마다 이상한 생각에 휩싸였다. 그녀가 일하는 커피숍, 아침식사를 하는 카페, 살고 있는 동네, 그쪽으로 생각이 기울었다. 마르게리타는 택시가 늘어선 곳에 도착해서 운전사에게 물리치료센터 주소인 카푸니가 6번지를 알려주고는 좌석에 몸을 기대고 눈을 감았다. 운전사는 내부순환도로에서 공사가 진행중이라며, 돌아서 가는 게 어떻겠냐고 물었다. 그녀는 그러자고 대답한 뒤 생각하기를 멈췄다. 이따금 차창으로 밀라노와 보도의 행인들, 건물 앞의 수위들을 흘깃거렸다. 그러다 어머니를 떠올리고는 전화를 걸었고, 수신음이 한 번 울리자마자 바로 응답하는 소리를 들었다. "엄마."

"배관공에게 전화하려던 참이었어."

"무슨 일이야?"

"그거," 한숨을 내쉬었다. "그 빌어먹을 보일러."

"빌어먹을?"

"뭘 놀라니, 난 원래 욕 잘하는데. 네 아버지는 여자 입은 깨끗해야 한다고 했지만." 그녀는 잠시 말을 끊었다. "그건 그렇고, 콘코르디아대로는 어떻게 됐어? 그것 때문에 전화했어."

"방금 메시지 받았어."

"그런데?"

"엘리베이터는 없지만, 근사하더라. 매물로 올리기 전에 카를로에게 보여주려고."

"다리는 어때?"

"엄마, 엄마는 만약 의심이 생긴다면 어떻게 할 거야?"

"많이 불편해? 그야 그렇겠지."

"어떻게 할 거냐고."

"어떤 의심?"

"그냥 의심."

"의심은 증거야."

"〈법정의 하루〉* 얘기가 아니잖아."

"그게 인생이야, 애야." 그녀는 머뭇거렸다. "무슨 일인지 말해줄래?"

"도착했어. 끊어야겠다."

"애야." 그녀는 목소리를 가다듬었다. "그런 의혹은 내일 만나면 전부 해결될 거야."

"맙소사."

어머니는 코웃음을 쳤다. "몇 달 전부터 거기 가고 싶어했

---

* 재판이 진행되는 법정을 생중계하며 사법체계와 범죄학에 대해 다룬 이탈리아 인기 TV 프로그램.

잖니. 약속을 잡느라 내가 얼마나 애먹었는데. 열시 삼십분, 비제바노가 18번지, 초인종은 F."

"엄마가 뭐라고 하면서 날 설득했더라?"

"디노 부차티*가 거기 갔다니까. 손에다 적어놔."

"그럼, 엄마는 우리 시어머니 생일 좀 적어둬."

"안 갈 거야."

"아니, 올 거야."

"난 안 가. 그래도 넌 조만간 엄마 보러 와. 네가 내킬 때 오면 돼."

그녀의 어머니는 남편의 장례를 치른 후, 그가 일요일마다 신문을 읽던 안락의자에 앉아 사흘을 뜬눈으로 보냈다. 그러다 마침내 한마디했다. "이제 난 누굴 위해 요리하나." 한동안 그녀는 벼룩시장, 텍스 윌러 시리즈**, 평정심과 같은 습관에 가족을 길들인 그 남자에 대해 말하기를 꺼렸다. 그는 침묵하는 남자였기에 어머니와 딸은 그의 부재를 느끼

---

* 20세기 이탈리아를 대표하는 작가로 초현실주의와 환상문학의 거장으로 꼽힌다. 밀라노에 살며 일간지 〈코리에레 델라 세라〉 기자로 일했다.

** 이탈리아 만화가 잔 루이지 보넬리와 아우렐리오 갈레피니가 1948년부터 연재한 만화. 미국 서부를 배경으로 '텍스 윌러'라는 주인공의 모험담을 풀어낸 이야기다.

지 않기 위해 소음을 만들어내야 했다. 티격태격하고, 통화하고, 유쾌하게 웃으면서.

그녀는 택시비를 내고 물리치료센터 앞에 내렸다. 몸이 후끈거렸지만 조바심 때문이란 걸 알았다. 배낭을 열고 옷, 샤워젤, 수건, 빗을 확인했다. 프런트에 도착해 탈의실로 향했고, 반바지 안에 입을 것을 챙겼다. 어떤 종류의 치료를 받아야 하는지 알게 된 뒤 새로 산 속옷이었다. 머리를 묶고, 이어폰이 연결된 핸드폰을 챙기고, 피부관리사가 일을 대충 마무리했다고 생각하며 밖으로 나갔다. 센터에서 고객들에게 나눠준 물병을 들고 재활운동실로 들어갔다. 안드레아는 시간을 잘 지켰고 그날도 그랬다. 그녀에게 악수하며 통증이 어떠냐고 물었고, 그녀는 매번 '오락가락'이라고 대답했다. 그리고 칸막이가 철커덕 닫히는 소리와 함께 자신을 내려놓았다. 그녀의 만성염증을 누그러뜨리는 일에 진지한 스물여섯 살의 남자와 그 공간을 공유하는 데 적응하면서.

그는 그녀에게 누우라고 했다. 그녀는 반바지의 허리 고무줄을 만지작대며 그를 쳐다보았고, 그가 고개를 끄덕이자 반바지를 벗었다. 그는 전자의료기를 가져와 그녀의 허벅지 안쪽에 대고는 사타구니 쪽으로 올라가 치골 부위에 적절한 압력을 가했다. 그동안 마르게리타는 칸막이의 구석을 응시하며 천천히 호흡하려고 했다. 그가 워밍업이라고 부르는 그 십 분은 그녀가 당혹감을 견뎌내는 데 필요했다. 이윽고 그녀는 믿고 맡겼다. 그녀는 안드레아의 단호함, 손가락의 지혜, 아래로 향한 눈에서 확신을 느꼈다. 그녀도 시선을 돌리고 있었다. 그가 지금처럼 전자의료기를 치우고 속옷을 조금 더 걷으려는 때를 제외하고는. 마르게리타가 그에게서 흥분의 기미를, 직업윤리를 벗어나는 모습을 보고 싶은 순간이었다. 그녀는 치골을 누르며 힘줄을 찾는 그의 손가락에서 망설임을 느껴보려 했다. 그는 엄지, 중지, 때로는 검지로 살을 파듯이 눌렀다. 첫 대면 자리에서 그는 물리치료를 통해 기대할 수 있는 의료기의 항염증 작용, 손 마사지의 슬리밍효과와 그녀가 체육관에서 해야 할 운동을 설명했다. 25회의 물리치료가 필요한데다 검진과 초음파검사를 더해 총 2820유로가 들었다. 그녀는 비용을 감당하기 버거워서 공공의료서비스를 받으려고 시도했지만 끝없는 기다림에 지쳐 결국 그녀의 아버지가 쉬운 길이라고 불렀을 방법에 굴복하고 말았다. 쉬운 길이란 물리치료사에게 3000유로를 내는 것이었다. 쉬운 길이란 십대 때 반에서 상위권은 아니었지만 인터레일 패스를 선물 받는 것이었고, 쉬운 길이란 건축학을 전공하고 부동산중개인으로 일하는 것이었고, 쉬운 길이란 어쩌면 치료요법과 정욕을 혼동하는 것이었다.

이제 그녀는 경계선을 오가며 적절한 강도로 마사지하는 물리치료사에게 몸을 맡긴 채 통증의 정확한 지점이 어디인지 말할 때를 기다리며 그곳으로 다시 돌아갔다. 남편, 화장실 문, 대학교 5번 건물, 일층, 여자화장실. 그것은 두 달 전부터 그녀를 아프게 하는 정확한 지점이었다. 그녀는 최근 몇 주 동안 버릇을 들였듯이, 모든 일을 들추면서 그 생각을 피했다. 나는 세심하고 든든한 딸인가? 갈수록 부쩍 소홀해졌을지도 모른다. 이곳저곳으로 부동산을 답사할 때 시간을 효율적으로 쓰는가? 시간 낭비를 했을지도 모른다. 나는 노련한 세 손가락에 현혹될 수도 있을까? 그럴 수도 있다. 그녀는 화장실 생각이 떠오를 때마다 그 의혹으로부터 주의를 다른 곳으로 돌리며 자신의 본성을 헤집어볼 수 있었다.

안드레아는 자신이 마사지하는 바로 그 지점의 통증이 멈췄는지 물었다. 더 '오른쪽'이라고만 하면 그녀의 환상은 실현될 수 있었다. 안드레아는 더 오른쪽으로 나아갔을 것이고, 그 효과는 바로 그것, 기막힌 쾌감이었다.

하지만 그녀는 이렇게 말했다. "더 왼쪽으로."

그가 위치를 바꾸었다. "밤에 통증이 더 심해지나요?"

"그날그날 달라요."

"운동은 하고 계세요?"

"그것도 그날그날 달라요." 그녀는 마사지 침대에서 자세를 약간 바꾸었다. "원래는 성실한 편이지만요."

"모든 여자가 그렇게 말해요."

"모든 여자?"

"그러다 물러나죠."

"어째서?"

"문제를 정면으로 마주하지 않으니까요." 그가 조금 더 세게 눌렀다. "이 부분이 두꺼워졌어요. 느껴지세요?"

그녀는 입을 다물었다. 그녀는 그 자리를 채운 모든 여자였다. 이번 기회에 구입한 옷, 진주귀걸이와 도심의 아파트, 행동이 수상쩍은 남편, 휘둘림.

"당신은 자기 일을 사랑하는 것 같아요, 안드레아."

그는 누르던 힘을 줄였다.

"내 말은 당신이 잘한다는 거예요. 그런 소릴 많이 듣지요?”

“듣긴 하지요.” 그는 그녀에게서 떨어져 침대 발치로 갔다. 그녀의 다리 아랫부분을 손가락으로 문지르면서 천천히 다시 올라왔다.

마르게리타는 그가 서두르지 않고 사타구니로 다가와 힘줄을 낱낱이 찔러대는 것을 느꼈다. 그녀는 그가 침대에서 어떨지 상상해봤다. 잔인해질지도 모르고, 경험이 부족할 수도 있다. 그녀는 그를 데려갈 수 있는 빈 아파트 두 곳을 잠시 떠올렸다. 관리비가 너무 비싸서 임대하지 못한 사보티노가 3번지 아파트, 작은 월풀 욕조가 딸린 바치니가 18번지 스리룸 아파트.

“더 오른쪽으로.” 그녀는 스스로도 놀라며 갑자기 속삭였다.

그가 속도를 늦췄다. “오른쪽으로요?”

“조금만 더.”

그는 그쪽이 잘못된 방향이라는 것을 알았다. 그는 통증이 있는 정확한 지점에서 손끝으로 힘줄을 잡아 힘껏 꼬집고 있었다. 더 오른쪽으로 가는 건 위험했다. 미묘한 움직임만이 가능했다. 작업을 중단하지 않은 채 새끼손가락을 내려 열기와 습기, 밀도의 차이를 맛본 다음 다시 들어올리는 것. 그는 그런 일을 해본 적이 없지만, 동료들은 전문가의 표정을 유지하면서 실행하는 능력을 그에게 과시했다. 내전근 건염 환자가 오고, 여성 환자가 흥미로울 때마다 그들은 서로 맡으려고 달려들었다. 마르게리타는 눈에 띄지 않았기에 그에게 배정됐다. 예쁘고 무덤덤한 여자. 하지만 그녀는 놀라운 육체를 드러냈다. 근육의 조화나 곡선이 우아하고 탄탄한 다리, 매끈한 골반 때문이 아니었다. 긴장 속에 이어지는 오십 분간의 치료에서 힘줄과 관절, 자신의 전부를 내어주는 방식 때문이었다. 그는 일에 집중하게 하는 이 여자의 침묵이 좋았다. 마르게리타는 아무 생각도 하지 않다가도 갑자기 여러 가지를 떠올리는 것처럼 보였다. 그래서 그는 번쩍이는 생각의 빛 속에서 그녀를 놀라게 하는 게 두려운 듯 절대 시선을 주지 않았다. 그 대신 그녀의 냄새를 맡았다. 그녀는 그에게 생소한, 우유 같은 향기를 풍겼고, 그가 샤워하기 전까지 그 냄새가 느껴졌다.

그는 시계를 확인했고, 아직 오 분이 남아 있었다. 그녀가 다리를 구부릴 수 있게 도왔고, 구부렸을 때 통증이 심한 곳이 어디인지 물었다. 그리고 뒤넙다리근의 경직된 국소부위를 풀어야 한다는 걸 알았다. 그는 그녀의 발목을 어깨에 얹고 허벅지 뒤쪽을 누르며 근막을 꼬집었고, 뭉친 곳을 찾아내자 파고들었다. 그는 첫날처럼 그녀의 신음을 들었다. 비명이 아니라 신음이었다. 그는 그녀에게 참으라고 말했고, 다른 것을 느끼는 그 신음을 다시 듣기 위해 또다시 힘을 실었다. 자신도 동료들과 다를 바 없는 걸까? 그는 팔이 저려올 때까지 가볍고 빠르게 움직였다. 그녀의 다리를 침대에 내려놓았다. "이제 일립티컬머신을 좀 하고 계시면 알리체가 운동을 도와드릴 거예요."

"알리체요?"

"제가 오늘 일찍 나가거든요. 그렇지만 내일 다시 오실래요? 거슬리는 염증이 있어서요."

"내일이라니, 그렇게 일찍이요?"

"가능하다면요."

그녀는 생각해보았다. "아홉시에 올 수 있어요." 그녀는 윗몸을 일으키고 다리를 침대 아래로 늘어뜨렸다. "오후에 어디 좋은 데 가나봐요?"

그는 칸막이를 걷기 시작했다.

"내가 참견할 일이 아닌데, 미안해요." 그녀는 반바지를 입었다. "밀라노에서 자유로운 오후시간은 흔한 일이 아니라서요."

"그리 한가한 건 아니에요."

"그래요?" 마르게리타는 당황하며 얼굴을 찡그렸다. "미안해요, 나도 모르게 그만." 그녀는 그의 옆을 지나 운동기구실로 가서 일립티컬머신에 자리잡았다.

안드레아는 잠시 그녀를 바라보다가 탈의실로 향했다. 재빨리 옷을 갈아입고 물리치료센터를 나서는 순간, 더는 그녀나 환자들에 대해 생각하지 않았다. 예전에는 육체들을 지고 다녔다. 그것들을 어떻게 고칠지, 시간은 얼마나 걸릴지, 최선의 방법은 무엇일지 고민했다. 그러다 밀라노를 걸으면서 그것을 잊는 법을 배웠다. 카푸치니가 주변의 고상한 건축물들, 부에노스아이레스대로의 갑작스러운 북적임, 순환도로의 극심한 체증, 복잡한 밀라노. 복잡한은 그의 선생님을 비롯한 모든 사람이 그에게 어린 시절부터 부여한 형용사였다. 복잡해, 그는 말을 잘 안 해. 복잡해, 그는 남말을 잘 안 들어. 복잡해, 그가 반 친구를 때렸어. 복잡해, 그는 갑자기 반려견을 버렸어. 복잡해, 여자친구가 전혀 없다가도 아무나 막 만나고 다녀. 복잡해, 안드레아 만프레디.

그의 어머니가 아들이 밀라노처럼 복잡해서 언뜻 보기에는 어려운 사람이라고 말했을 때, 그는 이해된다는 것이 무슨 뜻인지 알았다.

이제 그에게는 이 '소속감'이 필요했다. 빌라 인베르니치와 거기 분수에 있는 낯선 느낌의 플라밍고들을 지나고, 매연에 그을린 아르누보풍 건물들 아래를 지나고, 게이들과 아프리카인들과 부르주아들과 뒤섞여 포르타베네치아로 향하는 거리들을 거슬러올라가, 싱그러운 풀로 뒤덮인 피아베가의 선로를 1킬로미터 정도 따라가면서 걸었다. 그는 주머니에 두 손을 넣고 어깨를 구부린 채 거드름 빼는 자세로 걷곤 했다. 트리콜로레광장에 도착해서 9번 전차를 타고 유행이 되기 전에는 밀라노의 교외였던 포르타로마나까지 갔다. 그는 그곳에서 자랐고, 그의 부모님은 이십삼 년 동안 산탄드레아성당 앞에서 신문가판점을 운영했다. 가판점에서 여섯 해 연속 여름과 두 해 겨울 내내 새벽부터 일한 덕에 그는 물리치료과정을 밟는 데 필요한 학비를 댈 수 있었다. 반품되는 신문들을 꼼꼼하게 확인하고, 나름의 수완을 발휘해 상품들을 진열했다. 잡지 사이에 마블 만화, 동물 그림책, 파니니 축구 앨범 같은 침입자를 끼워넣었다. 아버지는 아들이 그렇게 하도록 내버려뒀다가 다시 정리했다. 그의 아버지는 항상 다시 정리했고, 그날도 상자 위로 몸을 굽힌 채 2유로에 파는 중고 〈우라니아〉 과학소설 잡지를 꼼꼼히 쌓고 있었다. "난 안 갈 거야." 안드레아가 도착하는 것을 보고 아버지가 말했다.

"황소고집이야." 어머니가 가판점에서 나와 손짓했다. 안드레아는 아버지의 팔을 잡고 일어나게 도왔다. 어머니가 진료기록이 담긴 폴더를 안드레아에게 건네는 동안 그는 눈가가 촉촉해진 아버지를 그 자리에서 붙잡고 있었다.

"나중에 결과 알려줘." 어머니가 말했다.

그들은 길을 건너 성당 옆을 지나갔다. 추운 것처럼 서로 바짝 붙어 걸었고, 노인은 가지 않겠다는 말을 반복했다.

"예약하는 데 두 달이나 걸렸어요."

"네 엄마랑 똑같은 소리를 하는구나."

"검사받는 것뿐이에요."

"억지로 강요하지 마라."

"마음대로 하시든가요."

가판점 앞에 쓰러진 채 왼팔을 잡고 가슴 통증을 호소하는 아버지를 록카페의 손님들이 발견했고, 그 이후 그는 자기 하고 싶은 대로 했다. 그는 병원에서 삼중우회술을 받았고, 바티칸―교황이 아니라 추기경들―과 인터밀란―구단주 모라티가 아닌 선수들―이 극도의 스트레스를 준 원인이라고 말했다. 그리고 신문가판점 탓이라고 했다. 의사들은 그의 말에 동의했고, 평생 밤에 네 시간만 잔 것이 심근을 약하게 만들었다고 했다. 그래서 그는 잠을 한 시간 더 잤고, 〈도메니카 스포르티바〉*를 보며 고함치거나 과로하는 걸 멈췄다. 아내의 말버러 담배를 몇 모금씩 빨던 것도 끊었다. 필요한 것들이 닥치기 전에 대비하는 일도 그만뒀다. 안드레아는 잘해낼 것이다. 마리아도 그럴 것이다. 그가 해야 할 일은 단 하나였다. 자기 몸 잘 챙기기.

"얼른 진찰받고 끝내세요."

"개나 한 마리 다시 키우고 나한텐 신경 꺼라."

안드레아는 반걸음 뒤에서 걸었고, 그네 근처의 벤치까지 계속 아버지를 따라갔다. 그들은 자리에 앉았다. 안개 때문에 태양이 약해졌고, 아버지는 폴로셔츠의 단추를 끝까지 채우고 청바지에 몸을 담근 채 다리를 시계추처럼 흔들었

---

* 1953년부터 방송된 이탈리아 TV 스포츠 프로그램.

다. "독일셰퍼드면 되겠다."

맞은편 벤치에는 가죽 배낭을 허벅지에 얹은 젊은 여자가 앉아 있었는데, 배낭에서 무언가를 꺼내 먹고 있었다. 안드레아는 그녀를 바라보았다. 여자는 우울해 보였다.

"아니면 마렘마." 아버지는 등을 곧게 펴고 한쪽 어깨를 움켜쥐었다.

"아버지나 키우세요."

"그래야 나한테 신경을 안 쓰지." 그는 계속 어깨를 잡고 있었다.

"어디 안 좋으세요?"

"가게 의자 때문에 어깨가 굳었어."

안드레아는 자신의 손을 내려다보았다. 크고 매끈하고 약지가 검지보다 길었다. 한 손으로 다른 손을 감싸 비볐다. 그는 결정을 내리지 못할 때 항상 손을 문지르곤 했다. 어깨를 잡고 있는 아버지를 곁눈질로 흘끔거렸다. 그는 아버지를 무시하려고 애쓰며 우울한 여자에게로 시선을 옮겼고, 그녀도 자신을 보고 있다는 걸 깨달았다. 뒤에서는 남아메리카 출신의 유모들이 그네 옆에서 수다를 떨고 있었다. 그는 손바닥을 얼굴에 댔다. 아직도 마르게리타 냄새가 났다.

손을 내렸다. "어디가 불편하신데요?"

"벤투리 부인이 더는 〈코리에레 델라 세라〉*를 안 사. 남편이 컴퓨터에서 읽는대."

"어깨요?"

"내가 없어지면 바로 가판점을 팔아라."

"어깨만 그래요?"

"목도 조금."

"뒤로 쭉 기대고 팔을 옆으로 내려보세요."

"가판점을 바로 팔라고, 알겠니?"

"시키는 대로 해보시라니까요."

아버지는 움직이지 않았다. 안드레아는 벤치 뒤로 가서 그가 등을 기대게 한 뒤 마사지를 시작했다. 아버지의 가냘픈 몸을 느끼곤 아프게 할까봐 두려웠다. 그들은 코가 똑같이 생겼지만, 부자지간이라는 사실은 숫기 없는 표정에서 알 수 있었다. 소피아는 그들에게서 시선을 거두고 아몬드 씹기를 멈추고는 배낭을 들어 어깨에 멨다. 그녀는 펜테코스테 교수의 강의 도중에 나와서 91번 트롤리버스를 탔고,

---

* 밀라노에서 발행되는 이탈리아 최대 일간지.

차창으로 라비차공원을 보자마자 내렸다. 그녀는 리미니를 떠난 이후로 탁 트인 공간을 그리워했다. 여섯 달 전, 인생이 바뀔 거라는 기대와 갈망에 사로잡혀 밀라노 중앙역에 도착했지만 다시 원점으로 돌아갔다. 지방에서 올라온 스물두 살의 여자애는 후회할 일을 저질렀다.

그녀는 풀밭을 가로질러 길에 다다랐을 때 노인과 그를 마사지하는 청년을 마지막으로 돌아보았다. 안개가 그들을 흐려놓았다. 그녀는 천천히 계속 나아갔다. 낮은 지붕의 집들과 상점들이 있는 포르타로마나는 소피아의 마음을 편안하게 해주는 동네였다. 그녀는 성당 앞을 지나가다가 문득 멈춰 섰고, 펜테코스테에게 사과하고 싶은 마음을 인정했다. 친구들 앞에서 교단으로 다가가 또다시 의혹을 불러일으키게 했다. 그의 아내가 자신을 따라온 게 아니라 우연히 같은 길에 있었다는 걸 실토하고 싶었다. 하지만 그가 왜 거짓말을 했느냐고 묻는다면, 그녀는 뭐라고 대답할 수 있을까? 그녀조차도 그 이유를 몰랐다. 지하철에서 펜테코스테의 아내를 발견했을 때 승객들 사이에 섞여 그녀를 계속 지켜보았고, 학교에 도착할 때까지 일정한 거리를 유지했다. 그녀가 안뜰에 앉는 것을 보고는 강의실로 가서 교수에게 다가가 그 작은 거짓말을 했다. 그에게 말하는 동안 복수의 후련함을 느꼈다. 화장실 사건 이후 그는 그녀를 멀리했고, 대화할 기회를 피하려고만 했다. 거의 두 달 전에 제출한 두번째 단편소설에 대해서도 아무 말이 없었다. 첫번째 소설 때는 평가를 남겼다. 두서가 없다고 했다.

"두서가 없다고요?"

"그래."

그래서 그녀는 두번째 이야기를 그에게 건넸다. 피아트 푼토*를 타고 가며 어머니와 있었던 일을 손으로 써서 일곱 쪽을 채웠다. 제목을 있는 그대로라고 붙였다. 어느 수요일 아침, 그녀가 교수에게 그 글을 내밀었을 때 그는 과제 이외의 자유 창작물은 받지 않는다고 말했다. 그녀는 종잇장을 들고 있다가 교단에 놓아두었고, 그가 책들과 노트북과 함께 그것을 집어 가방에 넣을 때까지 수업 내내 지켜보았다. 그는 그들이 학장실로 불려갔을 때처럼 그녀의 시선을 피했다. 그녀의 말에 모든 것이 달렸다는 사실을 알면서도 공모자로 존중하지 않았다. 그녀는 대본을 고수했다. 화장실에

---

* 이탈리아 자동차 제조업체 피아트가 1993년부터 2018년까지 생산한 소형차.

서 쓰러졌고, 그가 일으켜세우며 도와줬다는 내용. 학장은 어떠한 문제도 없을 것이며, 펜테코스테가 고집하지 않았다면 이렇게까지 하지도 않았을 것이라고 거듭 말했다. 이틀 전에 그녀는 말을 맞추기 위해 차이나타운의 한 카페에서 교수를 만났다. 그들은 순서와 제스처, 자연스러운 타이밍을 맞추어가며 사건의 경위를 상세하게 조정했다. 그들은 대본을 짜고 반복했으며, 나머지 시간은 이런저런 얘기를 나누며 보냈다. 그들은 밖으로 나와―교수가 계산을 치르고―헤어졌다. 그녀는 기념묘지로 이어지는 길을 걸어갔다. 핸드폰을 꺼내 녹음 기능을 끄고는 이어폰을 끼고 한 번, 두 번, 세 번을 다시 들었다. 그녀가 녹음하기로 한 건, 열매는 나무에서 먼 곳에 떨어지지 않는다*는 의미였다. 끊임없는 박해를 품은 현실로부터 자신을 보호하고 무장하고 방어하는 것. 그것은 그녀의 가족이 지닌 집착이었다. 책이 아닌 숫자가 밥벌이가 된다. 관광경제학 3년제를 다녀라. 무용을 계속하면 유명한 회사에 들어갈지도 모른다. 너보다 나이 많은 남자들을 조심해라. 밀라노에 가면 시간만 낭비

---

* 자식은 항상 부모를 닮는다는 뜻의 고대 속담.

하게 될 거다. 오십일 분 삼십칠 초의 녹음을 간직하는 것은 그녀 역시 그 부류라는 증거였다. 그러나 그녀를 자기 자신으로 되돌리는 한 가지가 있었다. 바로 펜테코스테의 음색이었다. 부드러운 억양, 살짝 열린 O 발음, 수줍은 듯하면서도 유쾌한 웃음이 그녀를 들뜨게 했다. 어쩌면 그녀는 이십일 분에서 이어지는 독백을 기분좋게 즐기는, 이런 부류일지도 모른다.

"생수 한 병도 주시겠어요? 다른 거 필요하니, 소피아? 알았어, 그럼 생수만 주세요. 감사합니다. 아까 말했듯이, 편도선수술 후에 부모님은 보상으로 병아리 한 마리를 선물로 주셨어. 내가 네 살 때였을 거야. 우리는 병아리에게 알프레도라는 이름을 지어주고, 커다란 상자에 넣어 아래층 조부모님 집에다 뒀어. 녀석은 예의바르고 거의 지저귀지도 않았어. 혼자 있을 때면 나는 병아리를 주방에 자유롭게 놓아주고는 녀석이 폴짝거리고 깡총대려는 걸 관찰했어. 내가 가장 매료됐던 건 병아리를 상자에 다시 넣었다가 곧바로 다시 자유를 주는 것이었어. 삼십 년이 훌쩍 지나서 깨달았지. 상자에서 주방으로의 이동, 작은 발이 소심하면서도 억제할 수 없는 추진력을 획득하는 그 정확한 순간이 내게 흥미로웠다는 걸. 그렇다고 그것이 상자에 갇힌 병아리를 보는 게 싫었다는 의미는 아니야. 병아리의 변화에 매료됐거든. 누군가가 기회를 얻음으로써 겪는 변화가 흥미로웠던 거야. 내 말이 무슨 말인지 알겠니?"

그녀는 독백을 듣다가 펜테코스테가 추진력propulsione이라고 말한 부분에서 정지 버튼을 누르고 뒤로 돌려 다시 들었다. 대담한 p와 소심한 s. 추진력, 병아리, 밀라노, 그녀가 다니는 석사과정, 산나차로대성당과 체데르나정원 사이의 통로를 통해 지금 가고 있는 커피숍의 아르바이트. 커피숍에서 그녀는 스토리텔링 수업과 자신의 현실적인 면을 결합했고, 때로는 주문서에 생각을 적기도 했다. 그곳은 빈티지 느낌의 나무 바닥이 깔려 있고, 메뉴에 채식 추천 요리—쿠스쿠스 샐러드가 대표 메뉴—가 있는 아늑한 장소였다. 그녀는 세금을 빼고 시간당 9유로를 받았다. 대학 게시판에서 구인광고를 보았고, 이틀 동안 시용 기간을 거쳤다. 그들은 카푸치노 거품에 하트나 작은 무늬를 더 완벽하게 그려달라는 말을 덧붙이며 그녀를 채용했다. 일주일에 여섯 번 출근하고 약간의 초과 근무를 하면, 월세를 떼고도 아버지가 석사과정을 위해 빌려준 학비 7000유로 중 일부를 갚을 수 있을 것이다. 그날도 주머니에 45유로를 넣을 예정이었다. 칼릴과 그의 고향 요르단에 관해 얘기하면서 계산대의 참깨 시리얼바를 정돈할 것이고, 특별 메뉴를 적는 칠판을 알록달록한 테두리로 장식할 것이고, 손님들에게 친절히 대하려고 노력할 것이다. 그러면서 그녀는 현재와는 다른 미래를 상상할 수 있을 것이다.

가게에 도착했을 때는 손님 다섯 명이 테이블에 앉아 있었다. 소피아는 연어 아보카도 토스트를 재빨리 먹고는 탈의실에서 옷을 갈아입고 허리가 조이지 않게 앞치마를 묶었다. 시계를 벗고 굵은소금 한 꼬집을 주머니에 넣었다—그녀의 이모는 알갱이 몇 개면 충분히 나쁜 기운을 막을 수 있다고 했다. 그녀는 칼릴에게 다가가 그의 셔츠 소매를 더 반듯하게 걷어올려줬다. "아직도 리미니가 그리워." 그녀가 그의 어깨를 쓰다듬으며 말했다.

"여기 온 지 얼마 안 됐잖아."

"여섯 달은 적은 시간이 아니야."

"밀라노에서?"

"오늘 계산대는 내가 맡아도 되지?"

그들은 나란히 서 있었다. 그녀는 계산대 앞에, 그는 커피머신 앞에. 손님이 없을 때 그들은 조용히 있었고 가끔 칼릴이 업무일지를 함께 작성하자고 했다. 그날도 그랬다. 그녀는 포스트잇을 들고 쓰기 시작했다. 창문 닦기. 그가 맞받았다. 쓰레기 버리기, 그녀는 아침 재료 주문, 그는 교대 근무표 점검, 그녀는 과일 자르기, 그는 기도 다섯 번.

"너 요르단계 기독교인이잖아."

"주변 사람 94퍼센트가 무슬림인 데서 자라면 너도 경쟁심 때문에 몇 번씩 기도하게 될 거야."

그녀가 웃었다.

"이제, 리미니 아가씨, 네 할일 마저 적고 마무리하세요."

"내 건 다 썼어."

"과일 자르기? 아주 빈틈이 없으시군."

문이 열리는 소리가 들리자 그녀는 고개를 들었고, 펜테코스테의 아내가 있는 걸 보았다. 그녀는 안으로 들어와 문을 닫고 있었다. 소피아는 커피머신으로 가서 칼릴에게 계산대를 대신 봐달라고 했다. 그녀는 실내를 등지고 스펀지에 물을 적셔 조리대를 닦기 시작했다. 부인이 다가와 벽에 붙은 메뉴판을 확인하고 그린 스무디를 주문했다.

칼릴은 그녀에게 스몰, 미디엄, 라지 중 어느 것을 원하는

지 물었다.

"스몰로 주세요, 고마워요."

"테이블로 가져다드릴게요."

소피아는 스펀지를 치워두고 도마를 중앙에 놓았다. 냉장고 서랍에서 사과, 회향, 바질, 라임, 생강을 꺼내 자르기 시작했고, 그러다 멈추고 돌아보았다. 그의 아내는 창가 좌석 중 한 곳에 앉아 있었다. 재료들을 착즙기에 넣고 일곱 번을 돌렸다. 주스를 컵에 따르고 뚜껑과 빨대를 얹어 칼릴에게 건네주고 탈의실로 들어갔다. 그녀는 벽에 기대어 두 손을 모아 눈 위에 얹었다. 돌아가야 한다는 걸 깨달을 때까지 그대로 있었다. 그녀가 나왔을 때 칼릴은 라디오 채널을 바꾸고 있었다. "괜찮아, 소피?"

하지만 그녀는 주스를 홀짝이며 잡지를 넘기는 그의 아내를 응시했다. 부인은 자줏빛 코트를 벗었고, 생각에 잠긴 얼굴로 입술 끝에 빨대를 물고 있었다.

칼릴은 소피아에게 손짓했다. "괜찮니?"

그녀는 그렇다고 대답하고 과일 찌꺼기를 버렸다. 교수의 아내를 하루에 두 번이나 보게 됐는데, 석사과정 입학식을 포함하면 총 세번째였다. 그날 그녀가 매력적인 여자라고 생각했다. 오버핏 셔츠, 조심스러운 발걸음과 잘 어울리던 펌프스 구두를 아직도 또렷하게 기억했다. 그녀는 지금도 매력적인 모습이었다. 한쪽 눈을 가린 갈색 앞머리, 느긋하게 꼬아 앉은 다리. 그녀는 비르나 리시를 떠올리게 했다. 소피아는 비르나 리시가 나오는 오래된 영화들을 정말 좋아했고, 어머니와 함께 보곤 했다. 그녀는 염탐하는 걸 멈추고 주문장을 가져와 아침식사 시간 이후 칼릴이 작성한 재고 목록과 합쳤다. 그녀는 저지방우유 주문량을 곰곰이 따져봤다. 일주일에 한 상자는 더 줄여서 발주해야 했다. 그러다 나무 바닥에 의자 끄는 소리가 들렸다. 고개를 들었고, 그의 아내가 다가오는 것을 보았다. 이윽고 그녀가 눈앞에 있었다. "얘기 좀 할 수 있을까요?"

소피아는 펜을 내려놓았다. "저요?"

부인은 고개를 끄덕였다.

칼릴이 그들을 보았다. "어서 가봐."

소피아는 앞치마를 부여잡으며 계산대를 지나 문으로 향했다. 부인은 칼릴에게 고맙다고 말한 뒤 그녀를 따라왔다. 그들은 밀라노대학교의 벽으로부터 백 미터 떨어진 자갈 깔린 마당에 있었다.

"소피아 맞지요? 펜테코스테 교수의 수업을 듣고 있고."

그녀는 고개를 끄덕였다.

"만나고 싶었어요." 부인은 핸드백과 배낭을 바닥에 내려놓고 눈앞의 머리카락을 쓸어넘겼다. 소피아는 진지할 때도 웃고 있는 그녀의 눈빛이 비르나 리시를 닮았다는 걸 알 수 있었다. "학생 얘기를 듣고 싶었거든요."

두 청년이 그들 옆을 지나 커피숍으로 들어갔다. "어떤 얘기요?"

"부탁해요."

"아," 그녀는 중얼거리며 앞치마 자락을 매만졌다. "교수님이 말씀하신 대로……"

"학생이," 부인은 그녀의 말을 끊었다. "학생이 직접 말해주세요."

"제가 몸이 안 좋았는데 교수님이 도와주셨어요."

"정말로."

"정말이에요."

"전에는, 그전에는 어땠어요?"

안개가 걷혔지만, 다시 내릴 것 같은 느낌이 들었다. "그전이라뇨?"

"화장실에서 그 일이 있기 전."

"평범했는데요."

"평범하다는 게 무슨 뜻이죠?"

"수업하고, 가끔은 밖에서 글에 대한 피드백을 주시고." 보더 콜리와 그 주인이 그들 옆으로 지나갔다. "교수님 방식대로요."

"펜테코스테 방식."

소피아는 화단 옆에서 다른 개 두 마리의 냄새를 맡는 보더 콜리를 바라보았다. "교수님은 의미 있는 장소로 저희를 데려가시거든요."

"거기서 수업하는 거군요."

"네."

"어디로 데려갔어요?"

"파니니가게요."

"브레라에 있는 비안차르디?"

소피아가 고개를 끄덕였다.

"다른 곳은요?"

"한번은 차이나타운도 갔어요." 그녀는 앞치마에서 손을 꺼내 옆으로 내렸다. "지금 심문받는 것 같아요."

“제발, 부탁해요.” 펜테코스테의 아내는 미소를 지으려고 했다. “왜 거기 데려간 거죠?”

리미니. 그녀의 아버지와 철물점의 파란색 가운. 동쪽 끝에 있는 노란 등대의 기슭, 귀환. “저희는 소그룹 활동을 해서, 교수님은 저희에게……” 그녀는 목소리를 가다듬었다. “그 장소를 배경으로 하는 이야기를 쓰라고 하셨거든요.”

“그렇담 다른 학생들도 있었나요?”

“네.” 그녀는 거짓말에 고개가 숙어졌고, 시선을 바닥에 두었다.

“학생 말이 맞아요. 심문하는 것 같네요.”

“괜찮아요.”

“반가워요, 난 마르게리타예요.” 그녀는 팔을 뻗어 손을 내밀었다.

소피아는 그녀의 손을 잡았다. 부드러운 손이었다.

“학생과 얘기해야 했어요. 날 이해해주리라 믿어요. 이해하죠?”

그녀는 고개를 끄덕였고, 그건 사실이었다. 그리고 날씬한 몸매와 대비되는 골반의 곡선을 보며 그녀에게 감출 수 없는 묘한 동질감을 느꼈다.

“그럼 안녕히 가세요.” 소피아는 안으로 돌아가려고 했다.

“저기.” 부인은 가방을 다시 어깨에 멨다.

소피아가 돌아보았다.

“저기, 방해해서 미안해요.”

마르게리타는 출발했고, 첫 세 걸음을 내디디며 어째서 미안하다는 말이 나왔는지 의아해하다가 이내 혼란에 휩싸였다. 마지막 한 마디는 실수였다. 무슨 말이 하고 싶었던 걸까. 중요한 건 그녀가 측은한 여자로, 덜덜 떨며 휘둘려 사는 여자들처럼 보이지 않는 것이었다. 인도 패스트푸드점 앞에서 발걸음을 늦추며 마르게리타는 그 생각을 곱씹었다. 대체 왜 사과했을까? 어쩌면 그녀가 열두 해 전에는 소피아였을 테고, 아마 지금은 물리치료사의 말처럼 모든 여자였기 때문이다. 그녀는 걸음을 멈추고, 같은 상황이었다면 분명 자신도 소피아 카사데이처럼 행동했을 거라고 생각했다. 만만한 남자의 경계를 위협하려고 했을 것이다. 그녀는 오른손을 바라보았다. 악수를 어떻게 했던가. 충분히 힘을 줘서 잡았던가? 그녀는 땀에 젖은 손을 주머니에 넣고는 무언가를 달성했다고 확신하며 걸어갔다. 이제 그녀는 화장실 장면을 상상하는 걸 멈출지 모른다. 그가 그녀의 위에 있다. 그의 집요한 혀를 받아들이는 여자애, 혹은 무릎을 꿇고 있는 그애 앞에서 바지를 풀고 서 있는 카를로. 마르게리타는 남편에게 호된 질책을 퍼붓지 않았다. 학장이 진실을 알아주길, 아내가 진실을 알아주길, 온 세상이 그 빌어먹을 진실을 알아주길 바라며 소란을 일으킨 건 카를로 자신이었다. 카를로는 그들에게 그럴싸한 변명의 말을 쏟아냈고, 이 사실이 그녀를 화나게 했다. 그녀는 걸음을 재촉했고 근육이 따끔거렸다. 두오모광장에 도착했을 때는 지쳐 있었다.

그녀는 사무실에 메시지를 보내 들어갈 수 없을 거라고 알렸다. 갈레리아 근처에서 머뭇거리다가 지하철로 내려가 그녀가 가고 싶은 유일한 곳으로 향했다. 자동판매기에서 승차권을 사고 북쪽으로 가는 승강장의 벤치에 앉아 기다렸다. 네미로프스키의 책을 꺼내 허벅지에 올려놓았다. 『쉬트 프랑세즈』는 활기가 넘치는 소설이었다. 하지만 아우슈비츠가 작가의 꿈을 방해하기 전, 이 소설이 인생 마지막 업적이 될 것이란 징조가 있었다. 그녀는 네미로프스키의 남편이 쓴 전보를 머릿속에 되새기며 지하철에 올랐다. 아내가 경찰에게 잡혔을 때 그가 아내의 편집자에게 쓴 것이었다. '이렌이 오늘 갑자기 떠났음. 피티비에(루아레)로 향함. 긴

급한 개입 요망, 전화를 걸었지만 연결이 안 됐음.'

그녀는 파스테우르역에 도착할 때까지 책을 쥐고 있었다. 다시 지상으로 올라가 자신이 자란 동네를 가로질렀다. 예전에는 밀라노 토박이들만 살던 곳이었지만, 지금은 스물일곱 개의 서로 다른 민족, 학생들이 모여 있어 활기가 돌았다. 그녀는 중국 음식점과 모로코 식료품점이 있는 레게가로 들어서며 걸음을 늦췄다. 이곳은 격정에 휩쓸리기 전, 아직 주어진 삶에 만족하며 살던 시절의 그녀 자신이었다. 그녀가 어릴 때 살던 건물은 모퉁이에 있었다. 일층의 유제품 가게는 이제 튀니지 가족이 운영하는 카페로 바뀌었고, 일리 커피와 고속 인터넷을 제공했다. 그녀는 열쇠를 꺼냈지만, 초인종을 누르기로 했다. 두 번 누르자 인터폰이 지지직거렸고 그녀가 말했다. "나야."

"누구?"

"엄마 딸."

대문을 밀고 첫번째 계단을 올라가니 어머니가 층계참에서 기다리고 있었다. "무슨 일 있구나."

"보일러 수리공은 왔어?"

"말 돌리지 마."

"딸이 엄마 좀 보러 오면 안 돼? 보일러는 어떻게 됐어?"

어머니는 입술을 비틀었다. "감, 압이었어." 그녀가 또박또박 발음했다. "팽창 탱크가 비어 있었대."

그녀는 어머니의 뺨에 입을 맞췄다. 올레이 화장품 냄새가 났다. 어머니는 키가 자그마해서 항상 딸을 올려다보았다. "배고프니?"

마르게리타는 작은 거실로 갔다. 아버지의 안락의자는 책장에서 멀리 옮겨져 있었고, 소리를 끈 TV에서 라이1 채널이 나오고 있었다.

"애야, 다 말해봐."

"엄마 집에서 한 시간만 보내려고 왔어."

"2차세계대전 때 휴가를 낸 처칠처럼." 그녀는 딸 옆에 앉았다. 딸이 속상해하는 걸 느낄 때마다 그녀는 조용히 있었다. 마르게리타가 어렸을 때는 혼란스러워하는 딸애의 머리에 가끔 입을 맞추곤 했다. 하지만 딸이 결혼한 후로는 더 조심스럽게 친밀감을 유지하려 했다. 곁에 있거나 셔츠 깃을 바로잡아주거나 손등으로 코트를 쓸어주면서.

그녀는 딸의 손에서 네미로프스키의 책을 빼냈다. "있잖아, 고백할 게 있어. 난 예전만큼 책을 안 읽게 되더라." 그러곤 책장을 가리켰다. "결혼생활 때문에 책을 읽었다는 걸 알게 됐지 뭐니."

"아빠랑 사는 게 그렇게 지루했어?"

"그 반대야. 독서는 사운드박스 같았어." 그녀는 앞머리를 쓸어넘겼다. "무슨 일인지 말 안 하고 싶은 거면, 내가 말할게. 무슨 일인지."

"아무 일도 없어, 말했잖아."

"판넬라*가 꿈에 나왔다면 뭔가 있는 거야."

"엄마!" 마르게리타는 웃음을 참을 수 없었다. "왜 항상 정치 얘기야?"

"난 베를루스코니에게 투표한 남자와 살았어. 왜냐고 물었더니 네 아빠가 뭐라고 말했는지 아니?"

"뭔데?"

"〈드라이브 인〉** 때문에 실비오에게 투표했대."

"가슴과 엉덩이."

---

* 이탈리아 정치인이자 언론인 마르코 판넬라. 급진적 자유주의 성향으로 비폭력과 인권운동 등에 앞장섰다.

** 실비오 베를루스코니의 소유였던 민영방송국 이탈리아1에서 방영된 코미디 버라이어티쇼. 몸을 드러내는 의상을 입은 여성이 진행자 보조 역할을 하는 등 기존의 관습을 깬 파격적인 소재로 1980년대에 큰 인기를 끌었다.

"가벼움." 그녀는 소파에 몸을 기댔다. "가슴과 엉덩이가 좋은 오락거리가 된단 걸 너도 알게 될 거야."

"그쯤하고 넘어가."

어머니가 고개를 들었다. "역시 남편 때문이구나."

"그 애긴 안 하고 싶어." 그녀는 유리문을 응시했다. 발코니 바닥은 거실과 높이가 같았다. 그녀가 어린아이였을 때 아버지는 문을 활짝 열어뒀고, 보조바퀴가 달린 자전거를 타고 안팎으로 드나들 수 있게 했다. 어머니는 의자에 구부정하게 앉아 바느질하고 있었다. 그녀는 책을 읽듯이 수선했고, 전문적이고 빠른 솜씨로 철도노동자인 남편만큼이나 돈을 벌었다.

"네가 싫다면 말 안 해도 돼." 어머니는 그녀의 어깨에 입을 맞췄다. "하지만 네 남편이 여기 가끔 들른다는 건 알아둬라."

"카를로가?"

"내가 말했다고 하지 마." 그녀는 토르타 살라타 두 조각을 가지고 돌아왔다. "시금치가 들어갔어. 따뜻하게 먹을 거면 데워줄게."

마르게리타가 한입 베어 물었다. "그이는 뭘 하러 여길 가끔 오는 거야?"

"나한테 먹을 것 좀 달라고 하고는 책장을 뒤지다 책 몇 권을 꺼내서 봐. 목요일에 자주 오거든. 혹시 목요일이 의심스러운 날이라면……"

"의심스러운 날 같은 건 하루도 없어."

"그래, 그래."

"여길 왜 오는 거지?"

"내가 요리를 잘해서 그렇겠지. 네 아버지 때문인 것 같기도 하고."

"그건 너무 뻔하잖아."

"너야말로 그렇게 배은망덕하게 굴지 말렴." 그녀는 안락의자의 팔걸이에 두 손을 얹었다. "네 아버지가 카를로에게 어떻게 했는지 잊어버렸구나."

"안 잊어버렸어." 마르게리타는 그녀의 말을 가로챘다. "하지만 좀 과한 것 같아."

"넌 카를로를 과소평가하더라."

그녀가 초조하게 웃었다. "아니거든."

그들은 조용히 먹었다. 그들은 항상 조용히 먹었다. 조금씩 씹으며 이따금 수줍게 손으로 입을 가리며. 그녀의 어머니는 단순하고 좋은 재료들을 산뜻한 소스로 한데 버무리는 음식을 만들었다. 그들은 벽 한쪽에 있는 빛바랜 벽지를 지적하면서 느긋하게 다 먹었다. 어머니는 딸의 손에서 접시를 빼내 테이블에 내려놓고는 그녀를 일으켜세워서 껴안았다.

"스물두 살 학생이고 의심이 가는 건 아니야, 엄마."

"그럼, 뭔데?"

"그냥 좀 성가신 느낌."

어머니는 몸을 구부려 그녀를 바라보았다. "그렇담 메그레*가 한 말처럼, 확실히 손에 쥔 건 아무것도 없네."

"딱히 손에 뭘 쥐고 싶지는 않아."

"현명한 결정이야. 그리고 확실한 건." 그녀는 검지로 딸의 가슴팍을 두드렸다. "네 남편은 그런 여자들을 어떻게 다루는지 모른다는 거야."

"그래?"

"네 아빠처럼."

그녀의 아버지는 토리노에서 열린 연수에 참석하기 위해 사흘 동안 집을 비운 적이 있었다. 아버지가 집을 떠나 잠을

---

* 조르주 심농의 소설에 나오는 형사 쥘 메그레.

잔 건 처음이었고, 어머니는 그가 돌아올 때까지 밤에도 바느질했다고 털어놨다―가족을 위한 두 개의 선물, 겨울 모자와 만화 '레인보우 브라이트' 퍼즐을 들고 올 때까지. 아버지는 그 선물들을 들고 목에는 새 목도리를 두르고서 기분좋게 돌아왔고, 마르게리타는 방으로 물러나 거실에서 부모님이 심각하게 얘기하는 소리를 들었다. 그리고 몇 년 후에 알게 된 건 어머니가 자신이 오해한 것으로 정리했다는 것이다.

오해는 어쩌면 지금 그녀에게도 해당하는 말이었다. 그녀는 어머니의 머리에 턱을 얹고 어깨를 껴안았다. 가야 한다고 말하면서도 감은 팔을 풀지 않았고, 그들은 밀라노 판화와 붉은 나무 옷걸이, 똑딱거리는 벽시계, 윤이 나는 얼룩무늬 대리석 바닥이 있는 복도를 함께 걸어갔다. 그녀는 어머니가 낡아서 수선할 거라고 했던 그 가구가 무척 마음에 들었다. 그녀는 현관에 멈춰 서서 어머니의 볼에 입맞춤하며 헤어스프레이 냄새를 맡았다. "엄마가 보기에 내가 〈드라이브 인〉의 남자들을 상대할 수 있을 것 같아?"

"거기엔 섹시한 남자들이 나오지 않았을 텐데." 어머니는 진지하게 말을 받았다. "어쨌든 당연히 그럴 수 있지." 그녀가 웃었다. "내일 부차티랑 만나면 의심이든 성가심이든, 그게 뭐든지 간에 다 해결될 거야."

"그럴까?"

"그렇고말고. 그리고 콘코르디아 쪽 아파트에 대해서도 알려줘." 그녀는 딸의 외투를 정돈해줬다. "아빠가 널 위해 돈을 약간 모아뒀다는 걸 알잖아."

"이 집을 사야 했는데."

"우리는 항상 세입자였잖니, 우리 다." 그녀는 층계참에서 손 키스를 보냈다.

마르게리타는 계단을 내려가며 똑같은 손짓으로 답했다. 건물을 나서는데 아버지에 대한 그리움이 느껴졌다. 그녀는 레게가와 그 구역을 서둘러 벗어나 몬차가를 통해 로레토 광장까지 걸어갔다. 그녀의 아버지, 짙은 눈썹, 입가에 늘어뜨린 담배, 무엇이든지 고치던 손안의 작은 니퍼, 주방을 정리하는 척하며 라틴어 숙제를 하는 딸을 지켜보던 모습. 아버지의 동료들은 그가 담배를 피우며 기차역을 보수했다고 했다. AC 밀란이나 시레아*에 대해 얘기했다고도 했다. 시

---

* 이탈리아 축구 선수였던 가에타노 시레아. 현역 시절 대부분을 유벤투스에서 수비수로 활약했다.

에라는 유벤투스에서 뛰고 있었는데도. 마르게리타가 고등학교에서 받은 성적을 자랑했고 나중에는 사위를 좋은 사람이라고 소개하기도 했다는 모양이다. 그는 카를로에게 아내와 마르게리타를 힘닿는 대로 도와주라고 말했다. 후마니타스병원의 의사들이 그의 폐에 거뭇한 게 보인다고 알려준 날이었다. "거뭇하다뇨?" 그 당당한 남자가 물었고, 그들이 진단에 대해 설명해주는 동안 말을 삼킨 채 자리에 앉지도 않았다. 그들은 말했다. "곧 결과가 나올 겁니다." 그는 집에 돌아와 거실에서 서류철의 문서들을 정리하기 시작했다.

마르게리타는 고아가 된 기분이 들 때마다 남편을 찾았다. 그녀는 시간을 확인하고 사무실에 전화를 걸어 콘코르디아대로의 아파트 열쇠를 받으러 들르겠다고 알렸다. 그런 다음 카를로에게 전화를 걸었다. "아파트가 있는데, 같이 보러 가면 좋겠어. 지금 바로."

꼭 필요한 것을 판단해 우선순위를 정하게 되면서 고집은 그녀의 재능이 되었다. 그녀는 검소한 여자였다. 힘들이지 않고도 생계가 유지됐고, 포기한다는 느낌 없이 사람들이 필수적인 것을 선택하게 이끌었다. 그녀의 남편은 아내의 요구에 따르는 법을 익히게 되었다. 2제곱미터 욕실이 딸린

70제곱미터 아파트를 빌려 사는 대신 한 달에 300유로씩 적게 내기. 일 년 전에 휴가를 예약하고 적당한 가격으로 직항 노선을 구매하기 위해 항공편을 지켜보기. 냉장고의 남은 음식으로 요리하기.

그녀는 부에노스아이레스대로를 통해 보기 싫은 밀라노와 상점들의 대열을 지나다가 스폰티니가로 접어들었다. 그녀의 사무실은 그 길 중간에 있었다. 삼 년 전에 문을 열었고, 가브리엘레와 이사벨라를 직원으로 두었다. 작년의 미국 폭락 이후에도 일은 여전히 순조로웠다. 그녀가 들어갔을 때 이사벨라는 현장 조사를 위해 나갔고, 통화중이던 가브리엘레가 그녀에게 열쇠를 건넸다. 그녀는 미소를 짓고는 곧장 나와서 몬테네로가 방향으로 향했다. 다리가 버텨준다면 빠른 걸음으로 이십 분이 걸릴 것이다.

콘코르디아대로의 아파트는 엘리베이터가 없는 최상층에 있었다. 그녀는 집주인에게 오랜 구애를 한 끝에 그 집을 맡게 되었다. 그들은 여덟 달 동안 같은 시간대의 필라테스 수업을 다녔다. 그러던 어느 날, 탈의실에서 집주인은 애인이 사는 마요르카섬으로 이사하기로 했다며 매각할 의사가 있다고 밝혔다. 마르게리타가—비공식적인 평가를 위해 티타

임에 초대되어—그 집을 방문했을 때, 그녀는 빛에 압도되었다. 넓은 침실 두 개, 거실, 대형 주방, 두 개의 작은 발코니는 그녀에게 부수적인 사항으로 보였다. 주인은 117제곱미터의 총면적에 위치와 이점을 고려해 55만 유로를 받고 싶다고 말했다. 그녀는 노르웨이 버터 비스킷과 함께 내온 차—정확히는 레드베리차—를 따라주고는, 오십 세쯤 된 여자들은 인생의 변화를 받아들여야 한다고 덧붙였다. 그녀의 경우는 이혼 후 위로가 되어준 연인과 함께 떠나는 것이었다. 마르게리타는 차를 마시며 고개를 끄덕였고, 엘리베이터 문제를 지적했다. 사층까지 오르는 백 개의 계단은 심각한 걸림돌이 된다고. 이어서 자신이 매일 샤워하는 2제곱미터 크기의 욕실에 대해 얘기했다. 샴푸한 머리를 샤워기 물줄기에 가까스로 맞추는 상황을 익살스럽게 흉내냈다. 그녀는 미소를 짓다가 모순을 드러냈다는 걸 깨닫고는 웃음을 터뜨릴 뻔했다. 성장하는 중개업체의 대표로 있으면서 직책에 걸맞은 부동산을 소유하지 않은 사실을 발설했기 때문이다. 그러나 그 솔직함은 부끄러움을 누그러뜨리고 작은 친밀감이 생기게 했다. 집주인은 스페인 연인의 상황이 좋지 않다고 털어놓았고, 그에 비하면 협소한 샤워부스의 물줄기

정도는 문제도 아니었다. 콘코르디아의 집을 매각하면 두 사람은 마요르카섬에서 만족스러운 생활 수준을 유지할 수 있을 것이다. 마르게리타가 힘줄을 다친 후 그들은 다시 만나지는 않았지만, 집주인이 그녀에게 진심어린 유대감을 느꼈다며 매물을 맡기고 싶다고 알려올 때까지 공손한 메시지를 계속 주고받았다.

카를로가 55만 유로는 감당할 수 없는 금액이라고 반박하긴 했지만 이제 그녀는 그에게 집을 보여줄 준비가 되었다. 그녀는 협상의 여지는 있으니 전략만 세우면 된다고 대답했다. 그들은 거의 들뜬 어조로 그 집에 대해 이야기했고, 이후 그 오해가 전망을 흐렸지만, 그녀는 꿈꾸기를 절대 멈추지 않았다. 거실의 밝은 빛, 드디어 넓은 서재, 한 번에 두 명 이상의 친구를 초대할 수 있는 공간, 발코니에서 마시는 와인, 욕조에서 하는 목욕을 상상했다. 그녀는 8번지의 문에 도착하자 흥분감에 사로잡혔다. 건물 로비로 들어가 수위에게 자신을 소개하고 A계단 중 한 칸에 앉았다. 다리를 주무르고 있자니 곧바로 안드레아에 대한 생각이 밀려왔고, 네미로프스키를 꺼내 무릎에 올렸다. 책 표지에 이마를 얹었다. 친애하는 이렌, 당신은 이런 걸 참진 않겠지요. 이렌에게 속삭이는 것만으로도 기분이 나아졌고 그녀는 미소를 지었다.

"그 소설은 당신을 피곤하게 해."

그녀는 책에서 이마를 뗐고 남편이 다가오는 것을 보고 일어섰다. "당신을 기다리고 있었어."

"최대한 서둘렀어." 그가 말하며 키스했다. "어쨌든 만났네." 카를로는 안으로 접힌 재킷의 깃을 정돈했다.

"주인이 열쇠를 일찍 전달해줬어."

"내 마음에 안 들면?"

"그건 생각하고 싶지 않아." 그녀는 그에게 따라오라고 손짓했다.

"그러면 계속 세입자로 살면 되지."

"그럼 다시 일하러 가."

"에이, 농담이야." 그는 그녀의 손을 잡았다. 그들은 안뜰로 들어갔다. "입구가 어디야?"

안뜰에 자리잡은 건물이 그들 앞에 있었다. 그녀는 열쇠를 만지작거리다 그의 손을 놓고 철문을 열었다. 그들은 계단 아래에 있었다. 석회 냄새가 났고, 그들은 잇따라 올라가면서 층계참마다 멈췄다. "엘리베이터가 없으니 힘드네."

그녀는 난간을 잡으며 걸었고, 사층에 도착했을 때는 다리가 아팠다. "내가 먼저 가서 창문 블라인드를 올릴게."

"같이 해."

"여기서 기다려봐."

그녀는 갔다가 곧 돌아왔다. "이제 들어와."

카를로는 190센티미터의 키로 조심스럽게 걸어들어갔다. 거의 냄새를 맡듯 살피며 가구를 만지지 않고 스쳐갔다. 그러다가 침실의 거울 틀, 침대의 흠이 난 머리판을 만져봤고, 전등갓의 광택에 주목했다. 그는 집요한 관심과 갑작스럽게 주의를 돌리는 걸음새로 계속 둘러보았다. 그들은 거실로 들어섰다. 고리버들의자 여덟 개가 놓인 테이블, 소파와 세 마리 코끼리 문양이 있는 소파 덮개가 있었다. 그는 그녀를 쳐다보았다. "큰일났어."

"다 볼 때까지 기다려."

"큰일이라니까."

"아, 진짜?"

"정말 큰일이야." 그는 창문 한 곳에 기댔고, 그녀는 빛 속에 잠긴 남편을 물끄러미 바라보았다. 그녀는 아내의 본성을 따르는 그의 자연스러움에 매료됐다. 네미로프스키의 남편 미셸이 그랬듯이. 어느 날 아침 네미로프스키가 남편에게 '꿈에 푸른 꽃과 라일락꽃이 있는 들판이 나왔고 전쟁은 없었어'라고 속삭이자, 그는 거의 강제로 그녀를 파리 교외로 데려갔다.

마르게리타는 그에게 다가가다 멈춰 섰고, 그는 여전히 창가에 있었다. 그녀는 주저함을 떨치고 그에게 가까이 다가가 뒤에서 껴안았다. 그들이 처음 만난 저녁식사 자리에서부터 그녀를 사로잡은 육체였다. 당당하면서도 수줍은 듯한 그 몸은 그녀가 부끄러움이란 말을 뛰어넘게 했다. 일주일 뒤에 그들은 침대에 있었다―오후에 같이 아이스크림을 먹은 후 그녀가 그를 집으로 데려갔다―자신 안의 제방이 무너지는 것을 목격하는 일은 이상한 느낌이었다. 신음하는 자신의 목소리를 듣고, 능숙하게 근육을 다스리고, 새로운 해부학을 탐색하기. 팽창한 귀두, 그것을 가까스로 견뎌내는 입, 두 다리를 벌리고 희열을 기대하는 두근거림. 그녀는 자신을 그에게 내어준 방식에서 그가 운명의 남자가 되리란 걸 깨달았다. 그녀는 곧바로 스스로에게 이 사실을 선언했다. 그날 오후부터 그들은 수년에 걸쳐 열정을 유지했고, 의외의 장소들과 부적절한 순간들을 이용하고, 성적인 쾌감을 자극하면서 섹스를 나누었다. 그녀는 콘코르디아대로의 너무 비싼 아파트의 빛 속에서 그런 일이 다시 일어나기를 바랐다. 잔혹한 섹스로도 오해를 바로잡을 수 있었다. 물리치료사가 일으킨 경련이 남편이 되기를 기다리면서 테이블에 팔꿈치를 받치고 섹스하기. 그녀는 그것을 원했고, 그의 손에 잡히기를 간절히 원했다. 하지만 그는 소피아 카사데이를 잡았을지도 모른다. 그것은 그녀가 카를로의 갈비뼈에 손을 얹은 지금도 굴욕감을 느끼게 하는 배반 행위였다. 그녀는 그 여자애도 그랬을지 모른다는 생각에 손을 더 움직일 수 없었다. 그에게서 몸을 떼고 이곳은 우리의 집이 될 수 없을 거라고 말했다.

그가 돌아섰다. "이런 빛을 어디서 볼 수 있겠어?"

"55만 유로는 어디서 마련하고?"

"협상이 가능하다고 했잖아."

"5만 정도는 깎을 수 있단 얘기야."

"지금 2009년은 누구 할 것 없이 불경기야."

"그걸로는 부족해."

"엘리베이터도 없잖아."

"그걸로는 충분하지 않다니까."

"우리에게 전략이 있겠지?"

그녀는 머리카락을 귀 뒤로 넘겼다. "전략이 있긴 한데 사악해."

"악은 흥미롭지."

"나는 당신 학생이 아니거든."

아내는 그를 간파했다. 악이 흥미롭다는 말은 그가 수업에서 학생들의 흥미를 끌기 위해 던질 법한 첫마디였다. 그녀가 정곡을 찌를 때마다 그는 탈출구를 찾았다. 눈꺼풀이 미세하게 떨리고, 혼란스러운 주제로 말을 돌리고, 신랄한 반격을 하거나 그 자리를 피했다. 그래서 그는 거실을 가로질러 주방으로 갔다. 냉장고에는 뚜껑을 따지 않은 물병이 있었다. 그는 물을 마시고 싶었지만, 문을 닫고 침실 쪽으로 향했다. 첫번째 침실의 문턱에 멈춰 서서 자신이 지금 무얼 하고 있는지 파악해보려 했다. 그가 복도로 고개를 돌렸다. "집주인은 돈이 필요한 거지?"

마르게리타는 그에게 목소리를 낮추라고 손짓했다. "애인이 힘든 상황에 몰렸대."

"그럼, 우리에겐 해결책이 있잖아."

"당신 부모님 돈은 해결책이 아니야."

"그 얘기 아니야. 해결책은 당신의 사악한 전략뿐이란 말이지."

유일한 가능성은 주인을 지치게 만드는 것이라고 그에게 설명한 건 그녀였다. 관심을 두는 고객이 없다고 하고 매매의 어려움을 부풀리기. 주인에게 매물 가격을 낮추자는 말을 꺼낼 수 있고, 그 시점에서 협상에 들어갈 것이다. 석 달에서 여섯 달이 걸릴 것이다. 아파트가 다른 중개인에게 위임될 위험이 있지만, 그럴 경우에는 전술을 바꾸면 된다. 그녀는 잠들기 전에 그에게 계획을 털어놓았다. 그들의 결혼 생활에서 잠자리 대화는 흥미로운 계획을 도모하는 시간이었다.

"그럴 마음이 들지 않아, 카를로."

부동산중개소를 열고 싶은 마음이 들지 않아. 아버지 간병인을 하고 싶은 마음이 들지 않아. 결혼하고 싶은 마음이 들지 않아. 그녀가 정말로 마음에 두고 있는 것을 표현하는 네 단어, 그럴 마음이 들지 않아. 그동안 카를로는 아내에게 마음이 들지 않는다는 말은 뻔뻔스러워 보일까봐 두렵다는 의미란 걸 알게 되었다. 그 오해가 생기기 전까지는. 그 이후로 그녀는 정말로 어떤 마음도 들지 않았다. 몇 시간 전 그가

교실로 올라가자고 제안했을 때도 그녀는 그러고 싶지 않다
며―얼마나 다행인가―머리를 숙인 채 안뜰에 남아 있었
다. 그뿐만 아니라 지난 몇 주 동안 그에게 여전히 교실 밖
에서 수업하는지, 누구와 몇 번이나 하는지 묻지 않았다. 마
스카라를 바르거나 일요일 아침의 누드 댄스 같은 사소한
일탈이 사라진 건 제쳐두고라도. 밤에도 소심한 반란이 일
어났다. 그녀는 유쾌한 독재자가 되어 침대 중앙을 차지하
기보다는 가장자리를 찾았다. 그리고 매트리스가 서서히 바
깥쪽으로 처지는 동안 잠들기 전 그에게 근사한 빛이 있는
아파트에 대해 얘기했다. 부동산 계약서가 그들의 가장 큰
희망이었을까? 그는 그 질문에 답하지 않으려고 했다. 매일
매일 그의 머릿속으로 밀려드는 확신을 직면하지 않으려고
했던 것처럼. '넌 결코 쓰지 못할 소설의 인질이야. 주당 여
섯 시간짜리 강사고, 진짜 직업은 숨기고 싶은 가족수당을
받으며 관광안내책자를 만드는 일이야. 넌 남성 고정관념의
화신이야.'

그 사실들을 잘도 감춰왔지만, 이제는 버거웠다. 그는 콘
코르디아의 거실을 탐색하는 틈틈이 곁눈질로 아내를 살피
면서 그것을 느꼈다. "여긴 우리에게 딱 맞는 집이야, 마르

게."

"정말 그렇게 생각해?"

그는 고개를 끄덕였고, 코끼리 문양이 있는 소파로 그녀를 데려가서 눕히고는 머리를 자신의 허벅지에 뉘었다. 그녀는 더 작아 보였다. 그는 그녀의 얼굴을 쓰다듬었고, 그녀는 시선을 천장으로 향하고 한쪽 다리를 바닥에 늘어뜨린 채 가만히 있었다. 이제 아내의 몸은 그의 아내의 몸이었다. 조금 전 그녀가 뒤에서 껴안았을 때, 그는 이 사실을 놓쳤다. 가끔 그런 일이 있었고, 그는 이것도 오해에서 비롯된 것인지 알 수 없었다. 그는 잠시 그대로 있었고, 어쨌든 그날 아침 마르게리타가 소피아 카사데이를 뒤쫓지 않았다는 것을 알았다.

그녀가 그의 손을 잡았다. "당신 부모님에게 이 얘기 안 하겠다고 약속해."

"당신 어머니에겐 말하겠다고 약속해."

"당신이 말해도 되잖아." 그녀는 숨을 깊게 들이쉬었다. "목요일마다 자백하러 몰래 엄마 집에 가는 거 아니었어?"

카를로는 그녀를 쳐다보았다. 1월의 어느 화요일 저녁, 거실에서 그녀와 함께 있던 때와 똑같은 불편함을 느꼈다. 그녀는 〈백 투 더 퓨처〉를 보고 있었고, 그는 그녀에게 말했다. "학교에서 문제가 생겼어."

"어떤 문제?"

"학생과의 문제." 그는 성별을 밝히지 않았다.

"그 얘길 왜 하는 거지?"

그는 잠시 입을 닫았다. "난 숨길 게 없으니까."

"뭘 숨긴단 거야?"

그는 자신의 관점에서 사건을 이야기했다.

그녀는 팔짱을 꼈다. "그 소설 같다."

"어떤 소설?"

"남아프리카공화국, 노벨상."*

"지금 나를 비난하는 거네."

"아니면 다른 소설." 그녀는 그를 쳐다보았다. "첫 문장이 뭐였더라? 내 삶의 빛, 내 몸의 불이여.**"

그는 소파에 앉았다. "나는 당신의 지성을 믿었어."

"난 당신의 지성을 믿었고."

---

* 남아프리카공화국 출신 작가 존 쿳시의 『추락』. 대학교수가 제자와 추문을 일으키고 퇴직을 택하는 내용이 나온다.
** 블라디미르 나보코프의 소설 『롤리타』의 첫 문장.

그는 아내가 텔레비전 쪽으로 고개를 돌리는 걸 보았다. 영화 속의 과학자는 타임머신이 플루토늄으로 어떻게 작동하는지 설명하고 있었다. 등장인물들은 한밤중에 주차장에 있었고, 마티는 1955년으로 향하는 첫 여행을 시작하려고 했다. 갑자기 마르게리타가 '하지만 난 당신을 믿어'라고 말하고는 그를 소파 중간에 남겨둔 채 자러 갔다.

지금도 그는 소파에 앉아 있었고, 자신에게 화가 났다. 그녀는 그가 목요일에 장모님을 찾아간다며 비꼬았고, 그는 또다시 뭔가 들킨 기분이 들었다. 비밀을 유지하고 내면의 작은 한구석을 숨기기. 부모님의 눈을 피하려 십대 때부터 익혀온 기술인데, 어떻게 그 노력이 수포가 된단 말인가?

그는 일하러 가야 한다고 말했다—태국 카탈로그의 절반을 마무리해야 했다—하지만 가기 전에 그녀가 그 집을 원하는지 확인하고 싶었다.

"오." 마르게리타는 귀가 솔깃해졌다. "그래, 원해."

"원해?"

"엘리베이터가 없고 너무 비싸."

"원해?"

"원하지만……"

“이 집을 원하는 거지?”

“원하긴 하지.”

“이 집을 원해?”

그녀는 미소 지었다. “원해, 세상에, 정말 원해.”

두 사람은 팔을 뻗어 서로 꼭 껴안았다. 카를로는 천천히 몸을 빼고 그녀를 응시했다. 행복해하는 그녀는 무척 아름다웠다. 마르게리타는 셔츠 깃을 펴주며 일하러 가라고 말했지만, 그들은 몇 분간 그대로 있었다. 그는 소파에서 일어나 그녀에게 입맞춤하고 아파트를 떠나면서 자신이 도망가고 있다는 걸 확신했다. 빚더미에 앉게 될 집에서, 보수 공사를 시도하는 일에서, 장년기를 인증하는 직인에서.

그는 난간을 잡고 뛰다시피 아흔여섯 개 계단을 내려와서 안뜰을 가로질렀다. 콘코르디아대로까지 나가서야 그는 비로소 멈췄다. 건물 정면에 기댄 채 다니엘레 부키를 떠올렸다. 초·중·고등학교를 함께 다녔던 그의 어린 시절 친구는 세 자녀를 낳고는 축구화를 치워두고 지금은 브리안차에서 가족 세탁소를 했다. 그는 주민 칠천 명이 사는 카비아테의 타운하우스에 살았고, 최근 통화에서 행복하다고 털어놨다. 그는 행복했고, 그의 아이들은 잘 지냈고, 아내도 잘 지냈고, 세탁소에서 버는 돈으로 걱정 없이 살 수 있었다. 다니엘레의 첫아이가 태어나고 그들은 연락이 뜸해졌다. 일주일에 전화 한 통, 그다음엔 한 달에 한 통. 그들이 다시 연락을 시도하려면 뜸들이는 시간이 필요해졌다.

그는 사춘기 때처럼 구레나룻이 있는 다니엘레를 마음속에 꾹꾹 눌러 간직했다. 다시 걷기 시작하면서 일하러 가지 않기로 했다. 아무것도 하지 않고 머리를 비우고 소피아에게 메시지를 쓰고 싶었다. 그는 핸드폰을 꺼내 동생의 부재중 전화를 무시한 채 알파벳 S가 있는 데까지 화면을 내렸다.

소피아에게 메시지를 보내고 전화를 걸어 이런저런 얘기를 나눌 것이다. 그런데 어떤 이야기? 그날 아침 그녀가 책상 물건을 챙겨 갑자기 교실을 나간 이유를 물을 것이다. 그가 면목없게도 오랫동안 무시해온 그녀의 두번째 단편에 관한 생각을 말할 수 있을 것이다. 5월의 어느 날, 어머니와 함께 피아트 푼토를 타고 산타르칸젤로를 향해 떠났던 마지막 여행에 대한 이야기. 오르넬라 바노니의 노래, 자동차가 도로에서 벗어나기 직전의 순간. 그는 그녀에게 진실을 말할 수 있었다. 감동적인 이야기였다고. 그는 그것을 다 읽고 나서 있는 그대로라는 제목에서 머뭇거리다가 책상 위의 종이들을 옆으로 치웠다. 그리고 완전한 글을 쓰지 못했던 공책을 펼쳤다가 짜증스럽게 덮어버렸다. 이제 그는 그녀에게 전화를 걸어 그 글이 얼마나 마음에 들었는지 말할 수 있었다. 왜 마르게리타가 뒤따라왔다고 거짓말했는지는 묻지 않을 것이다.

하지만 그는 전화를 걸지 않고 핸드폰을 손에 든 채 두오모로 향했고, 산바빌라에 도착하기 전에 동생에게 전화했다. 결국에는 마르게리타의 어머니가 생일파티에 오지 않을 수도 있다고 말했다. "엄마가 정말 기대하는 거 알잖아." 동생이 고집스럽게 말했다. "어쨌든 선물은 스와로브스키 저글링 물개로 할 거야." "물개, 괜찮네. 시모, 장모님은 더 설득해볼게. 다른 건 어때?" 그녀는 견딜 만하다고 대답했다. 마마두가 몇 군데서 구직 면접을 봤다고. 그리고 기저귀가 얼마나 놀라운 기술적 혁신을 거듭하는지에 대해 얘기했다. "거의 미래의 팬티처럼 점점 더 얇아지고, 한 방울도 새지 않고 백 리터까지 담을 수 있대. 이게 믿어져?" 그의 동생은 항상 그를 진정시켰다. 그는 니코가 가구로 기어오르다가 기저귀 찬 엉덩이로 둔탁한 소리를 내며 떨어진다는 얘기를 들었다. "집안에 온통 쿵쿵 소리가 울려. 오빠한테 이렇게 통통하고 모험심 많은 아이가 있다면 바로 이해할 텐데. 근데 오빠 어때? 마르게는?" 그는 동생과 통화하면서 말할 수도, 걸을 수도, 침묵할 수도 있었다. 그는 동생에게 콘코르디아대로의 아파트를 방문한 일을 얘기했고, 그녀는 아버지가 아주 기꺼이 도와줄 것이라고 말했다. "아빠 돈 얘기는 꺼내지 마." "아빠 돈 얘길 하려는 게 아니라 그냥 아빠 얘기를 한 거야. 엄마나 우리 얘기 하듯이. 서른다섯 살에 아직도 부르주아 집안에서 태어났다는 사실이 못마땅한 거야?" "시모나, 넌 그걸 너무 당연하게 여겨." "나는 우리를 부양할 남편 없이도 니코를 감당할 수 있었어. 그게 나쁜 건 아니잖아. 오늘 저녁에 식사하러 와. 앞으로 살게 될지 모를 그 새집에 관해 얘기하자." "고맙지만, 검토해야 할 단편들이 있어." 그는 산바빌라성당 옆을 지나며 동생에게 어린 시절을 떠올린 적이 있는지 물었다. "왜 그런 걸 묻지? 우린 아직 어린데." "그래서 있어, 없어?" "가끔은 생각해. 학교 마치고 걸어오는 길이 좋았어. 발레리아 파리와 유제품가게에 들러 하리보 젤리를 사곤 했잖아. 감초 맛이나 악어 모양 같은 젤리들. 점심때 내가 배가 하나도 안 고프다고 해서 엄마가 엄청 화를 냈지. 그때가 그리운 거구나?" 그는 지금도 좋다고 대답했다. 어쨌든 그건 사실이었고, 그는 다양한 부분을 함께 유지할 수 있기를 바랐을 뿐이다. 여동생과 마르게리타, 니코와 그의 아버지, 부모님과 발레리아 파리, 다니엘레 부키, 소피아. 그 모두는 무한한 모자이크의 조각들이었다. 통화를 마치고 나자 어느새 두오모 뒤쪽의 장미창 앞에 있었다. 이따금 저녁이면 그 창문은 보넬리의 만화처럼 보였다. 그는 대성당 옆면을 따라 뻗은 광장을 뒤돌아보지 않고 천천히 걸어갔다. 그는 사실 학교 쪽으로 가서 소피아가 일하는 커피숍에 들를 수도 있었다. 창가의 구석진 테이블에 자리잡고 그녀가 교대를 마치거나 길게 비는 시간이 생길 때까지 기다릴 수 있었다.

그는 이제 두오모의 계단 위에 앉아 있었다. 아렌가리오 궁전은 비계로 덮여 있었고, 두 남자가 전동도르래를 조작하고 있었다. 그는 어쩌다 화장실에서 그녀에게 손을 댔을까? 그렇게 돼버렸다. 그 오해의 날 아침에 그는 무거운 머리로 잠에서 깨어나 재빨리 씻고 급하게 옷을 입고는 선 채로 마르게리타와 커피를 마시고 집을 나섰다. 대학으로 향하기 전에 편집부에 들러 그래픽 디자이너와 그날 작업을 논의했다. 그는 대학 이사회 임원 중 한 명이 아버지와 친분이 있어서, 당신 아들같이 문학에 열정이 있는 젊은이가 필요합니다, 라는 말과 함께 강의를 맡게 되었다. 주 여섯 시간의 서술 기법 강의. 아버지가 그 기회에 대한 소식을 전했을 때, 그는 연줄이 있느니 없느니 하는 복잡한 얘기는 피하고 곧바로 수락했다.

오해의 날 아침―평소처럼 적어도 삼십 분 일찍 교실에 도착했다―에 그는 책상에 앉아 특별히 하는 일 없이 학생들이 오기를 기다렸던 것으로 기억한다. 마르게리타에게 같이 점심을 먹게 들르라고 말하고 싶었지만, 잠을 떨치지 못한 몽롱한 기운에 여전히 사로잡힌 듯 그 말을 잊고 말았다. 곧이어 학생들이 오기 시작했고, 그는 러시아문학과 미키마우스에 열광하는 레체 출신의 잔루카와 몇 마디 나누었다. 그날은 잔루카의 생일이었고 플라스틱에서 파티를 하기로 했다며 그도 오라고 초대했다. "클럽에 가기엔 난 늙었어. 그나저나 단편은 끝냈니?" 소피아가 마지막 무리에 섞여 들어왔다. 밝은 청바지에다 발목부츠를 신고 있었다. 그녀는 세번째 줄의 책상에 자리를 잡고 노트북을 켰다. 실수로 필통을 떨어뜨렸고 그 소리에 당황해서 흠칫거렸다. 그는 학교 밖에서 피드백하기 위해 그녀를 이미 두 번 만났다. 한

번은 여럿과 함께, 또 한 번은 그녀의 첫 단편에 관해 얘기하기 위해 단둘이 만났다. 거기서 글이 왜 두서가 없는지 설명하다가 싱그러운 샴푸 향이 그녀의 머리카락에서 느껴졌다. 그는 처음 맡는 그 향기를 어색하게 들이마셨다. 그리고 그녀를 위로하려는 듯 등 중앙에 손을 얹다가 천천히 목덜미로 옮겨갔다.

"미안해." 그는 손을 거두며 말했다.

"어때서요." 그녀가 대답했다.

그는 어때서요를 떠올리며 직장 화장실에서 자위했고, 잇따르는 며칠 동안 그 단어가 결혼생활에 미치는 영향을 알게 되기를 기다렸다. 어때서요라는 말은 그의 머릿속에서 당당한 메아리가 되었다. 그가 지하라고 부르는 모습을 마르게리타가 보일 때마다 그는 그 말에 더 민감하게 이끌렸다. 지하에 있을 때 마르게리타는 초점 잃은 시선으로 산만한 여자가 되었다. 그가—스스로 깨닫고 있듯—문학적 망상에서 빠져나와야 하는 것처럼, 그녀는 그 상태에서 빠져나와야 했다. 그 빠져나오는 과정이 이제 위태로웠다. 어때서요 이후로 무언가가 달라졌고, 그는 그것을 바로잡으려 하지 않았다. 그는 손가락 깊숙이 소피아 카사데이의 등과 목덜미의 온기를 저장했던 오른손을 물끄러미 보았다. 그는 더 따뜻한 체온을 감지했고, 접촉을 유지했던 몇 초 동안 그 열기를 흡수하려 했고, 긴장된 업무중에 떠올릴 수 있는 기억으로 바꾸었다. 어때서요, 자신의 수업을 경청하는 소피아를 보면서. 어때서요, 내키지 않는 성욕을 끄집어내야 할 때. 어때서요, 무질서하게 감각을 파헤칠 때. 어때서요, 어때서요, 어때서요.

그는 그 생각이 결혼생활에 영향을 끼치지 않는다는 것을 깨닫고는 조금 안심이 되었다. 소피아의 등에 얹은 그의 손은 훼방이 아니라 평행의 차원이었고, 간음의 상상력을 헤집는 격언이었다. 즉 그것은 '아무 의미가 없다'. 더 정확히는 '별로 의미가 없다'.

아무 의미가 없는가, 펜테코스테 교수? 그는 부드러운 동작과 조용한 목소리, 침착하게 자기 자리를 지키는 스물두 살의 여학생을 매일 보는 괴로움을 인정하면서 스스로에게 물었다. 그가 통제력을 잃게 만든 건 여자애의 태연함이었다. 첫 신호는 화장실 사건이 일어나기 몇 주 전에 나타났다. 그가 수업중에 학생들의 책상으로 시선을 두고 한 명 한 명을 바라보다가도 그녀를 건너뛰고 있다는 사실을 깨달았을 때였다. 가르침의 전례에 생긴 이 흠집은 경고의 신호였다. 아직도 아무 의미가 없는가, 펜테코스테 교수? 춤에 관한 단편을 피드백한 날, 그녀의 머리카락에서 맡은 향기를 알아내기 위해 여러 종류의 샴푸를 산 것도 아무 의미가 없는가? 세 번의 시도 끝에 팬틴이나 가르니에 울트라 돌체가 아니라 헤드앤숄더 냄새라는 걸 알아냈고, 그걸 안 순간 샤워기 아래서 얼어붙은 채 거품을 떨구고 있었다. 이것도 여전히 아무 의미가 없는가, 펜테코스테 교수?

그 이후, 오해의 아침에 그는 학생들에게 사십 분간 습작 시간을 가지게 했다. 그는 잠시 책상에 앉아 예상치 못한 시험에 고심하는 학급을 지켜보며 그들이 되고 싶다는 마음이 들었다. 무언가의 시작을 쓰고 싶었다. 그것은 문장과 문단, 페이지와 또다른 페이지, 한 장과 또다른 장, 끝에는 한 권의 책으로 이어질 것이다. 하지만 그에겐 아무것도 없었다. 그리고 그는 어쩌다 이렇게 되었는지 매번 자문했다. 어쩌다 진지하게 글을 쓰려는 노력도 없이 문학을 들먹이는 사람이 되었는지. 왜 이야기 한 편, 자신을 변호할 줄거리, 하다못해 짧은 습작도 하나 없는지. 그는 몇 개의 초안을 시도했다가 포기했고, 수업시간에 자기 목소리를 들으며 자존감을 갉아먹으면서도 그―가르침의―소리가 자신의 소설이라고 확신하려 했다. 하지만 그는 자신을 학생들과 묶는 건 모순이라는 것을 알고 있었다. 그들은 글쓰기 훈련 덕분에 완성된 이야기를 쓰게 될지도 모르기 때문이다. 그에게서 영감을 뽑아가고 있었다. 그가 교단에 서는 날이 많아질수록 그들 중 누군가가 그럴 가능성이 커질 거라는 위협감이 밀려왔다. 출간하고 성공하고 중요한 상을 받는 자리에서 그를 언급할 수도 있었다. "이 모든 것은 카를로 펜테코스테 없이는 불가능했을 것입니다. 감사합니다, 교수님!" 개인적인 열망과 가르침의 본분이 부딪칠 때마다 머릿속에서 윙윙거리는 듯한 중간 강도의 편두통이 일었다. 학생들에게 과제를 내준 뒤 복도에서 숨을 돌렸던 오해의 아침에도 그랬다. 그는 커피머신 옆 의자에 앉아 손가락으로 관자놀이를 누르며 통증을 달랬다. 십 분 후 교실에서 나가는 소피아를 보았다. 계단 꼭대기에서 생각에 잠긴 표정으로 일층 로비를 응시하는 그녀를 보고서 일어섰다. 그는 그리로 갔고, 다시 그녀의 등 중앙에 손을 얹을 거란 걸 알았다. 그녀에게 다가가 그렇게 했고, 부드럽게 누르며 결코 잊지 못했던 온기에 다시 연결되었다. "뭔가 문제라도 있니?"

그녀는 움직이지 않았다. "전 작가가 아니에요."

"연습 한 번으로 그걸 안 거야?"

"항상 알고 있었어요."

"소피아." 그는 그녀의 등에서 손을 뗐다.

"그건 인정하기만 하면 돼요."

그 순간부터 그는 땅에서 솟아오른 것 같은 기이한 관점에서 사건을 기억했다. 학생이 차분하게 계단을 내려갔고, 같은 계단의 꼭대기에서 그녀를 지켜보던 교수는 방금 그녀에게 닿았던 손을 문질렀다. 그는 화장실로 향하는 그녀를 보고 따라가기로 했다. 두통이 심해지고, 목덜미의 맥박이 빠르게 뛰고, 불안감에 속이 울렁거렸다. 그 남자는 그가 아니었지만, 화장실로 들어가 세면대에서 자신을 바라보는 학생을 발견한 남자는 그였다.

"소피아, 이해해." 그가 말했다.

그녀는 물을 틀어놓고 얼굴을 씻었고, 눈가에 손가락을 댄 채 물을 뚝뚝 흘렸다. 그가 종이 수건을 뽑아서 건넸다. 그녀가 얼굴의 물기를 닦아낸 후 그는 그녀의 양쪽 어깨에 두 손을 얹었다. 살짝 움켜쥐며 손가락 사이에서 구겨지는 블라우스의 감촉을 느꼈다. 그는 그녀의 등을 따라 손을 내리며 불편한지 물었다. 그녀는 괜찮다고 그에게 말하기 위해 미세하게 움직였고, 그는 거울에 비친 모습으로 그것을 확인했다. 그래서 그는 두 손을 더 아래로 내려 그녀의 허리를 감싸고 엄지와 검지로 꽉 쥐었다. 그는 천천히, 더 무겁게 그녀에게 기댔고, 그때까지 상상만 하던 기쁨이 그녀의 얼굴에 차오른 것을 보았다. 여기에서부터 그는 무슨 일이 일어났는지 더는 명확하게 말할 수 없었다. 여자화장실로 들어가―그녀가 그를 이끌었나, 아니면 그가 그랬나?―어색한 포옹―정말 그렇게 어색했을까?―을 하고 간신히 숨을 참으며 '우린 안 돼요'라고 말하며 그에게 안기는 그녀, 그들의 입, 또다시 그들의 입, 그러곤 축 늘어진 그녀의 몸.

그녀가 바닥에 쓰러졌다. 소피아, 그는 몸을 굽혀 그녀를 떠받쳤고, 그녀의 머리가 뒤로 젖혀졌다. 소피아, 그는 그녀를 흔들었고 벽에 기대게 하고 뺨을 어루만졌다. 어이, 소피아, 그녀는 움찔하며 이내 정신을 차렸고, 그는 그녀를 붙잡고 일으켜세웠다. 그들은 상기된 얼굴로 벽에 기대어 껴안고 있었고, 숨을 고르며 잠시 그대로 있었다. 그는 그녀와 함께 밖으로 나갔고 그제야 문을 닫지 않았다는 것을 깨달았다. 그는 주위를 둘러보고는 그녀를 세면대로 데려가 이마에 물을 적셔줬다. 그리고 그 일을 하지 못한 데에 화가 치밀었다. 그녀의 옷을 벗기고, 팬티를 벗기고, 자기 바지를 내린 다음 변기에 앉고, 그녀를 그 위로 앉히면서 들어가는 것을 느끼고, 아마 그녀의 흥분을 억제하고자 그녀의 입을 틀어막는 것. 그는 기분이 상했다. 걱정 비슷한 느낌과 혼동되는 무지근한 짜증이 일었다. 소피아는 기운을 차렸고, 거울 속으로 미소를 지어 보이려 했다. 그녀는 무슨 일이 일어났는지 모르겠다고 말했고, 그는 아무 일도 없었다고 중얼거렸다. 그는 그녀가 고개를 끄덕이는 걸 보았다. 그녀는 머리카락을 풀어 다시 묶고는 정신을 가다듬으려는 듯 등을 곧게 펴고 속삭였다. "교실로 돌아가요."

그는 두오모광장에 앉아 아렌가리오궁을 오르는 도르래와 두 남자를 보고 있는 지금도 다른 자세한 부분들을 애써 떠올리려고 했다. 불안한 마음이 들었다. 마르게리타가 알게 되는 게 두려워서만은 아니었다. 자신이 할 수 없다는 것을 확인한 굴욕 때문이었다. 그는 여학생과 섹스하고, 그 이후 잘 수습하고, 학장, 아버지, 아내, 동생, 그 누구에게든 아무 일도 없었던 척하는 걸 성공하지 못한 채 끝까지 해내지도 못한 일에 대해 해명만 하고 있었다. 앞으로도 절대 해내지 못할 일에 대해. 그녀가 쓰러지지 않았더라면 그는 자제하기 위한 방편을 생각해냈을 것이다. "나는 불륜을 저지르는 사람이 아니야"라고 말할 수 있게 해줄 무언가를. 그걸 어떻게 장담할까? 그는 알고 있었다. 아렌가리오궁에서 도르래를 작동하는 두 남자가 줄이 엉키지 않으려면 강철 밧줄을 빙빙 돌려야 한다는 걸 알고 있는 것처럼. 조심하지 않으면 망친다는 걸 알고서 그들은 축축한 시멘트가 든 양동이를 올리기 위해 갈고리에 걸고 부드럽게 떠받들었다. 그는 그들을 찬찬히 살펴보았다. 햇볕에 탄 피부와 목덜미에 예쁜 리본으로 묶은 두건만 봐서는 이십대일 수도, 오십대일 수도 있었다. 그들은 도르래를 작동시키고, 불도저와 트럭을 가지고 노는 아이들처럼 피곤하고 즐거운 표정으로 하늘을 보며 기다렸다. 그는 잠들기 전에 그들을 다시 생각할 것이다. 두건과 불그레한 피부. 잠들기 전에 그는 위안이 되는 세세한 것들을 떠올렸다. 다니엘레 부키와 그의 세탁소, 그가 세탁물을 분류하는 섬세한 방식. 요리하는 동안 아기를 안고 있는 동생. 슈퍼마켓 에셀룽가 포인트로 식기 세트를 갖게 되어 기뻐하는 출판사 동료. 긴장된 순간에 두 손을 비비고, 사실은 거기 있고 싶지 않은데도 제자리에 머물러 있는 소피아 카사데이. 그는 잠자리에서 그녀를 찾을 때마다 마르게리타도 찾았다. 침대에서 웅크리고 있는 어두운 윤곽과 차분한 호흡으로 아내를 알아보았다. 그는 소피아를 통해 쾌락을 느끼고 싶었고, 아내를 통해 쾌락을 느끼면서 결코 닿을 수 없는 지평선 때문에 괴로웠다. 그러나 이 갈등은 진정되었다. '모든 남자와 모든 여자의 마음에는 죽음도 전쟁도 없고, 야생동물들과 새끼 사슴들이 평화롭게 함께 뛰노는 에덴동산이 있다. 이 낙원을 되찾기만 하면 되기' 때문이다. 그의 장모는 그 글귀가 있는 페이지에 천 책갈피가 꽂힌 네미로프스키의 소설을 그에게 주었다. 야생동물과 새끼 사슴이 함께, 이 낙원을 되찾기만 하면 되었다.

그는 두오모 계단에서 일어나 고개를 들었다. 첨탑의 마돈니나가 너무 작았다. 그에게 어떤 인식이 떠올랐다. 자신의 생태계 밖에서는 모든 것이 사라지는 것처럼, 모든 외부 세계—사실과 현실, 시대의 변화—는 자기 내면의 시간—집착, 친밀감, 본능적 장치—에 의해 압도됐다는 것. 그는 학교 쪽으로 향했다. 그녀와 마지막으로 이야기해야 했다.

그는 주머니에 손을 넣고 고개를 숙이다시피 한 채 빠르게 나아갔다. 커피숍에 도착해서 유리창으로 들여다보았다.

계산대에 있는 남자와 줄을 선 손님들 사이에 섞여 있는 소피아의 뒷모습이 보였다. 그는 핸드폰을 만지작거렸다. 어머니에게 전화해 생일날 점심에 관해 얘기해야 했고, 편집실 동료에게 수정사항을 알려야 했다. 그는 핸드폰을 집어넣고 그녀가 알아차릴 때까지 유리창 앞에 모습을 드러낸 채 가만히 있었다.

그는 그 자리에서 그녀를 기다렸다. 튀어나온 포석이 하나 있어 뒤꿈치로 눌러 평평하게 넣으려 했고, 그녀가 왔을 때도 이를 계속했다. "칼릴을 혼자 둘 수 없어요."

"잠시면 돼." 그는 그녀의 주근깨에 시선을 고정했다. "너와 얘기하고 싶어서."

"무슨 얘기요?"

"그냥 이야기."

그러나 그녀는 그의 말을 듣지 않은 듯 손으로 펜을 비틀고만 있었다.

그가 다가갔다. "네 단편을 읽었어."

"여기는 왜 오셨어요? 왜 다들 이리로 오는 건지."

"다들?"

"그 글은 이제 관심 없어요, 교수님. 그래도 읽어주셔서 감사합니다."

"다시 친구로 지낼 수 있을까?"

"들어가봐야 해요."

"소피아," 그는 한 걸음 더 다가갔다. "네가 쓴 내용을 다 믿었어."

"믿었다고요?"

"사고, 네 어머니, 네가 느낀 감정. 내 말은," 그는 숨을 들이쉬었다. "넌 진짜였다고."

"제가 기억하는 걸 쓴 거예요."

"하지만 문학에선 기억하는 것이 진실이야."

육십대 여자가 가방에서 무언가를 찾다가 지갑을 바닥에 떨어뜨렸다. 소피아는 그녀가 지갑을 집어들고 커피숍으로 들어가는 모습을 지켜보았다. "교수님, 부인은 절 따라온 적이 없어요."

그들은 말이 없었고, 학교에서 나는 소음이 그들을 둘러쌌다. "그럼, 왜 그렇게 말했어?"

"모르겠어요."

그는 목을 가다듬었다. "오늘 아침 안뜰에서 내가 아내에게 그 얘길 꺼냈다면?"

"지난 이야기가 또 나왔겠죠."

"지난 이야기라."

"가야 해요, 교수님."

그가 그녀의 팔을 건드렸다. "지난 이야기라니?"

"네, 지난 이야기죠."

"그 화장실에선 아무 일도 일어나지 않았어."

"그래요?"

"그건 진실이야."

"기억하는 것이 진실이라고 하셨죠?"

"넌 뭘 기억하는데? 말해봐."

그녀는 그를 바라보았다. "그거 아세요? 자동차 사고가 나던 날, 저는 엄마와 함께 부모님이 결혼식을 올렸던 성당으로 가고 있었어요. 산타르칸젤로 디 로마냐에 있는 피에베라는 석조 성당이에요. 쓸쓸한 분위기에 나무십자가가 걸려 있는데, 빛을 받으면 은빛처럼 아름답게 반짝거려요. 엄마는 슬플 때마다 피에베가 생각난다고 했어요. '그럼, 오늘 슬프구나'라고 운전하는 엄마에게 말했는데, 엄마는 아무 말 없더라고요. 한동안 아빠와도 한 마디도 안 했죠. 아빠는 할머니 소유였던 작은 아파트의 아래층에서 잤고, 우리 둘은 위층 전체를 썼어요. 우리는 그곳을 '여자들의 아파트'라고 불렀지요. 어느 날 저녁, 불이 켜진 것을 보고 엄마 방에 들어갔어요. 엄마가 오래전에 아빠가 써서 준 글을 다시 읽고 있더라고요. 두 분이 스무 살 때 출근 전에 만나곤 했던 필론 카페의 냅킨에 적은 메모였어요. 엄마가 보여준 메모에는 'A te dég me che t ci béla!'라고 적혀 있었어요. '말해줄 게 있어. 넌 아름다워!'라는 뜻이에요. 제가 가장 놀랐던 게 뭔지 아세요? 느낌표. 아빠는 느낌표와는 거리가 아주 먼 사람이거든요. 그래서 그때 두 분이 행복했다고 느꼈어요. 그리고 부모님이 결혼한 곳을 보러 가던 그날 오후, 그 행복을 기억하려는 엄마의 마지막 시도를 목격한 거고요. 우리가 기억하는 게 진실이지만, 엄마는 모든 것을 잊고 있었죠. 엄마는 피곤했고, 좌석에 몸을 기댄 채 운전하면서 바노니의 노래를 흥얼거리기 시작했어요. 나중에 그 노래 제목이 '립스틱과 초콜릿'이란 걸 알았지요. 이것이 제가 기억하고 싶은 엄마의 마지막 모습이에요. 엄마가 쉰 목소리로 부른 바노니의 노래. 나머지는 기억 안 나요. 제가 엄마처럼 될지도 모른다고 생각했던 순간, 운전대, 팔을 뻗어서 엄마의 부주의한 운전을 바로잡으려고 했던 일은 생각나지 않아요. 엄마가 일부러 차를 통제하지 않았던 건지, 슬픔을 끝내려고 정말로 손목을 튼 것인지는 기억 안 난다고요. 이건 제 이야기가 아니에요. 제 엉덩이를 움켜쥐던 어떤 선생님의 손이 제 이야기가 아니듯이.”

그는 튀어나온 돌부리를 계속 짓밟았고, 학생 몇 명이 학교에서 나와 그들을 향해 다가왔다. 그는 앉고 싶었고 보도와 접한 낮은 담을 택했다. 영국제 신사화의 앞코를 내려다보았다.

“이제 들어가야겠어요, 교수님.”

그는 고개를 숙인 채 발소리와 커피숍 문이 닫히는 소리로 그녀가 떠났다는 것을 깨달았다.

안드레아는 오후 내내 아버지와 함께 가판점에 머물렀다. 어머니는 지하철을 타고 일찍 집에 돌아갔다. 저녁 무렵 그는 가판점 옆에 주차된 차의 열쇠를 달라고 했고, 그가 시동을 걸자 아버지가 차창을 두드렸다. “천천히 가.”

“엄마에게 진찰 예약을 다시 잡겠다고 하세요.”

“내가 그만하라고 했잖아.”

“엄마에게 직접 말씀하시라고요.” 그는 한 손을 내밀어

인사했다. "차는 오늘밤에 다시 가져올게요."

그가 출발했을 때 손끝에는 뭉쳐 있던 아버지의 근육을 풀어준 느낌이 여전히 남아 있었다. 그는 손가락을 비비고는 일정한 속도를 유지했다. 그와 개 사이에 놓인 8킬로미터를 가려면 이십오 분이 걸렸다. 그는 무심코 나아가면서, 밀라노 남쪽의 장벽을 향해 운전하거나 피아첸차, 파르마, 토스카나 그리고 그 너머까지 가는 것을 상상했다. 피렌체 밑으로는 가본 적이 없었다.

그는 속도를 늦추지 않고 도착했다. 짙은 안개가 군데군데 끼어 농가가 잘 보이지 않았다. 길가에 차를 세운 다음 철책을 밀고 안으로 들어가 현관문을 세 번 두드렸다. 여자는 통화를 하면서 문을 열어줬고, 그에게 조용히 들어오라는 손짓을 했다. 그는 주방에 있었다. 켜진 텔레비전에서 광고가 흘러나왔고, 담배 연기와 매니큐어 냄새가 났다. 그는 복도를 따라 뒷마당으로 이어지는 유리문으로 갔다. 조금 열려 있는 문을 활짝 열자, 개 짖는 소리가 들렸다. 개는 쇠사슬과 씨름하고 있었고, 뒷다리로 서서 목을 내둘렀다.

"어이, 세자르. 착하지, 얌전히 있어."

그러나 개는 계속해서 버둥거렸다.

“얌전히 있으라고.”

“하루종일 짜증이 나 있어.” 여자가 그리로 왔고, 건물이 마당과 면한 곳에서 담배를 피웠다. 손톱은 갓 칠한 빨간색이었다.

“안개 때문이야.”

“네가 왔다고 알려줘.”

“그럴 필요 없어.” 그가 팔을 내밀며 쭈그려앉자 차분해진 개가 다가왔다. 안드레아는 개를 쓰다듬었다.

“내가 보기엔 감염된 것 같아.” 여자는 다시 집안으로 들어갔다.

안드레아는 도고 아르헨티노의 발을 살펴보았다. 물린 자국은 여전히 번질거렸다. 부어오른 왼쪽 옆구리가 걱정됐다. 그는 그 부위를 쓸고 만지고 손바닥을 그 위에 올려 가볍게 눌렀다. “가만있어, 세자르, 착하지.” 개는 그의 말을 들었고, 그는 근육과 뼈를 탐색할 수 있었다. 그는 동물이 인간보다 고통을 더 잘 숨긴다는 것을 배웠기에 그들이 조용해지면 걱정이 되었다. 그는 발을 더 자세히 살피면서 그날, 오후의 휴가, 아버지가 너무 자기답게 병원 방문을 빼먹고 아들을 공원에 데려간 일을 이야기했다. “공원에 갈래,

세자르? 가고 싶어, 응? 내일 갈 거야. 이제 얌전하게 있어, 내가 느낄 수 있게." 그는 끝이 잘린 쉼표 모양의 꼬리까지 쓰다듬고는 복부로 내려갔다. 세자르가 앞으로 튀어나갔고, 안드레아는 그를 잡아서 천천히 다시 짚어봤다. 다친 발을 들어올렸다가 땅에 내릴 때 무게를 잘 지탱하지 못한다는 걸 깨달았다. 어쩌면 발은 쓸 수 없을 테고, 그들은 개를 놓아주겠지. 그는 다시 확인하기 전에 고개를 들어 안개가 그들을 삼킨 것을 보았다.

"겁내지 마, 이리로 와."

개가 제자리에서 한 바퀴 돌았고, 여자와 다른 사람들이 마당으로 다가왔다.

"상태가 어때?" 그들은 다가오자마자 물었다.

안드레아는 그들을 쳐다보지 않았다. "아직 준비가 안 됐고, 더 못 싸워."

"준비가 안 됐다는 게 무슨 말이야?"

"힘줄, 염증이 있어."

"더 못 싸운다니?"

"이쪽 다리를 제대로 못 쓰거든."

"다들 우리 의사선생님 말씀 들었지?"

"그만둬, 줄리오." 여자는 오빠를 향해 돌아섰다. 그는 삼십대 남자로 깔끔하게 면도한 뺨과 단정한 머리에 처진 어깨를 강조하는 체크무늬 셔츠를 입고 있었다.

안드레아는 계속해서 개를 쓰다듬었다. "오늘밤에 새로운 개를 데려온다고 했잖아."

"차에 있어. 늑대개야. 그런데 좀 탐탁지 않아서 말이야."

탐탁지 않다는 건 개가 두려움의 기미를 보인다는 뜻이었다. 그도 그것을 알아보는 법을 배웠다. 흐트러진 다리, 애원하는 눈빛, 상처를 입자마자 깽깽거리기, 경기장으로 데려가는 주인에게 대들기. 그들은 길든 과거에 안주한 동물들이었다.

"어디 한번 보자." 여자의 오빠는 집안으로 들어가서 나무 막대기를 가지고 나왔다. 그는 막대기를 도고의 등에 가까이 댔다. 개는 막대기를 물어 낚아챘고, 목이 팽팽하게 조여도 물고 놓아주지 않았다. "어어, 침착해, 침착해."

"준비됐네, 뭘." 다른 사람들이 말했다.

안드레아는 일어나서 여자를 쳐다보았다. 그는 작년에 불법 투견 도박판을 알게 되었다. 그녀가 오빠에게 그를 데려가도 되는지 허락을 구했고, 그는 5월의 어느 날 밤 키아라

발레에서 현장을 처음으로 목격했다. 도고 대 도고의 대결. 양쪽 주인 중 한 명이 싸움을 중단시켰다. 발을 물린 그의 개가 위험에 처했기 때문이다. 그래서 사람들은 개들을 떼어놓았고, 그 남자는 돈을 잃었고 다른 누군가의 돈도 잃게 했다. 링에는 세 줄의 핏자국이 남아 있었다. 안드레아는 나른함을 느꼈다. 찢긴 살, 학대. 집으로 돌아와서 침대에 늘어진 채 잠을 이루지 못했다.

"이 개는 싸우면 안 돼. 주사를 맞혀야 해. 그러면 더 빨리 나을 거야." 안드레아는 그녀를 돌아보았다.

"우선 싸우고 나서." 그들은 말했다.

그와 만났을 때—프로작 플러스*의 라이브 공연이 있던 마폴리아에서—그녀는 이미 세자르를 키우고 있었다. 줄리오가 집으로 데려온 개였다. 어렸을 때는 온순했지만, 갑자기 변해버려서 그녀는 개를 집에 둘 수도 공원에 데려갈 수도 없었다. 세자르는 딱 한 번 그녀를 공격했는데, 그녀가 주둥이 앞에서 갑작스럽게 움직이자 그녀에게 으르렁거렸고, 쇠사슬이 개를 막았다. 세자르는 종종 그녀의 오빠를 공

---

* 이탈리아 펑크 록 밴드.

격했다. 그들은 세자르를 오래된 농가에 두고 먹이를 주러 번갈아가며 들렀다. 안드레아는 가능한 한 자주 개를 돌보러 갔다. 그리고 개가 머리 위의 막대기나 재빠른 동작에 흥분한다는 것을 깨달았다. 개에게 뭔가 말을 걸면 진정되었다. 여자는 그 자체로 세자르를 사랑한다고 말했고, 안드레아도 그 자체로 사랑한다고 말했다. 그 자체는 그들의 복잡함이었다.

안드레아는 세자르에게 다가가 아직도 이빨로 물고 있는 막대기의 끝을 잡았다. "내려놔, 어서." 그는 막대기를 뺏으며 말했다. "그것 좀 그만 괴롭혀."

"한 번만 더 해보자." 그녀가 말했다. "마지막으로, 안드레."

"마지막이라니, 무슨 소리야?" 그녀의 오빠가 물었다.

"마지막이야." 그녀가 고집했다. "세자르가 못 이기면 오빠는 돈을 잃었다고 불평할 거잖아."

"알겠어," 줄리오는 쇠사슬을 풀라고 신호했다. "싸우게 해."

안드레아는 막대기를 떨어뜨리고 옆으로 비켜서서 그녀의 오빠가 개에게 목줄을 채울 때까지 기다렸다. 그는 여러 번 시도했지만 실패했다. 여자는 웅크리고 앉아 세자르를 진정시키려고 애썼다.

"안드레아," 결국 그녀가 말했다. "이것 좀 해줘."

그러나 그는 몇 걸음 물러섰다.

"어떻게 좀 해봐!" 그녀의 오빠가 소리쳤다. "제발."

안드레아는 집으로 들어가 주방으로 가서 소파에 앉았다. 낡은 쿠션, 오래된 냄새, 일그러진 좌석. 여기에서 그는 여자에게 줄 수 있는 건 부드러운 손길뿐이라고 말했다. 다른 건 그녀에게나 다른 어떤 여자에게도 줄 수가 없다고. 그는 등받이 모서리에 목덜미를 뉘었다.

그녀가 천장을 쳐다보고 있는 그에게 다가왔다. "세자르가 미쳐가고 있어, 좀 와줄래?"

그는 고개를 저었고, 그녀는 그 자리에 우두커니 서 있었다. 그녀는 홀쭉한 체형에 어깨 위로 머리카락을 늘어뜨렸다. "우리 오빠는 멍청한 놈이지만 널 좋아해."

"그놈이 또 세자르를 때렸어. 이전에는 없었던 혹이 생겼던데."

"오래전부터 있었던 거야."

"또다시 때렸다고." 그는 그녀를 바라보다가 눈을 감았다. 그는 피곤했다.

여자는 옆에 앉아서 그의 다리를 쓰다듬다가 꼬집고는 웃었다. "우린 돈을 마련할 거야. 너와 내가 바다에서 보낼 사흘을 위해서."

"왜?"

"우리는 바다를 좋아하니까."

"우린 이걸 왜 계속하는 거지?" 안드레아는 소파에서 일어나 복도를 지나 뒷마당으로 나갔다. 그는 마당 구석에서 담배를 피우고 있는 다른 사람들을 보고는 개에게 다가갔다. 쇠사슬이 딸랑이처럼 짤랑거렸다. "세자르, 이리 와."

개는 짖다가 가만히 있다가 다시 짖었다. 그가 가까이 가자 주둥이를 홱 돌렸다.

"얌전히 굴어, 나야."

"잔뜩 성이 났어." 그녀의 오빠가 말했다.

"이리 와, 세자르, 나야." 그는 무릎을 꿇고 한쪽 팔을 내밀고 개가 오기를 기다렸다. 냄새를 맡게 하고 목을 어루만진 다음 천천히 머리 위로 손을 올렸다. "어이, 친구."

그가 말하고는 손을 움직이자, 개가 그의 손을 물었다. 여자가 유리문에서 비명을 질렀고, 다른 사람들은 몽둥이를 들고 달려왔다.

"안드레, 안드레."

"아무것도 아니야." 안드레아는 아래를 내려다보았다. 엄지와 검지 사이를 물렸고, 살이 파인 곳에서 피가 튀었다. "개를 그냥 내버려둬, 아무것도 아니야."

그들은 안드레아를 마당 한쪽으로 끌고 갔고, 그녀는 안으로 들어가 헝겊과 소독제를 가져왔다. "가만히 있어, 어디 보자." 그녀는 상처를 소독하고 헝겊으로 눌렀다.

"내 일." 그가 말했다.

"침착해."

"일은 어떻게 하지?" 그는 엄지를 움직이고 검지를 움직여봤다. 고통은 견딜 만했다. "어떡하지?"

"응급실로 데려갈게."

하지만 그는 상처의 헝겊을 누른 채 서둘러 안으로 들어갔다. 셔츠와 바지에 피와 흙이 묻어 있었다. 욕실로 가서 찬물을 틀어놓고 물줄기 아래로 손을 가져갔다. 그는 송곳니가 찢은 두 군데를 보았다. 손을 만져봤다. 힘줄은 괜찮았고 지골도 괜찮았지만, 엄지모음근은 그렇지 않았다. 그는 손가락을 한 번에 하나씩, 그리고 한꺼번에 움직여봤다. 검은 웅덩이로 피가 흘러내렸다.

"응급실로 가자." 그녀가 말했다. "고집부리지 마."

"걔 말 들어." 그녀의 오빠가 욕실 입구에서 말했다. "그 개자식, 오늘밤이 딱인데."

"네가 때렸잖아." 안드레아는 세면대에서 손을 떼고 그에게 다가갔다. "옆구리가 부어올랐던데."

"동물보호자 납셨네."

"네가 때렸어."

"그런 걸 가장 즐기는 게 본인이면서. 아니야?"

안드레아는 그들을 지나 냉장고로 가서 냉동고를 열었다. 세자르가 먹는 고깃덩이를 꺼내 헝겊으로 싸서 상처 부위에 올렸다. 그는 테이블에 앉아 여자에게 말했다. "쟤들 좀 보내."

"쟤들이 널 산도나토병원으로 데려가줄 거야."

"제발 내보내." 그는 손목을 머리 위로 올렸고 피가 조금 멎었다. "나가라고 해."

그녀는 그의 말대로 다른 사람들에게 가달라고 했다. 남자들은 아무 말 없이 있었고, 그러다 그녀의 오빠가 트렁크에 있는 늑대개를 링에 올려보자고 제안했다. 그들이 앞으로 지나갈 때도 그는 쳐다보지 않았다. 그리고 '넌 정말 망할 놈의 골칫거리야!' 하고 외치는 소리를 들었다.

손이 푸르스름하게 변했고, 상처의 출혈은 잦아들었다. 그녀는 새 헝겊을 가져다주고는 조용히 그를 지켜보았다. 안드레아가 자리에서 일어섰다.

"어디 가?"

그는 대답이 없었다.

"어디 가는 거야?"

그는 일을 마무리하러 갔다.

마당은 잿빛 사각형이었고 안개는 여전히 짙었다. 세자르는 지붕 아래 웅크리고 있었다. 그를 보자 개가 이쪽저쪽으로 뛰어다녔고, 가로등에 반사된 쇠사슬이 뱀처럼 구불거렸다.

안드레아는 피로 얼룩진 셔츠를 벗었다. 근육 윤곽이 등과 어깨와 배에서 도드라졌고, 피부는 새하얀 빛을 띠었다. 그는 쪼그리고 앉아 다친 손을 다리 뒤로 숨기고 기다렸다. 개가 다가왔다. 닫힌 주둥이로 식식거리다 짖었다.

"이리 와, 친구."

여자는 뒤로 물러섰다. 그녀는 몽둥이를 들고 대비하고 있었다.

"이리 와봐, 세자르, 친구."

도고는 다친 발을 비틀거리면서 넓은 둘레를 그리며 건다가 중간에 멈춰 섰다. 안드레아는 한 뼘 거리까지 다가갔다. 몸이 떨리기 시작했지만 온전한 손을 내밀었다. 세자르는 그의 냄새를 맡았고, 그는 개에게 이야기했다. 자신은 조금밖에 안 다쳤고, 그가 물어야 할 사람은 줄리오라고. "우린 함께 손을 잡고 그놈을 공격해야 해. 맞지, 세자르? 맞지? 조만간 너랑 내가 같이 줄리오를 혼내주는 게 어떨까?" 그는 개의 목덜미를 쓰다듬고는 등과 꼬리까지 쓰다듬었다. 그리고 괜찮아졌다고 느꼈을 때 손을 거뒀다. 세자르는 그를 보며 목구멍에서 그르렁거리는 숨소리를 냈고, 먹이를 기다릴 때처럼 앉아 있었다. 안드레아는 개에게 곧 다시 보자고 말한 다음 천천히 일어났다. 그는 뒤로 물러났고 안개가 그들을 갈라놓았다.

"넌 미쳤어." 그녀가 그에게 말했다. 그들은 함께 집으로 들어갔다.

"아버지에게 차를 다시 갖다줘야 해."

"나도 갈게." 그녀가 잠시 말을 멈췄다. "너희 집에 가 있을게."

그의 손에서는 여전히 피가 났고, 고통은 계속됐다. "혼자 있을래."

그녀는 팔을 양옆으로 떨궜다. "하고 싶은 대로 해." 그녀는 테이블에 앉아서 비닐 식탁보에 시선을 고정했다.

"크리스티나."

"세자르는 광견병 예방접종을 했어." 그녀는 식탁보에서 눈을 떼지 않은 채 말했다.

"크리스티나." 그는 더러운 셔츠를 다시 입고 여자에게 다가가려 했다. 그녀가 물러섰다. "적어도 핸드폰은 켜둬."

안드레아는 그녀의 뺨에 입맞추고 자신도 알지 못하는 무언가를 기다렸다가 떠났다.

그녀가 그리운 밤이었다. 그는 포르포라가에 있는 자신의 투룸 아파트에 누워 있었다. 상처 난 손을 기댔던 두번째 베개로 몸을 옮겨 그것을 끌어안고 베갯잇을 거머쥐면서 그녀가 곁에 있다고 상상하며 마음을 달랬다. 크리스티나는 그가 되지 못한 것에서 그를 끌어올렸고, 얼마 동안은 그도 그녀가 원하는 곳에 같이 갈 수 있었다. 그녀 부모님의 이혼을 피해 도망치고, 중고옷가게에 가고, 바다에서 수영하고, 런던의 웹블리 스타디움에 가고, 쓸데없는 말을 지껄였다. 그들은 함께하면서 평온함을 느꼈다. 그는 농가의 소파에서 그 사실을 깨달았다. 그녀가 그의 옷을 벗겼고 그는 그녀의 손길을 따랐던 이후로. 그들이 몸을 섞고 나서 크리스티나가 그에게 꿈이 뭐냐고 물었던 이후로. 그는 자신만의 물리치료 센터를 열고 싶다고 말했다. 그녀는 그를 똑바로 쳐다보며 다시 물었다. 그는 입을 다물었고 더는 대답하지 않았다.

"너 게이야, 뭐야?" 사람들이 어느 날 불쑥 그에게 말했다. 그는 물리치료법을 통해 가슴 근육과 대퇴사두근, 넓은 등과 탄탄한 어깨를 다루면서 자신을 억제하는 법을 배웠다. 너는 게이야. 크리스티나가 그를 진실에서 멀어지게 했다. 그래서 그는 그날 밤 그녀에게 같이 있는 것을 허락하지 않았다. 그녀가 있었다면, 세자르에게 물린 상처가 그의 일에 줄 타격을 생각하지 못하게 방해했을 것이다. 아침에 눈 뜨자마자 그는 손에서 붕대를 풀고 확인해봤다. 조직이 부어 있었고 파인 자국이 선명했고 조금만 움직여도 피가 흘러나왔다. 그는 환부를 치료하고 거즈를 손목에 단단히 감았다. 두 배의 시간을 들여 면도한 뒤 요구르트를 먹고 진통제를 먹었다. 병째로 오렌지주스를 마시며 알약을 삼켰다. 몸이 떨리고 머리가 윙윙거리고 뼈가 아팠다. 천천히 옷을 입고, 배낭에 작업용 반바지와 셔츠를 접어 넣었다. 건물 삼층에서 내려가자 추위가 엄습했다. 지하철을 탔고, 아버지가 우편함에서 자동차 열쇠를 잘 찾아갔는지 궁금해졌다. 핸드폰을 보고 별다른 연락이 없었던 것을 확인하고는 안심했다. 그는 크리스티나에게 메시지를 보냈다. 좀 나아졌어. 일하러 가.

그는 뭐라고 말해야 할지 생각하며 직장으로 향했다. 어쨌든 그는 풀코스 진행 일정을 미루고 기계 치료만 하거나 운동기구실에서 일할 수 있을 것이다. 그는 카푸치니가 6번지로 들어섰다. 접수처의 직원들이 그를 보고 놀랐고, 그는 집에서 사고가 있었다고 말했다. 그는 대기실을 지나 탈의실로 향했고 누군가가 그의 이름을 불렀다. 의자가 있는 쪽으로 고개를 돌리니 마르게리타가 있었다.

그녀가 일어섰다. "나 시간 잘 지키죠?"

그는 가만히 서서 붕대 감은 손을 들어올렸다.

"맙소사, 무슨 일이에요?"

"칼질하다가요."

"진찰은 받았어요?"

그는 어두운 눈빛으로 고개를 끄덕였다.

"여기 있으면 안 되죠."

"그러게요." 안드레아는 고개를 숙였고, 그녀는 그가 속내를 내비친 것 같다는 느낌을 받았다. 그녀는 마침내 그를 보았다. 그녀의 눈에 그는 어린 남자였을까? 그런 적이 없었다. 그는 나이보다 성숙한 남자였는데, 지금은 연약해 보였다. 그녀는 자신의 의혹과 타협하지 않고 아침에 일어났다. 그녀와 남편이 감당할 수 없는 집을 얻기 위해 전략을 세우며 어제 저녁 시간을 보냈으니, 그녀는 확신을 열망할 권리가 있었다. 그녀는 일찍 침대에 누워 깨어 있었다. 남편이 옆자리에 들었을 때 그에게 행복하냐고 물었다. 그들은 이미 불을 *끄고* 어둠에 익숙해져 있었다. 그녀는 침대 머리판에 목덜미를 기댄 카를로의 실루엣이 대답하는 소리를 들었다. 그렇다고 믿어.

믿는다는 말은 맞았다. 그녀는 그 믿는다는 것 때문에 그를 사랑했다. 그녀도 그렇게 믿었기 때문이다. 그들은 가야 할 곳—결혼, 미래를 위한 근사한 부동산, 품위 있는 직업—으로 항해하는 침대에 누워 있었다. 시간의 물—몇 명이나 되지, 카를로? 기회는 얼마나 많이 있었지? 얼마나 많은 여학생과 물리치료사를 놓치고, 얼마나 많은 책을 꿈꾸고 중단했을까. 그들은 그렇게 있다가 잠이 들었고, 잠들기 직전에 그녀는 아버지를 떠올렸지만 그와 대화하는 건 불가능했다.

안드레아가 탈의실에서 나오자, 그녀는 그를 눈으로 좇았다. 그들은 서로 고개를 끄덕였다. 그런 다음 그는 접수처로 가서 여자들과 이야기를 나누고는 그녀도 첫날에 들렀던 의사 진료실로 들어갔다. 그는 십오 분이 지나도 나오지 않았고, 그녀의 치료는 예정보다 사십 분이 지체됐다. 그녀는 접수처에 사정을 얘기하고 밖에서 기다리겠다고 말했다. 안뜰의 정면 벽에 기대어 그날 일정을 검토했다. 부차티 약속을 연기해야 했고, 이를 어머니에게 알릴 것이다. 수첩을 넘기며 콘코르디아대로의 주인에게 전화할 시기를 계산했다. 그녀는 주인에게 주기적으로 전화해서 높은 가격 때문에 아무 성과 없이 끝날 고객들의 방문 계획을 알릴 것이다. 주인이 점차 지치게 만들면서 갑작스러운 실망감을 불러일으키되 절망으로 이끌지는 않으면서 우호적인 관계를 더욱 긴밀히 할 것이다. 그녀는 수첩에 가짜 방문 날짜를 표시하다가 안드레아가 자신을 향해 걸어오는 것을 보았다. 그가 다가와 사과하고는 다른 동료가 그녀의 치료를 맡을 것이라고 말했다.

"좀 어때요?"

그가 손을 들어올렸는데, 이제는 엉성하게 붕대가 감겼고 얼굴도 달라졌다. 조금 전에는 잿빛이던 얼굴이 초췌하게 변했다.

"의사가 뭐래요?"

그는 억지로 미소를 지어 보였다. 그때 접수처 직원이 자동문을 열고 외쳤다. "안드레아, 의사선생님이 널 찾아."

"알았다고 전해줘."

의사도 밖으로 나왔다. 그는 마르게리타에게 인사하고는 안드레아의 팔을 살짝 잡았지만, 안드레아는 슬며시 물러났다.

"병원에 꼭 가봐야 해. 농담 아냐."

"알겠어요."

"그라치나 카펠리가 같이 가줄 거야."

"혼자 갈게요."

"그래, 그럼."

의사와 직원이 안으로 들어갔고, 안드레아는 마르게리타에게 돌아섰다. "사무실에 얘기하면 다른 치료사를 배정해 줄 거예요."

"걱정 마요." 그녀는 손을 뻗어 그의 이마에 댔다. "열이 펄펄 끓네요."

그는 몸의 중심을 잃은 것 같다가 뒤로 물러섰다. "미안해요." 그는 출구로 향했다.

마르게리타는 베네치아대로까지 거리를 유지하며 그의 뒤를 따라갔다. 그가 성벽을 지나길 기다렸다가 팔레스트로가에 있는 공원 정문 앞에서 그에게 바짝 다가갔다.

"당신이 속도를 늦추지 않으면, 내가 앞으로 십 년 동안 그 센터 침대에 누워 있어야겠는데요." 그녀가 헐떡거렸다.

그가 돌아섰다. "집에 갈 거예요." 그는 지하철 입구의 담에 기대어 땀에 젖은 채 떨고 있었다.

"잠시만." 마르게리타는 핸드백을 뒤지더니 그에게 휴지를 건넸다. "어디 살아요?"

"로레토 구역이요."

"우리 엄마 집도 그쪽인데, 거기 어디?"

"포르포라가요."

"택시 불러줄게요."

"원하는 게 뭐예요?"

마르게리타는 눈앞의 머리카락을 쓸어넘겼다. "집으로 데려다주고 싶어요. 그러곤 바로 돌아간다고 약속할게요." 그녀는 길가의 택시 승강장을 가리켰다.

"지하철을 탈게요."

"어차피 나도 그쪽으로 가요. 스폰티니가의 사무실로 갈 거예요."

"거기가 더 가깝잖아요."

"괜찮아요."

그들은 승강장으로 가서 택시를 탔다. 부에노스아이레스 대로를 지나는 내내 그는 붕대 감은 손을 복부에 얹고 차창에 시선을 고정했다. 차의 진동에 따라 머리가 흔들거렸다. 중간쯤 왔을 때 그는 그녀에게 감염 가능성이 있고, 센터의 의사가 항생제를 처방해줬다고 말했다.

"의사는 왜 병원에 가라고 했을까요?"

"과민한 거겠죠." 그는 관자놀이를 유리창에 기댔고, 피부가 반들거렸고, 정신은 멍한 듯이 보였다. 택시 운전사가 포르포라가로 진입해서 번지를 물었을 때, 그녀는 그를 흔들어 깨워야 했다.

"130번지요." 그가 말했다.

택시가 멈추자 마르게리타는 요금을 내고 내려서 반대편으로 가 차문을 열고 그가 일어설 수 있게 도왔다. 그녀는 어머니를 닮았다. 사람들이 최선의 일을 하게 돕는 한편 자신의 이익도 도모하는 것. 카를로는 그것을 조작이라고 불렀고, 그녀에게는 동맹이거나 명확히 하고 싶지 않은 무엇이었다. 그녀는 대문 계단에 안드레아를 앉히고 처방전을 달라고 했다. 그리고 길 건너편에 있는 약국을 발견하고 거기서 아목시실린 항생제 한 통을 샀다. 그녀는 좀전과 똑같은 모습으로 있는 그에게로 돌아와 집 열쇠를 달라고 했다. 그들은 먼지 냄새가 나는 건물로 들어가 엘리베이터를 타고 삼층으로 올라갔다. 그는 그녀의 손에서 열쇠를 빼내 현관문을 열었다. 그녀는 그가 복도 바로 옆방으로 들어가는 것을 보았다.

"약이요." 마르게리타는 허락을 구하고는 그를 따라 들어갔다. 그는 침대 위로 몸을 던진 채 누워 있었다.

"약을 먹어야 해요." 그녀는 주위를 둘러본 다음 주방으로 갔다. 설거짓거리가 쌓인 싱크대를 뒤적거리다 컵을 찾아 씻고 수돗물을 받아 그에게 가져갔다. 항생제 포장을 뜯어 알약을 건네주고는 그가 약을 삼키고 다시 누울 때까지 기다렸다. "누구를 불러줄까요?" 하지만 안드레아는 이미 잠에 빠진 듯한 숨소리를 내고 있었다. 그제야 그녀는 자신이 어디에 있는지 깨달았다.

벽시계의 똑딱거리는 소리, 젊은 남자의 끈끈한 숨결, 그녀가 앉아 있는 매트리스의 딱딱한 모서리. 그녀는 강인하고 병든 육체를 바라보았다. 그 옆의 베개 중 하나는 피로 얼룩져 있었다. 그녀는 그의 신발을 벗기고 등까지 담요를 덮어주고 싶었다. 벽은 꽉 들어찬 세 개의 선반 옆에 있는 일본 하이쿠 석판화를 제외하고는 비어 있었다. 선반에는 해부학 서적들과 마블 시리즈가 쌓여 있고, 맨 위로 휴먼 토치가 그려진 표지가 보였다. 옷은 의자 위에 겹겹이 걸쳐 있고, 열린 옷장 문 사이로 덩그러니 걸린 두 개의 옷걸이가 보였다. 그녀는 두근거리는 심장이 느껴졌고, 이 두근거림은 청춘이라고 부를 수 있다는 걸 알았다.

그녀는 일어나서 그의 신발을 벗기고 담요를 덮어줬다. 그는 몸을 뒤척이더니 다시 같은 자세로 돌아갔다. 그녀는 가방에서 핸드폰을 챙겨 주머니에 넣고 복도로 나가 주방으로 들어갔다. 이인용 소파와 소형 TV가 놓인 찬장이 있었고, 냉장고 위에는 봉제 강아지 인형이 있었다. 매끄러운 털을 가진 독일셰퍼드였고, 빨간 리본 목걸이에는 '이야기를 들려주는 말없는 이에게, C.'라고 적힌 작은 카드가 달려 있었다. 그녀는 인형의 등을 쓰다듬었다. 부드러웠다. 그러곤 강아지가 집을 지킬 수 있게 바로 세웠다. 싱크대로 가서 커피잔과 물잔, 접시를 씻고 선반 위에 가지런히 놓았다. 설거지를 마치고 창문 손잡이에 걸린 행주로 손을 닦은 다음 핸드폰 연락처에서 도메니코 펜테코스테를 찾았다. 의료상담은 시아버지와 소통하는 좋은 수단이었다. 그러나 이내 포기하고 어머니에게 전화하려다가 그만뒀다. 그녀는 그 자리에 서 있었다. 창밖으로 건물 두 채가 있었고, 발코니 중 하나에 알록달록한 바람개비가 꽂혀 있었다. 그녀는 손을 모아 입으로 가져가며 할 수 있다고 스스로에게 말했다. 그녀는 발끝으로, 조용히 침실로 돌아와 침대의 빈 쪽으로 가서 살며시 앉았다. 그리고 누웠다.

천장을 쳐다보다가 몸을 돌려 그를 바라보았다. 탄탄한 몸과 잠에 빠져든 얼굴. 그래, 이것이었다. 그녀 옆의 다른 남자. 무게가 새로 실리자 흔들리는 매트리스, 더 알싸한 냄새, 누릴 수 있는 짧은 시간. 해낼 수 있을까? 그녀는 그에게 머리를 더 가까이 가져갔다. 그 상태로 남자가 잠자는 소리를 들었고, 자신의 숨결과 그의 숨결을 맞췄다. 그러고 나서 일어나 방을 나갔다. 해낼 수 있을 것이다. 그녀는 욕실로 들어갔다. 크림색 타일이 길게 뻗어 있고 욕조에 비닐 커튼이 쳐진 그곳에서 벽에 기대어 어머니에게 전화를 걸었다.

전화가 울렸을 때 안나는 발코니에서 페르시아 카펫을 털고 있었다.

"얘야, 부차티 약속을 깬다고는 말하지 마." 그녀는 의자 위에 카펫 먼지떨이를 내려놓았다. "문제라니, 무슨 소리야? 내가 약속을 잡는 데 얼마나 걸렸는지 아니? 맙소사, 네 미래에 관한 일이야." 그녀는 갑자기 입을 다물었다. "어떤 문젠데? 아니, 아니, 아니, 지금 말해. 엄마한테 전화해서 일이 생겼다는 말만 던지고 그걸로 끝내려고 하지 마." 그녀가 다시 입을 다물었다. "그래, 그래, 그럼, 연락해. 부차티 예약은 내가 알아서 할게. 하지만 넌 괜찮을 거라고 약속해줘. 약속하는 거지?"

그녀는 커튼을 움켜쥔 채 구기고 있었다. 딸에게 인사하고 전화기를 귀에 대고 있다가 테이블에 내려놓았다. "그럼, 그렇지." 그녀는 속삭였다. 그녀는 발코니로 다시 나가 카펫을 끌어와 소파 옆에 놓고는 욕실로 달려갔다. 마스카라를 덧바르고 뺨에 파우더를 두드리고 진주 귀걸이를 꼈다. 어느 날 저녁 〈제시카의 추리극장〉을 보다가 프랑코가 그녀에게 제시카 플레처와 닮았다고 한 적이 있는데, 그녀는 그 말이 기뻤다. 그녀는 헐렁한 셔츠와 편한 바지를 골라 입고 마르게리타의 낡은 탱크톱을 가방에 넣었다. 지하철역으로 가는 동안 해야 할 일을 머릿속으로 생각했다. 그 주소는 나빌리오 지역이고, 이십 분이 걸릴 것이다. 약속 시간보다 십오 분 늦게 도착할 것이다. 프랑코, 당신 딸이 날 곤경에 빠뜨렸어. 그녀와 그녀의 남편은 항상 시간을 잘 지켰다. 스위스인 성격을 지닌 철도 노동자와 적어도 하루 일찍 일감을 마무리하는 재봉사. 그들은 서른여섯 살에 딸을 낳았는데, 결혼생활에서 유일하게 늦은 일이었다.

그녀는 빠른 걸음으로 집을 떠나 그라피티가 그려진 집들과 중국인의 세탁소들이 들어선 파스테우르역으로 갔다. 에스컬레이터에서 책을 꺼내고 지하철에 오르자마자 읽기 시작했다. 라디오 프로그램에서 추천한 단편소설집이었다. 작가는 앙드레 뒤뷔였고, 그는 교통사고로 다리를 잃었다. 도로에서 멈춰 선 차의 두 형제를 돕다가 다른 차량에 치이고 말았다. 그 이후 아내는 그를 떠났고, 그는 자식들 보기를 그만뒀다. 동료 작가들은 그를 지원하기 위한 모금을 했다. 그녀는 그 책을 코르소서점에서 샀다. 앙드레 뒤뷔, 휠체어를 탄 프랑스 이름의 미국 작가는 반전 없는 이야기를 썼다.

누가 반전이 필요하다고 했는가? 그녀는 딸과 그 작가에 대해 얘기했지만, 딸은 공연히 지루해했다. 사실 어머니들은 인내심이 없는 아이를 낳았다는 걸 항상 알고 있다.

그녀가 다시 지상으로 나왔을 때, 포르타제노바역은 적막했다. 비제바노가의 어귀로 접어들었고, 도금 은반지를 파는 상점들을 간신히 무시하고 서둘러 걸어갔다. 그 건물은 한때 부두였던 주차장 위로 솟아 있었다. 몇 년 전 작업실에서 함께 일했던 여자가 그 주소를 알려줬다. 안나는 수첩에 란디라는 이름과 전화번호를 적어뒀지만, 프랑코가 죽을 때까지 꺼내보지 않았다. 장례식을 치르고 두 달 후 그녀는 약속을 잡았고, 만나기까지 최소한 삼 주는 기다려야 했다. 마침내 그녀가 갔을 때, 란디는 그녀에게 저세상에 있는 남편이 어떻게 지내는지 알고 싶냐고 물었다. 그러나 그녀는 그런 건 궁금하지 않았다. 자신의 미래를 알고 싶었다. 무슨 헛소리람. 그녀는 초인종을 누를 때마다—지금까지 열두 번이나 그곳에 갔다—전율이 일었다.

안나는 지난번 만남에서 란디가 콕 집어 딸에 관해 물었기 때문에 마르게리타에게 고집을 부렸다. 그녀에게 직감에 대해 알려줘야 했다. 그녀는 몇 달 동안 귓등으로도 듣지 않던 딸을 설득하기 위해 디노 부차티에 대해 이야기했다. 부차티는 당시 어린 점쟁이였던 란디를 항상 찾아갔다. "그런데 부차티가 카드에다 뭘 물었던 거야?" "모르겠어, 얘야. 내 생각엔 아마 사랑에 대해서 묻지 않았을까? 알메리나와 결혼할 거라는 예언을 들었을 테지." "정말로 그랬을까?" "그렇고말고!" 물론, 이건 거짓말이었다. 작은 거짓말들은 행운을 가져다주었기에, 그녀는 남편에게도 늘 그랬었다.

안나는 엘리베이터를 타고 오층으로 올라갔다. 문이 조금 열려 있었고, 이번에는 젊은 여자가 그녀를 맞이했다. "내 딸에게 급한 일이 생겼어요. 죄송해요. 둘 다 방금 알게 돼서요." 그녀는 가방을 틀어쥐었다. "딸 대신 내가 왔는데, 늦어서 미안합니다."

여자는 그녀에게 거실에 앉으라고 권했다. 꽃무늬 벽지를 두른 벽에는 밀라노를 그린 펜화 세 점—안뜰들과 콘카 델 나빌리오—과 액자에 든 '레이디와 트램프' 퍼즐이 걸려 있었다. 구석에는 브라이어 나무뿌리로 만든 다이얼과 황금빛 장식이 있는 1940년대 라디오가 놓여 있었는데, 그녀는 그것을 보며 항상 루이지 텐코가 노래하는 모습을 상상하곤 했다. 그녀가 서서 기다리다가 마르게리타에게 다시 전화를 시도한 순간, 그들이 그녀를 불렀다. 안나는 여자를 따라 복도를 거쳐 작은 주방으로 들어갔다. 란디는 테이블 모서리에서 담배를 피우고 있었다. 치노토 음료가 담긴 잔이 재떨이 옆에 있었고, 동전 몇 개가 놓인 접시도 있었다. 그녀는 턱까지 스카프를 두르고 있었다.

"딸이 일 때문에 꼼짝 못하게 됐어요. 시간 내주셔서 감사합니다."

냉장고가 윙윙거렸고, 문 위에 붙은 자석들이 가장자리까지 흩어져 있었다.

"그럼, 한번 펼쳐볼까요?"

"제 딸 걸로 봐주시겠어요?" 그녀는 가방에서 탱크톱을 꺼내 그녀에게 건넸다.

부인은 그것을 테이블에 놓고 그 위에 팔꿈치를 대고는 브리스콜라 카드를 섞었다. "나한테 이름을 알려준 적이 없단 걸 아세요?" 그녀는 손가락에 담배를 끼운 채 카드를 계속 섞다가 재떨이에 내려놓았다.

"걔 이름은 마르게리타예요."

"당신 이름, 딸이 아니라."

"내 이름은 안나예요."

"어느 쪽으로 읽어도 상관없네요."* 그녀는 눈을 살짝 감은 채 말했다. "편한 이름이군요."

"네." 그녀는 당황스러운 표정을 지었다.

"손은 어때요?"

"괜찮아요." 그녀는 손을 비비고는 허벅지에 내려놓았다.

부인은 그녀를 똑바로 바라보더니 카드 뭉치를 건넸다. 안나는 왼손으로 뭉치를 두 쪽으로 가른 뒤 카드들 쪽으로 몸을 기울였고, 부인은 피라미드 모양으로 카드를 펼치기 시작했다. 열두 장에다 맨 위에 한 장 더. 이번에는 동전의 기사가 나왔다.

"돈을 뜻하나요?"

그녀가 조용히 있으라고 손짓했다.

안나는 혀를 깨물고 냉장고의 소음을 들으며 일 년 전의 일을 떠올렸다. 부인은 네 개의 검 카드를 내놓으며 슬픔이 보인다고 말했다. "자세히 말해주시겠어요?" 그녀는 목이 메어오는 걸 느끼며 물었다. 부인은 안나의 삶이 순리대로 흘러갔지만 무언가가 그녀를 막아서 자신의 꿈을 실현할 수

---

* 안나(Anna)를 앞으로 읽으나 뒤로 읽으나 철자와 발음이 같다는 뜻.

없었다고 설명했다. 안나는 눈물을 참지 못했다. 그 무언가는 모두를 돌보는 자신의 역할이었다는 걸 알았다. 의자와 주방 모퉁이, 모양을 갖추려는 충동 때문에 자른 천, 남자의 불평까지. 한편 다른 무언가는 레게가의 집에서 뛰쳐나와 어떤 식으로든 프랑코의 방해 없이 급진파의 지구당으로 가서 당원으로 가입하라고, 집에서 하는 재봉질을 접고 유리창에 자기 이름을 내건 작은 가게를 열라고 꿈틀거리고 있었다. 그녀는 그런 가게를 얼마나 원했던가. 그리고 상트페테르부르크, 그 혁명과 금지된 사랑의 요람에서 걷는 것만이라도 하기. 밀라노, 브레라 구역의 클럽들에서 노래하고 와인 마시기. 터무니없는 바람이었을까? 아마. 정말 그럴까?

부인은 목을 가다듬었다. "마르게리타는 무탈하지만, 뭔가 변화가 있겠군요." 그녀는 열세 장의 카드를 손으로 하나씩 스쳤다. "장소의 변화요. 사무실일지도."

"자기 남편과 집을 구하고 있어요. 멋진 집을 하나 봤대요."

"괜찮네요." 그녀는 담배를 집어들고 길게 한 모금 빨아들였다. "이 집은 좋아요."

"건강은 어떤가요?"

"건강이란 손자를 볼 수 있느냐는 말인가요?"

“그런 건 중요하지 않아요.”

“딸을 둔 엄마라면 누구나 중요하게 생각하죠.”

“저는 내 딸이 행복한지가 중요해요.”

“그건 걱정하지 마세요.”

“그럼, 됐어요.” 그녀는 숨을 깊이 들이쉬었다. “그애 다리는요? 다리가 아프다고 얘기한 거 기억하세요?”

“성가시기만 한 정도예요.” 부인은 컵 에이스 카드를 따로 뽑아 테이블 중앙에 두고 다시 카드를 섞은 다음 열두 장의 카드를 그 주위에 펼쳤다.

“마르게리타에 대해 마지막 한 가지. 안나, 동물을 기르고 있다면 다른 곳으로 보내세요. 고양이, 개, 앵무새.”

“걔한테 동물은 없는데요.”

“정말로?”

“제가 아는 한은 없어요. 왜요?”

“사고, 이를테면.”

“맙소사, 어떤 사고죠?”

“동물을 기르지 말라고만 전하세요. 그럼, 다 괜찮을 거예요.”

그녀는 고개를 끄덕였다. “사위는요?”

부인은 담배를 끄고 카드를 더 자세히 보고는 검 에이스 카드를 가리켰다. "사위는 괜찮아요. 걱정되는 건 그 사람이 아니에요."

"그럼 뭐가 걱정인데요?"

"아이를 가져야 해요. 그 부부에겐 아이가 필요해요. 보세요." 그녀는 새부리 손잡이가 달린 두 지팡이 카드와 함께 검을 든 기사 카드를 들어올렸다.

안나는 등받이에 몸을 기댔다. "자기들이 알아서 하겠지요."

부인은 그녀를 쳐다보고는 피아노 건반처럼 카드를 스쳤다. "안나, 기도하나요?"

"아뇨, 안 해요."

"가끔 한 번은 해봐도 나쁠 거 없어요."

"할 수 있으면 할게요." 그녀는 가방에서 지갑을 찾은 다음 50유로 1센트를 꺼냈다. 1센트는 접시에 놓았다. "늦어서 다시 한번 죄송합니다." 그녀는 일어나서 나가려다 멈췄다. "란디 부인." 또다시 숨을 깊이 들이쉬었다. "부차티 얘기가 사실인가요? 디노 부차티가 여기 왔다는 게."

부인이 고개를 끄덕였다.

"그 사람은 어땠나요?"

부인이 담배를 집었다. "컵의 왕을 사랑했던 잘생긴 남자였죠."

"컵의 왕?"

"즉흥적이란 뜻이에요."

안나는 등을 돌리지 않고 뒷걸음질로 주방에서 물러났다. 마지막으로 오래된 라디오를 흘깃 쳐다보고는 여자의 배웅을 받으며 집을 나왔다. 엘리베이터를 기다리는데 영화 〈자전거 도둑〉의 장면이 떠올랐다. 너무나 절박했던 주인공은 미래를 알고 싶어 선견자 산토나를 찾아갔다. 그는 기다리던 여자들을 제치고 산토나 앞으로 갔고, 그녀가 신을 부르며 답을 구했음에도 남자의 절박함은 뚜렷한 대답을 얻지 못했다. 안나는 가방에서 핸드폰을 꺼내 딸에게 전화를 걸었다. 일층에 도착했을 때 딸이 전화를 받았다. "네 엄마는 바보야. 너한테 그걸 실토하려고. 여보세요? 여보세요, 얘야? 내 말 들리니? 어디야?" 안나는 엘리베이터에서 나왔다. "뭐, 파테베네프라텔리? 병원?" 그녀는 로비 한가운데서 멈춰 섰다. "너 괜찮니?" 그녀는 거리로 나갔다. "내가 가마! 아니, 아니, 아니, 그리로 갈게. 친구 일이어도. 병실 좀 알려줘. 아니, 아니, 나중에 말할게. 엄마는 바보고 그게 다야, 간다."

그녀는 전화를 끊었고, 마지오24광장 참나무 아래의 택시 승강장이 생각났다. 목까지 차오르는 심장박동을 느끼며 그쪽으로 향했다. 컵의 왕과 즉흥성. 마르게리타와 카를로는 아이가 있어야 한다. 반려동물은 없어야 하고. 부차티는 잘생긴 남자였다. 나는 기도해야 한다. 내 딸은 파테베네프라텔리병원에 있다. 생각이 그녀를 공격했다. 그녀는 재봉틀에서는 고심하는 여자였지만, 이제는 항상 똑같은 시시한 이미지로 생각들의 공격을 막았다. 코바제과점에 진열된 작고 예쁜 케이크들. 설탕으로 코팅된 표면의 광택, 마르차파네의 질감, 그녀에게는 보석이었던 젤라티나. 가족들과 특별한 날에 그 케이크를 먹었다. 프랑코는 체스티니 알라 프루타, 마르게리타는 비녜 알라 크레마, 그녀에게는 디플로마티코만 남았다. 그것을 얼마나 좋아하게 되었던가. 일주일에 한 번, 일감을 받으러 시내에 나가게 되면 그녀는 몬테나폴레오네가로 가서 모피를 입은 여인들 사이로 코바로 들어가 커피 한 잔과 알케르메스 리큐어가 두 층으로 들어간 미니케이크 중 하나를 주문했다. 진열대에서 설탕 냄새가 풍겼고, 그녀는 구석에서 한입 먹고 한 모금 마신 뒤 지폐로 계산하고 잔돈을 가방에 넣었다.

그녀는 마르게리타에게 전화한 것을 후회했다. 이제 아픈 사람이 딸이 아니란 걸 알면서도 달려가고 있었다. 그녀는 또다시 자신의 욕망보다 무언가를 앞세웠다. 그래서 택시를 타고 파테베네프라텔리로 가는 동안 그녀는 자신의 그날 소원을 마음속으로 되뇌었다. 늘 그렇듯 덜 간절한 것에서 간절한 것 순으로 세 가지. 세번째는 카를로와 대화하기. 두번째는 안사돈의 생일파티 피하기. 그리고 첫번째는 여전히, 남편의 잡동사니 버리기. 그 물건들을 찾기란 어려웠다. 남편의 장례를 치른 다음날, 그녀는 옷장을 열어 모든 것을 끌어냈다. 마르게리타와 카를로는 그녀를 만류하려고 하다가 밤늦게까지 그 일을 하게 내버려뒀다. 그녀는 집안을 어질러 놓은 상태로 잠자리에 들었다. 세 시간 후 깨어났을 때 옆자리의 욕창 방지 매트리스가 비어 있는 걸 깨닫고는 옷을 입은 후 모든 것을 지하실로 옮겼다. 스웨터와 셔츠, 코트와 신발, 파니니 스티커 앨범, 텍스 윌러 시리즈를 제외한 모든 만화책, 음반과 파이프와 시계. 그녀는 아홉 번이나 돌며 물건들을 거두어 대부분은 작업대에 쌓아뒀다. 공구 가방을 치우

다가 보자기에 싸인 과일 상자를 우연히 보게 되었다. 상자를 열어보니 오래된 만화책들, 주로 디아볼릭과 캡틴 미키 시리즈가 있었고, 캡틴 미키의 페이지 사이에서 남편의 직장으로 보낸 스물한 장의 엽서를 발견했다. 밀라노 마리티마, 비아레지오, 알프스, 심지어 마드리드와 부다페스트까지, 매번 다른 문장. 그녀는 모두 기억했지만 하나만 반복해서 떠올렸다. 당신은 소나무 향이 나는 이 오두막들을 좋아했을 거야. 당신의 클라라. 1976년 8월 8일자 소인이 찍힌 보르미오에서 온 엽서였다. 마르게리타가 두 살 때였다. 모든 엽서에 같은 사람의 서명이 있었고, 마지막 날짜는 1986년 7월 7일이었다. 그녀는 엽서를 다 읽은 후 사십 분 동안 지하실 바닥에 앉아 있었다. 그런 다음 다시 상자에 넣고, 5미터 아래에 버려야 할 과일 상자가 있다는 걸 외면한 채 위로 올라갔다. 그녀는 하루, 또 하루 미루었고, 그러다 서서히 스물한 개의 비밀을 간직한 그 판자 쪽들과 공존하게 되었다. 비밀을 밝히려고도 해봤다. 남편의 오랜 동료에게 물어보거나 1979년 7월 6일자 엽서에 있는 밀라노 마리티마의 도제호텔에 전화를 걸어봤다. 하지만 그걸 알아서 뭘 어쩌겠는가. 기억을 더듬어보기도 했다. 토리노의 연수 외에는 프랑코가 집을 떠난 적이 없었다. 그리고 전화는? 요금은 매달 일정했고, 마르게리타가 중학생 때 손으로 수화기를 가리고 킥킥대며 삼십 분간 통화했던 때를 제외하곤 항상 적은 액수였다. 다른 건 뭐가 있을까? 프랑코는 애정 표현에 인색했고, 비싼 선물은 늘 피했다. 일요일에는 축구장에 갔고, 가끔 자전거를 타고 돌아다녔다. 기껏해야 일주일에 두 시간을 집밖에서 보냈는데, 그의 클라라를 위한 시간이었을까? 그녀는 남편이 죽었을 때 거의 울지 않았다. 그리고 모두는 곧 절박한 눈물이 쏟아질 거라 믿었지만—물론 그랬을 것이다—그 엽서의 발견이 그녀의 눈물을 거둬들이는 데 큰 도움이 되었다고는 아무도 상상하지 못했다. 그녀는 다른 것을 찾으려고 신경을 곤두세웠다. 서랍들을 열고 옷장을 완전히 비우고 집을 청소하고 장례식에 참석한 사람들을 하나하나 떠올려보기도 했다. 미지의 여자는 그림자조차 없었다. 그녀는 착한 남자와 결혼했고, 착한이라는 수식어는 그녀의 마음을 달래줬다. 그녀는 그 말을 되뇌었다. 그렇다면 클라라는 탈출구였을 것이다. 어쩌면 사위에게 그 학생이 그렇듯이. 딸에게도, 그 누구에게도 그런 탈출구가 있을 수 있다. 안나에게는 그럴 기회가 없었다. 결혼과 출산, 정교하게 제작한 옷들, 열정적으로 식탁에 차린 음식들, 답답함에도 주의깊은 애정으로 따랐던 정치, 모든 걸 고려해보면 그녀는 불만을 해소할 수단이 충분히 있었다.

그녀는 병원 문을 들어서서 단기 입원치료실이 어디인지 물었다.

"안나." 그녀는 돌아섰다. 핸드폰을 손에 든 카를로가 커피 자판기 앞에 있었다. "여기 어쩐 일이세요?"

"그러는 자네는?"

"무슨 일인지 모르겠어요." 그는 그녀에게 다가가 포옹했다.

그녀는 사위가 안아주는 걸 좋아했고, 등을 앞으로 구부리며 안길 준비를 했다.

"마르게리타는 어디 있어?"

"이리 오세요." 그는 장모와 팔짱을 끼고 엘리베이터로 향했다. "담당 물리치료사가 개한테 물려서 감염되었다는데 그것 말고는 저도 모르겠어요. 마르게리타가 그 친구를 데려왔대요."

안나는 손으로 입을 막았다. "개에게 물렸다고. 근데 너희 동물들을 자주 접하나?"

“무슨 말씀이세요?”

“그만둬. 동물은 안 돼.” 그녀는 엘리베이터에서 내려 사위를 따라 병동으로 가서 왼쪽 두번째 방으로 들어갔다. 여섯 개의 침대가 있었다. 마르게리타는 창문에 가장 가까운 침대 옆에 앉아 있었고, 손에 붕대를 감은 남자가 담요 아래 잠들어 있었다.

“정말 왔구나.” 마르게리타가 그녀에게 미소를 지었다.

안나는 어깨를 으쓱했다.

“약속 못 지켜서 미안해, 엄마.”

안나는 그녀의 팔에 손을 얹고 쓰다듬었다. 그러고는 창가로 가서 등을 기댄 채 뒤쪽에 서서 핸드폰에다 글을 쓰는 사위와 낯선 남자를 쳐다보는 딸을 바라보았다. 그녀는 딸에게 어떻게 된 일인지 물었고, 마르게리타는 나중에 다 말해줄 것이며 그의 여자친구가 곧 올 거라고 대답했다.

“부모님은?”

“본인이 알리고 싶지 않대.”

안나가 그에게 다가가자, 그가 살짝 눈을 떴다. 상심한 아이 같은 그 눈은 그녀와 카를로에게 머물렀다가 다시 감겼다.

카를로도 그를 바라보다가 어색해하며 시선을 거뒀다. 다시 핸드폰으로 돌아가 네가 좋다면이라는 말로 쓰기를 마치고 메시지를 보냈다. 그런 다음 일어나서 자기는 가봐야 하고, 아버지가 연락 달라 했다고 말했다. 그는 마르게리타와 장모님의 볼에 입을 맞추고 서둘러 계단을 내려갔다. 소피아에 대한 허기는 자신의 절반이 다른 절반과 싸우는 것처럼 가정이 그의 숨통을 조인다는 불안감이 되었다. 그는 자신이 얼마나 멀리 갈 수 있는지 알고 싶었다. 이 집착은 무엇이었나? 엉덩이. 또? 정욕에 빠져서 듣는 그녀 목소리. 그리고? 그녀의 파우치에서 보았던 블리스터팩에 든 피임약. 그녀 안에서 자신을 해방하려는 생각은 그를 당혹스럽게 했다. 그리고 또? 새로운 육체, 유능한 육체를 지니기. 이번에는 할 수 있는지 알아보기. 들킬지도 모른다는 두려움은 그것이 그의 권리라도 된 것처럼 사라졌다. 그는 아내와도, 애인과도 더할 나위 없이 좋은 관계를 맺을 수 있었다. 애인은 얼마나 잘못된 말인가. 배신은 또 얼마나 잘못된 말인가. 무엇을 배신한다는 걸까? 다른 여자와 관계를 맺고 일시적인 기쁨을 취하고 어쩌면 일시적인 기쁨을 주기도 하는 것이 무엇을 앗아간다는 말인가. 낭만적이거나 애정어린 의식을 치르지 않고 일어나 다시 옷을 입는 것. 아내와 함께 수년간 굳게 다져왔고 결코 의문을 제기하지 않았던 전례를 유지하는 것. 문학에서는 계약을 명심하고 관계를 돈독히 하고 헌신하는 것이 순정이었지만, 그에겐 현실의 시련이었다. 그 역시 죄책감이 자신을 경계에 붙들어두고 있다는 의심이 들었다. 그는 다른 여자와 서너 시간을 보내고 집으로 돌아오는 장면을 얼마나 자주 상상했던가. 새로운 자극에 눈뜨고 전례 없는 섹스로 창백하게 질린 귀두의 크라우스 소체들을 기절시킨 후 현관문을 열고 집으로 들어가 마르게리타에게 입맞추는 틈에 자신의 결혼생활에 다시 익숙해지기.

다시 익숙해지기. 그를 의혹에 빠뜨린 건 이 말이었다. 다시 익숙해지는 자는 다른 세계에 있었고, 균형을 무너뜨렸다. 든든한 교육의 유산, 펜테코스테 가문, 가톨릭 학교, 정장을 입은 어머니가 켜둔 촛불 가운데서 크리스마스이브에 선물을 여는 균형을 무너뜨렸다. 그는 다른 누구도 아닌 친동생이 배신은 자신을 재발견하는 기회였다고 말했을 때도 아무렇지 않게 핀잔을 주던 남자였다. "자신을 놔버렸다는 의미야?" "인생을 즐기고 싶었다는 의미야." 하지만 그녀는 지나가던 첫 남자와 아이를 가졌고, 지금은 펜테코스테 집안의 돈으로 행복하게 살았다. 그도 그런 즐거움을 어느 정도 원했다.

그래서 그날 오전에 카를로는 개에게 물린 청년 앞에서 소피아에게 세 번이나 메시지를 썼다. 답장이 없자 그는 집요해졌다. 처음에는 그녀의 단편에 관해 얘기할 수 있는지 물었다. 이야기를 하다 마는 건 옳지 않다고. 두번째 메시지에서 그는 그녀에게 맥주 한잔하며 대화를 나누자고 제안했다. 세번째 메시지에서는 네가 좋다면이라고 썼고, 지금 모르는 남자가 입원한 병실에 있다는 한 줄을 덧붙였다. 그는 침묵이 길어질수록 더욱더 자제력을 잃었다. 청바지에서 벗어난 소피아 카사데이의 하얗고 풍만한 엉덩이. 치골까지 이어진 늘씬한 복부, 그녀의 성기는 얼마나 작을까, 얼마나 아늑할까. 사실이었다. 그는 자신이 좋아하는 소설 속의 모든 남자였다. 너무나 뻔한 그들. 마르게리타의 말이 옳았다. 그는 병원을 뒤로한 채 시계를 확인했다. 사무실로 돌아가기까지 십 분이 남아 있었다. 주머니에서 핸드폰이 울리자 그는 꺼내서 메시지를 읽었다. 대학원을 그만두기로 했어요. 지금까지 감사했습니다, 교수님. 저는 리미니로 돌아가요.

메시지를 보낸 후, 소피아는 프레치아비앙카*의 차창에 머리를 기댔다. 밀라노와 석사학위, 글쓰기, 그리고 자신의 궤도가 북부에서 좌초됐다는 생각. 핸드폰 메시지 한 통으로 그 모든 것을 봉인했다. 그녀는 모험한 셈 치자고 자신에게 말하며 생각을 가다듬었다. 단편소설에서 있는 그대로 얘기했듯이 그녀는 재능이 없는 여자이고, 칼릴이 말한 대로 아직 지어지는 중인 사원이라고. 그녀가 갑작스러운 결정을 내렸다고 알리자 칼릴은 커피숍에서 작별인사를 하며 그렇게 말했다. 그는 좀더 생각해보라고 설득했지만, 그녀는 아버지가 보고 싶다고 말했다. 칼릴은 입을 다물었고 커피머신으로 가서 스팀노즐에서 수증기를 빼내며 청소했다. 그런 다음 소피아에게 다가가서 그녀를 꼭 껴안았다. 근무가 끝나자 그녀는 앞치마를 벗고 매니저에게 전화를 걸어 리미니로 돌아가고 싶다고 사실대로 말했다. 집을 향해 걸어갔고, 밀라노는 마지막 길을 그녀와 동행했다. 팔라초 미소리, 첨탑 사이로 튀어나온 괴물 석상들, 두오모로 향하는 선로 위의 금속전차, 서두르는 영혼들, 어느 거리에서든 몸

---

* 이탈리아 국영철도기업 트렌이탈리아가 운영하는 고속열차. '흰 화살'이라는 뜻이다.

128

을 숨길 가능성. 그녀는 이 모든 것이 그리울 것이다. 그녀는 나중에, 이솔라에 있는 자신의 방에서 여행가방을 싸며 그 사실을 깨달았다. 옷가지와 노트북을 넣고 지난 몇 달간 사들인 책들도 챙기려다가 그만뒀다. 방 계약이 끝나기 전에 다시 와서 가져가기로 했다. 그녀는 침대에 앉았다. 단조로운 방. 이 방을 떠나려는 지금, 굴복하지 않기 위해 떠난다는 걸 확신했다. 대도시를 사랑하기 시작했고, 아드리아해와 바닥에 끄는 아버지의 슬리퍼를 아침마다 잊어갔다. 교수의 매력에 빠지는 뻔한 실수를 저질렀고, 그 이후 복잡한 그 모든 일이 일어났다. 커피숍에서 그의 아내를 만난 후 거기서 또 그를 맞닥뜨린다거나. 그런 곤란한 상황에 놓이는 게 가능키나 한 일인가?

하지만 그녀에게는 글이 있었다. 그날 오후 피아트 푼토에서 어머니와 있었던 일을 가능한 한 가장 정확한 말을 골라 썼다. 이게 보상이야. 그녀는 밀라노에서의 마지막 밤에 힘겹게 잠을 청하며 스스로에게 말했다. 「있는 그대로」 일곱 장을 공책에 접어넣고, 여행가방을 끌고 지하철역으로 가서 열시 삼십오분 기차표를 사고 창가 자리에 앉아 교수의 마지막 메시지에 답장했다. 그들이 만났을 때 녹음한 내용을 다시 들었다. 그날 펜테코스테는 그녀의 목을 쓰다듬었고, 그녀는 그에게 목덜미를 내밀었다. 머리카락 아래쪽을 잡은 그의 손, 기울어진 목 근육. 그녀는 그들에게 무언가가 있었다는 그 오십일 분 삼십칠 초의 증거를 그에게 보내고 싶었다.

볼로냐를 지나 농가와 깔끔한 마당이 있는 에밀리아 지역의 시골이 보이자 혼란스러운 생각이 멈췄다. 파엔차에서 새로운 메시지를 받았다. 농담이지? 곧바로 또다른 메시지. 전화할 테니 받아줘. 핸드폰이 진동하기 시작하자 그녀는 전화기를 치워버렸다. 여전히 진동음이 느껴졌다. 그녀는 핸드폰을 배낭 주머니에 욱여넣고 눈을 감았다. 잠결에 뼈가 아팠다. 팔다리를 만져보니 열이 나고 움직이기가 힘들었다. 그녀는 의자에서 자세를 바로 하고 창밖을 바라보며 로마냐를 알아보았다. 이몰라를 지나면서 들판의 풍경이 더 부드럽게 변했다. 들쭉날쭉한 경작지는 전과는 다른 흐름을 이루었다. 마치 파종하거나 수확하는 사람들이 서로 가까이 있기를 원하는 듯 거의 한데 뭉쳐 있었다. 이후 기차가 리미니 부두를 지나자, 그녀는 숨을 억눌렀다. 돌아가는 건 어쨌든 힘든 일이었다.

그녀는 도움을 받아 가방을 옮겼고, 기차에서 내렸을 때 밀라노에서 달아났다는 걸 깨달았다. 그녀를 휩쓴 평온함은 포위당한 기분을 절실히 느끼게 하며 그녀를 아프게 했다. 그녀는 지하도를 거쳐 기차역 밖에서 나와 핸드폰을 확인했다. 펜테코스테 교수에게서 온 부재중 전화 세 통과 네 개의 메시지가 있었다. 메시지 하나는 이런 내용이었다. 가능할 때 전화해줘, 잠깐이면 돼. 고마워. 그녀는 버스정류장으로 가서 이나카사*로 가는 1번 버스를 기다렸다. 그곳은 1950~1960년대에 조성된 주거 구역으로, 저렴한 가격에 편리한 환경을 갖춘 가정집이 들어섰다. 조부모와 부모와 손주 들은 유제품가게와 카페가 있는 작은 광장들을 드나들었고, 람브루스키니학교와 시립유치원 근처에 임시로 놓인 테이블에서는 카드게임이 벌어졌다. 조부모들은 죽어가고 그 자리를 외지인들이 대신하고 있음에도 동네는 감미로움을 잃지 않았다. 소피아는 돌아올 때마다 그 분위기가 사라졌을까봐 두려워했지만 항상 다시 발견하곤 했다. 버스는 성벽을 따라가다 첫번째 외곽으로 들어섰다. 집이 점차 가까워지자, 그녀의 마음은 불안하고 초조해졌다.

＊제2차세계대전 이후 이탈리아 정부가 추진해 건설한 공공주택 단지.

철물점은 문을 열었다. 그들이 가게를 넘긴 이후로 그녀는 그곳을 마주하는 게 불편했다. 조금 더 가서 제타 카페 앞의 정류장에서 내렸다. 학교 주변의 자갈길을 따라 올라가 작은 광장과 그녀가 살았던 건물에 도착했다. 그녀는 집 발코니에 꽃이 있는 것을 보았다. 뒤로 물러나서 노란색 꽃을 다시 보았다. 열쇠를 꺼내 대문을 열고 가방을 끌며 계단을 올라가 현관문을 열었다. 서둘러 주방으로 들어가 유리문을 활짝 열고 제비꽃을 심어둔 화분 세 개를 보았다.

"소피아."

"누가 심은 거야?" 그녀는 발코니에서 눈을 떼지 않았다.

"내가. 요 앞에서 모종을 좀 샀어."

그녀는 돌아서서 아버지를 보았다. 티셔츠와 버뮤다 반바지, 슬리퍼 차림의 아빠가 재를 떨구지 않으려고 담배를 세워서 잡고 있었다. "내가 데리러 갔을 텐데."

"서프라이즈야."

아버지는 눈 밑이 처져 있었고 갓 자른 머리카락은 희끗하고 칙칙했다. 그는 세면대에 담뱃재를 떨고는 그녀의 가방을 방으로 옮겼다. "무슨 일 있었니?"

소피아는 어머니가 튤립을 가꾼 이후로 발코니에서 꽃을

본 적이 없었다. 그녀는 자리에 앉았고, 프라테 인도비노 달력*이 3월로 표시된 것을 보고 4월로 바꾸었다. 그녀는 주위를 둘러보았다. 주방 수납장은 다시 똑바로 달렸고, 타일의 회반죽 자국은 제거됐고, 라디에이터는 덧칠되어 있었다. 유리문 위의 나무판은 교체됐다. 냉장고 옆에는 나무 숟가락을 든 도자기 돼지가 있었다.

그녀는 일어나서 다시 발코니로 나갔다. 화분마다 제비꽃이 일곱 송이씩 있었는데, 어떤 건 너무 가까이 붙어 있었다. 그녀는 흙에 손을 대어봤다. 축축했고 숲 냄새가 났다. 고개를 숙여 구석에 어머니의 도구들이 담긴 양동이가 있는 걸 보았다. 소형 갈퀴와 삽과 가위와 장갑.

"내가 지하실에서 꺼냈어." 아버지가 미소를 지었다.

그녀는 고개를 끄덕였다.

"밀라노에서 무슨 일 있었어?"

소피아는 양동이 안의 도구들을 들여다보았다. 아무 일도 없었어. 그녀는 차분하게 다시 말하며 아버지에게 다가갔다. 그의 앞으로 지나가려고 하다가 비틀거리며 아버지의

---

* 프라테 인도비노 출판사에서 나온 종교 달력.

어깨에 한 손을 짚었다. 그녀는 아빠를 꽉 부여잡은 어린아이처럼 있었고, 포옹을 모르는 아빠는 어색하게 딸을 안으며 어깨뼈와 목덜미를 쓰다듬었다.

"자, 데려다줄게." 그는 속삭였고, 딸이 우는 소리를 들었다. 그는 딸을 계속 붙잡고 있었다. "데려다줄 테니까 거기로 가자."

"엄마한테는 안 갈래."

"노란 등대로 데려갈게." 그는 그녀를 살펴보려고 자신에게서 떼어냈다. "내 폐에도 좋아. 행색이 이러니 옷 좀 갈아입고."

그녀는 혼자가 되어서야 스웨터 소매로 눈물을 닦으며 자신이 돌아왔다는 걸 깨달았다. 그녀는 셋이서 살았던 때를 생각했다. 그들은 철물점을 운영했다. 아버지는 설치 서비스도 같이 제공했고, 계산대 뒤에 있던 어머니는 노란색 공책에다 새로 판매한 물건을 위해 남편이 해야 할 일을 적었다. 아순타 부인에게 거울, 이틀 안에 달기. 체스키 씨에게 드릴과 미장 재료, 액자 위치 바꾸기. 그는 항상 밖에 있었고, 마레키에세가에 더 다양한 상품을 취급하는 OBI 매장이 생겼을 때도 그의 가게는 잘 운영되었다. 그녀의 아버지는 철물점에서 얼마나 행복했던가. 그리고 그녀의 어머니는 그 삶에서 얼마나 숨겨져 있었던가.

소피아는 방으로 가서 가방을 열고 옷을 뒤져 반으로 접힌 종이를 꺼냈다. 제목 있는 그대로가 왼쪽 상단에 정갈하게 적혀 있었다. 그녀는 아버지가 있는 욕실로 갔다. 그는 베이지색 셔츠와 청바지를 입고 튀어나온 머리카락을 빗질하며 정리하고 있었다. 그가 그녀를 보았다. "가자."

그녀는 그에게 종이를 내밀었다.

"뭐야?"

"아빠 주려고."

안드레아는 병원에서 퇴원확인서에 서명하고 크리스티나에게 집으로 데려다달라고 부탁했다. 그는 손이 욱신거렸고 열은 내렸다. 의사들은 그가 하룻밤 입원해 있어야 한다고 말했다. 그는 감염됐고 뼈에는 이상이 없었지만 힘줄에 문제가 있었다. 하지만 그는 이미 그걸 알고 있었다. 그는 서류에 지어낸 이야기로 진술을 적고 파테베네프라텔리병원을 나왔다. 셈피오네공원에서 떠돌이 개—밝은색—에게 공격당함. 도발이나 사전접촉은 없었음.

그는 크리스티나가 차를 가져올 때까지 기다렸다. 해가 저물고 있었고 제비 소리가 들리는 것 같았다. 그녀가 오자 그는 차에 타서 안전벨트를 매고 차창으로 하늘을 계속 살펴보았다. 그러고는 말했다. "고마워." 그는 그녀를 바라보았다.

"바로 전화할 수 있었잖아."

"심각하지 않았어."

"내 말은, 아무 상관도 없는 그 사람들이 네 옆에 있었단 거야."

그는 참았다. 최근에는 그녀에게도 참기 시작했다. 할말이 있어도 입을 다물었고, 그 탓에 그들 사이에 갈등이 깊어졌다. 이번에는 그녀에게 숨김없이 말하고 싶었다. 아무 상관 없는 사람들이 내게 기쁨을 주었다고. 병원 침대에서 깨어나 마르게리타의 가족과 함께 있는 것이 그에게 위안이 되었다. 마르게리타와 그녀의 쾌활한 어머니. 병상에서 그 둘의 존재는 간섭을 자연스러운 돌봄으로 바꾸었다. 그녀의 남편도 아내에게 걸맞은 남자라는 암시―자세라든가 잘생긴 얼굴에 스친 피로라든가 다른 무엇이든―를 잠시나마 알아차릴 수 있었다.

그들은 포르타로마나에 도착해 아치문 옆을 지나갔다. 화단에 히아신스가 심겨 있었다. 그녀가 크레마가로 방향을 바꾸려고 할 때 그가 말했다. "먼저 세자르에게 가자."

"뭐라고?"

"개를 보고 싶어서."

크리스티나는 차를 세웠다. "말도 안 돼."

"보고 싶어."

"또 사납게 대들 텐데."

"세자르를 보고 싶어."

"어두워졌잖아."

안드레아는 아무 말도 하지 않은 채 신선한 공기를 들이려고 창문을 내렸다. 병원을 나서면서 공기를 들이마셨더니 기분이 나아졌다. "어두워도 개를 보고 싶어."

그녀는 비상등을 켜고 핸들을 가만히 응시하다 말했다. "오빠네가 데려갔어." 그녀는 그에게로 시선을 돌렸다. "개가 싸울 수 있다고, 오늘을 기다렸거든. 라틴계 사람들이 판을 벌이는 날이라서."

안드레아는 보호해야 할 꾸러미인 것처럼 손을 복부로 당기고는 어쨌든 가자고 신호했다.

"안드레."

"가."

"그래도 멍청한 짓은 하지 마."

그는 산도나토에 도착할 때까지 그녀를 보지 않았다. 그 무리의 차 한 대가 길가에 세워져 있었다. 다른 두 대의 차를 타고 떠난 모양이었다. 안드레아는 철책을 통과해 크리스티나에게 현관문을 열게 한 뒤 농가를 가로질러 뒷마당으로 갔다. 세자르의 사슬이 바닥에 놓여 있었다. 그는 개가 긁어대던 주변의 모래를 자세히 보았는데, 핏자국은 없는 듯했다.

"때리지는 않았어." 그녀가 말했다.

"네가 어떻게 알아?"

"내가 여기 계속 있었거든."

몽둥이나 못이 달린 곤봉은 보이지 않았다.

그들은 다시 차를 타고 십 분 뒤 고가도로에 다다랐다. 굴착 현장과 반쯤 지어진 콘크리트 기둥이 있는 공사장과는 오백 미터 거리에 있었다. 그들은 갓길에 차를 대고 남은 길은 걸어갔다. 그는 가기 전에 옷을 잘 여몄고, 다리로 버티면서 걸음을 재촉했다. 그는 무리를 향해 다가가 옆을 지나쳤다. 에콰도르인 두 명이 그에게 눈짓으로 인사하자 그도 고개를 끄덕이고는 빈 곳으로 가서 살펴보았다. 링은 비어 있었고, 주인들은 양쪽 구석에서 개에게 워밍업을 시키고 있었다. 발전기가 켜져 있고 조명에 연결돼 있었다. 링은 땅에 박아둔 금속판과 그 바깥쪽에 쌓은 벽돌로 표시되어 있었다. 그는 더 가까이 다가갔다. 두 사람이 방금 끝난 싸움의 흔적에다 흙을 뿌렸고, 경기장 한쪽에 얼룩이 있었다.

에콰도르인 중 한 명이 그를 빤히 바라보았다.

새로운 얼굴들이 있었고 이탈리아인들은 구석에 모여 돈을 걸고 있었다. 그들은 싸움을 앞둔 개들을 지켜보았다. 한쪽 구석에서 주인이 로트와일러의 등에 사슬을 흔들며 쇠붙이 소리를 냈다. 로트와일러는 격하게 움직였지만, 목이 묶여 있어 뒷다리로 홱 일어섰다. 다른 쪽 개도 두 다리로 뛰어올랐는데, 녀석은 아메리칸 불리였다. 그들은 개를 링으로 이끌었고, 안드레아는 더 자세히 볼 수 있었다. 로트와일러는 털이 더러웠고, 희끄무레하게 보이는 두 줄의 흉터가 옆구리에 나 있었다. 아메리칸 불리는 말끔한 털이 특이한 회색빛을 띠었고, 귀는 뿌리까지 잘렸고, 눈은 감염된 것처럼 물기가 어려 있었다.

“오빠가 전화를 안 받아.” 크리스티나가 뒤에서 그를 흔들었지만, 안드레아는 계속 링을 주시했다. 사실 그는 시선을 뗄 수가 없었다. 판돈이 항아리에 담겼고, 항아리는 밖으로 옮겨져 경찰 단속에 대비해 잡초가 우거진 구덩이로 들어갔다. 에콰도르인 중 한 명이 경기 규칙을 또박또박 읊었다. 예정된 시간 전에 동물을 빼내면 주인은 수수료의 3분의 1을 낸다. 동물이 이기면 수수료의 3분의 1과 고정액 300유로가 주인에게 지급된다. 동물이 죽으면 수수료 전액이 주인에게 지급된다.

개들이 풀려나 달려들었을 때 로트와일러는 조용히 엎드렸고, 아메리칸 불리는 잠시 상대 위에 올라탔다가 바닥에 내팽개쳐져 목구멍에서 꿀렁거리는 소리를 내기 시작했다. 그들 아래로 오래된 피의 흔적이 강물의 검은 가지처럼 떠올랐다. 안드레아는 그 흔적을 빤히 보다가 군중 속에서 빠져나와 에콰도르인에게 갔다. 그는 링 뒤편에서 안드레아를 계속 주시하고 있었다. 그가 다가가자, 남자는 머리를 기울여 가장 멀리 있는 고가도로의 출구를 가리켰다.

안드레아는 그쪽을 향해 걸어갔고, 크리스티나와 제압당한 아메리칸 불리의 메아리가 뒤따랐다. 그는 넉 달 전 이미 세자르의 죽음을 준비했다. 카네코르소에게 거의 반쯤 찢긴 세자르를 그들이 수수료의 3분의 1을 내고 구해냈을 때였다. 그는 개를 풀어주고 싶었지만, 경기장에서 세자르를 보는 것이 좋아서 그러지 않았다. 한번은 세자르가 핏불의 목 언저리를 물어뜯어 바닥에 쓰러뜨린 적이 있었다. 싸움이 시작되고 십오 초 만에 일어난 일이었다.

안드레아는 붕대 감은 팔을 잡은 채 서두르지 않고 걸어갔다. 열이 내려서 몸이 가벼웠고, 감정이 더는 느껴지지 않는 것 같았다.

"어디 있는지 들었어?" 그녀가 그를 따라붙었다.

그는 에콰도르인이 가리켰던 방향으로 계속 나아갔고, 핸드폰의 손전등을 켜서 불빛을 비췄다.

"어디 있는지 들은 거야?"

그들은 배수로에서 몇 미터 떨어진 작은 매립지에서 세자르를 발견했다. 사체는 움푹 들어간 곳에 있었고, 흙과 비닐봉지로 허술하게 가려져 있었다. 안드레아는 무릎을 꿇고 멀쩡한 손으로 땅을 파기 시작했다. 그녀는 그를 도우며 울음을 터뜨렸다. 그들은 개를 풀어주고 밖으로 끌어내어 거기서 몇 미터 더 끌고 갔다. 그는 세자르의 얼굴을 닦아주고 부드럽게 쓰다듬으며 옆구리와 등, 대퇴부 근육에 물린 상처가 있는 것을 발견했다. 세자르는 눈을 뜬 채였고, 혀가 한쪽으로 튀어나와 있었다. 안드레아는 그의 혀를 안으로 집어넣고 짧은 꼬리에 한 손을 얹었다.

그는 그녀에게 차를 가져오라고 했고, 개와 단둘이 남자 그 옆에 쪼그리고 앉았다. 개는 아직 따뜻했다. 그녀가 돌아오자 그는 개를 팔뚝으로 들어올려 힘겹게 트렁크에 실었다. 붕대와 바지와 셔츠가 피로 얼룩졌다.

"밭에 묻어주고 싶어." 그가 말했다.

그녀는 고개를 끄덕이고 얼굴을 닦았다. 그들은 차를 타고 농가로 갔다. 그는 직접 하길 원했다. 발을 땅에 단단히 딛고 세자르를 들어올려 밭으로 옮기기 시작했다. 그러다 다리가 휘청거려 멈춰 서야 했다. 크리스티나가 삽을 들고 따라와 개의 주둥이를 받치며 그를 도왔다. 그들은 호두나무와 말라버린 관개수로가 있는 평지까지 함께 걸어갔다. 밤은 그리 어둡지 않았고 가로등과 달빛이 사물의 윤곽을 드러냈다. 충분한 깊이까지 땅을 파는 데에는 한 시간 이상 걸렸고, 그는 불편한 팔로 서투르게 삽질했다. 그는 세자르를 바닥에 뉘었고, 그들은 그의 머리가 농가 쪽을 향하도록

했다. 그녀는 세자르를 쓰다듬었고, 그도 개를 쓰다듬으며 상처 난 곳을 손가락으로 눌렀다. 그는 조심스럽게 개를 묻었다. 그들은 삽 뒷면으로 흙을 쳐서 평평하게 다졌고, 그는 곧장 농가로 돌아갔다. 그녀가 마당에 들어섰을 때 안드레아는 이미 사슬을 끌러 개집 안에 다시 넣고 물과 음식 그릇을 내던졌고 한 발로 흙바닥을 비비며 지붕 아래 남은 세자르의 모습을 지워놓았다. 그녀가 그를 껴안자, 그가 말했다.

"집으로 데려다줘."

"여기 있어."

"그놈들을 보고 싶지 않아."

"그럼 같이 갈게."

그들은 그의 집으로 갔고 함께 씻었다. 샤워 후에 그녀는 그가 붕대를 벗기는 것을 도왔다. 상처 두 군데가 다시 벌어졌고 항생제가 엉겨 있었다. 안드레아는 그것을 제거하고 그녀에게 손을 치료하는 동안 자신을 보지 말라고 했다. 그래서 그녀는 그가 몇 시간 전에 먹었어야 했던 약을 건네고 욕실에서 나갔다.

혼자 남자 그는 조명 아래로 팔을 뻗어 주먹을 쥐었다 폈다 하며 물린 자국에서 아직도 액체가 흘러나오는 것을 보았다. 그는 거기에 입김을 불어가며 드레싱을 마친 뒤 느슨하게 붕대를 감고 침실로 갔다. 그녀가 어둠 속에 누워 있었고, 그는 그녀 옆에 누웠다.

"오빠가 전화를 안 받네. 내일 내가 오빠랑 만날 거니까 넌 나서지 마."

안드레아는 이미 크리스티나의 목소리를 놓아줬고, 세자르도 떠나보냈다. 내일 아침은 다르리란 걸 알았다. 이제 그는 위로가 되는 사람이 필요했고, 그게 마르게리타라는 사실에 놀랐다. 병원에서 그를 돌봐줬던 그녀. 그는 그녀를 떠올렸고, 마르게리타도 마찬가지였다.

그녀는 침대에 들자마자 안드레아를 떠올렸다. 병원 담요 사이로 드러난 그의 탄탄한 어깨, 불편을 끼치는 게 두려운 듯이 잠자던 모습. 그녀는 파테베네프라텔리를 나와 사무실에 도착하자마자 그와 헤어지기 전에 물었던 그의 전화번호를 수첩에 옮겨적었다. 그리고 콘코르디아대로 아파트 매매를 위한 연극을 시작하기로 하고 숫자 3과 8을 되새겼다. 하지만 그녀는 주인에게 전화하지 않고 책상에 그냥 앉아 있었다. 그녀의 아버지는 뭐라고 했을까? 그는 샤펜버그라는 말을 썼을 것이다. 기차의 가벼운 견인갈고리를 가리키는 말인데—아버지의 말에 따르면 가볍고 예전 장치만큼 안정적이지는 않다—그것으로 객차가 서로 고정됐다. 그녀는 미스 샤펜버그였다. 아버지는 그녀가 안드레아 지아니 포스터 앞에서 멍하니 있거나 공부에 손을 놓고 빈둥거리고 있을 때 그녀를 그렇게 불렀다. 그녀는 아버지 덕분에 자신이 객차를 가볍게 끌고 가고 있음을 깨달았다. 그녀는 산만함—이번에는 어머니가 쓰는 말—을 떨치고 다시 제자리로 돌아와 현실에 매달렸다. 전기세 납부, 슈퍼마켓팜에서 장보기, 내 집 마련. 그래서 그녀는 콘코르디아대로의 주인에게 전화를 걸었다. 명민하고 완고할 정도로 자연스러웠다. 마르게리타는 같이 일하는 사람들에게 이런 자발성을 원했고, 그런 점이 훈련의 결과라는 건 중요하지 않았다. 그녀는 주인에게 부동산 방문이 시작됐고, 이미 열한 건의 약속이 잡혔다고 말했다. 그리고 매매가 협상이 불가하다는 말을 듣고서 포기한 사람이 두 명 있다고 했다.

"왜요, 마르게리타?"

엘리베이터 때문에요. 계단 아흔여섯 개는 부담스럽대요. 그녀는 '부담스럽다'는 표현이 마음에 들었는데, 우아하고 명확했기 때문이다. 그녀는 덧붙여 말했다. 하지만 저를 믿으세요. 그녀는 어떤 기분이 들었을까? 뒤따르는 객차, 즉 내 집 마련 계획에 단단히 갈고리를 건 기분이었다. 세비야에서 그녀가 카를로의 청혼을 받아들인 그날 오후. 그가 청혼한 후, 그녀는 산타크루스에 있는 안뜰의 담장에 앉아 그가 손가락에 끼워주는 은반지에 감탄하며 진심이냐고 물었다. 그 순간 그녀는 모든 여자와 다를 바 없었고, 그 사실이 행복하기만 했다. 그 이후 가족들에게 결혼 발표를 하자마자 어떤 일이 일어났다. 그녀는 예식에 대한 제안에서부터 펜테코스테 집안에 피곤함을 느꼈다. 그녀에게는 작년에 트윈셋 매장에서 산 꽃무늬 드레스를 입고 열 명의 하객이 있는 작은 성당에서 결혼식을 올린 뒤 코모호수나 시골 레스토랑으로 가서 꿩 요리를 먹는 것으로 충분했을 것이다. 어느 날 저녁 그녀는 밥을 먹으러 갔다가 어머니에게 그 얘기를 했다. 그녀의 어머니는 곧바로 어떻게든 결혼식에 도움을 주고 싶다고 말했다. 신부 망토나 신랑 나비넥타이를 직접 만들 수 있을 거라며. 마르게리타가 접시를 밀어버리는 바람에 식탁 위로 리소토가 조금 쏟아졌다. "엄마까지? 그만해!" 그녀는 울음을 터뜨렸고, 어머니는 의자를 끌며 그녀에게 가까이 다가갔다. 그리고 딸에게 속삭였다. "나는 발진이 생겼었어. 결혼식 치르고 한 달 후에 나았지만, 절대 완치되지는 않더라."

그녀는 머릿속에서 안드레아를 밀어내고, 밤에 잠긴 침실과 높은 천장, 벽면의 뉴욕, 잠 못 이루는 이웃의 부산한 소음, 블라인드 사이로 스며든 달빛으로 돌아왔다. 이불 아래로 손을 넣어 남편의 옆구리를 쓰다듬었다. 그녀는 그가 깨어 있을 때를 항상 알았다. 그는 그녀의 손을 잡았다. 카를로는 그녀를 가질 수 있는 가능성을 포착하자마자 돌발적으로 변했다. 그녀도 그를 가지기로 한 순간 성급해졌다. 그를 입으로 받아들일 때마다―사랑을 나누기 전에 늘 있는 일이었다―그것이 숨막힐 정도로 부풀어오를 거라는 절대적인 확신으로 목구멍까지 치미는 걸 느끼려 했다. 그녀는 그가 전율할 때까지 빨다가 오르가슴에 도달하기 전에 멈추고 그가 그녀에게 헌신하게 했다. 남편의 머리가 다리 사이로 들어오면 그녀는 상상의 세계로 빠져들었다. 늠름한 남자가 여럿이, 또는 혼자 그녀의 위에 올라타거나 옆에 붙어 있는 상상이었다. 그들은 그녀를 보호하면서도 점령하는 원을 이루었다. 거기에는 과거의 누군가도 있었다. 그들의 애무, 키스, 그녀 안에서 움직이는 방식, 그녀가 놀라운 흡수성으로 끌어들인 과거의 기억들. 안드레아와 병원에서 보낸 그날의 끝에 그녀는 남편 위에 올라탐으로써 상황을 제자리로 돌려놓았다. 그녀가 다른 남자를 상상한 뒤에 자신의 아래에서 신음하는 그를 보는 건 그들 사이의 공모를 드러냈다. 그는 그녀에게 환상을 밝히라고 명령했다. 오르가슴으로 치닫는 순간, 카를로는 그녀에게 절대 묻고 싶지 않았던 것을 물었고, 그녀는 그에게 말할 거라곤 생각지도 않았던 것을 말했다.

그녀는 속도를 늦췄고, 그는 다그쳤다. 마르게리타가 다시 시작하자 그가 그녀의 허리를 움켜쥐었다.

그러자 그녀가 말했다. "물리치료사."

마르게리타는 그 말을 내뱉으면서 어둠 속에서 남편을 찾았다. 그의 윤곽, 격한 숨결, 난폭한 손아귀, 에로틱한 신음, 그리고 폭로에 대한 짜증. 그녀는 계속해서 움직였다. "물리치료사야." 거듭 말하며 세차게 몸을 놀렸다. 그들은 쾌감에 다다랐고, 그녀는 두 사람이 진정될 때까지 그의 위에 있었다.

그들은 방금 한 말을 그냥 넘겼다. 마치 정욕이 전혀 생각지도 않았던 말을 입에서 내보낸 것처럼. 그녀는 그런 힘을 그에게 행사했다는 걸 알고서 무척 흥분됐다. 그것은 모종의 합의를 이끈 위험한 모험이었고, 그들의 관계가 특별하다고 느끼게 했다. 그러나 오해로 모든 것이 힘들어졌다.

그녀는 그에게서 몸을 뗐고, 안드레아에 대해 말한 것을 후회하지 않았다. 그녀는 그를 보았고 자신을 지켜보는 남편의 시선을 눈치챘다. "뭐야?" 그 말을 던지곤 욕실로 향했다. 그녀가 돌아왔을 때도 그는 좀전과 같은 자세로 있었다.

"당신의 청춘이 끝난 순간이 언제인지 알아?" 카를로가 담요를 끌어올렸다. "정확한 순간 말이야."

"맙소사, 어떻게 섹스하고 나서 그런 질문이 생각나는 거야?" 그녀도 이불 속으로 들어가 그의 다리를 찾았다. "고등학교 졸업?"

"아니, 내 말은, 정확한 순간이 언제냐고."

그녀는 눈을 감았다. 아버지가 죽을 거라는 말을 들었을 때라고 대답할 수 있었다. 그러나 그녀는 이렇게 말했다. "내가 사무실을 열던 날인 것 같아."

"그러면 삼 년 반 전이네."

"책상만 있었는데 당신이 상자 몇 개를 가져왔고, 나는 물건들을 정리하기 시작했어. 내 자리를 정하고 목이 굽은 플라스틱 거북이를 그 위에 올려놓았던 거. 기억나지?”

“그때 겁먹었잖아.”

“조금은.”

그는 베개에 몸을 기댔다. “나는 자전거를 타고 있었고, 민치오 수영장에서 나와 일하러 가는 중이었어. 포르타로마나로 내려가는 리파몬티고가도로 바로 위에 있었어. 오 년 전 9월의 마지막날.”

그들은 조용해졌고, 잠시 후 그는 그녀가 잠자는 소리를 들었다. 그는 깨어 있으면서 페달을 밟으며 느꼈던 마법 같은 순간을 떠올렸다. 그는 자전거를 타고 숨을 헐떡이며 리파몬티고가도로를 오르고 있었다. 아직 확실한 직업이 없었고—편집자 자리는 임시직일 거라고 믿었다—소설을 쓸 거라는 꿈을 여전히 포기하지 않았고, 약혼녀 마르게리타와 살고 있었고, 아직 아버지의 추천을 받은 교수가 아니었다. 아직은 아니었다. 그는 무엇이든 될 수 있었다. 결승선을 몇 미터 앞둔 것처럼 페달을 밟고 일어섰고, 가슴뼈 안쪽에서 기쁨이 번지는 것을 느꼈다. 그는 그 감각이 정점이자 한 계절에 대한 이별이며, 곧 남자로서 새로운 삶에 들어선다는 뜻이라고 확신하며 내리막길을 달렸다. 그는 그때와 같은 우울함으로 잠이 들었다. 어쩌면 그건 행복감이었을지도 모른다.

그가 깨어났을 때 처음 떠오른 이미지는 마르게리타와 물리치료사였다. 마사지 침대에 누워 다리를 벌린 그녀와 허벅지 안쪽을 문지르는 그 남자. 그녀의 억누른 쾌감, 자신을 억제할 수 없는 남자—어떻게 참을 수 있겠는가?—는 만져서는 안 되는 곳을 슬쩍 스쳤고, 은밀하게 부푼 욕망을 나중에 탈의실에서 터뜨렸을 것이다. 카를로는 침실에서 빠져나와 욕실로 들어가 재빨리 씻은 뒤 주방으로 가서 마르게리타를 위한 모카포트 커피를 준비했다. 그는 모카포트를 옆에 두고 통밀 토스트를 한입 베어 물고는 차분히 씹으면서 탁자 한쪽을 바라보았다. 정리가 안 된 최근에 낸 고지서들, 독서용 안경과 항히스타민제 약병, 다육 식물과 충전중인 아내의 핸드폰. 아내의 핸드폰. 그는 주의를 딴 데로 돌리며 슈퍼마켓에서 사야 할 목록을 적고 모로코에 대한 편집 초안을 배낭에 넣은 후 집을 나섰다. 그가 소피아에게 보낸 것과 같은 메시지를 아내의 핸드폰에서 보았다면 어떻게 반응했을까? 그는 몬테비데오가를 천천히 걸으며 솔라리공원을 지나갔다. 밤새 개집에 있다가 밖으로 나온 행복한 개들과 그 뒤를 따르는 잠이 덜 깬 주인들. 그는 목줄 없이도 충실한 그 동물들에게서 기쁨을 보았다.

마르게리타에게 다른 남자가 있다는 걸 알았다면 그는 어떻게 반응했을까? 그는 공원을 떠나며 그 의문을 회피했고, 소피아에 대한 긴장감이 다른 형태를 취하고 있다는 확신에 빠져들었다. 그녀가 리미니로 돌아갔고, 사흘 후에는 수업에서 볼 수 없을 거란 사실은 그가 감당해야 하는 패배감이었다. 마르게리타에게 숨어드는 수밖에 없었다. 그는 결혼 생활 너머로까지 욕망을 뻗쳤고, 그 경계를 다시 정하려는 시도는 차선책으로 아내와 예전처럼 사는 것이었다. 마르게리타는 행복이었고, 그는 그 사실을 확실하게 느꼈다. 하지만 이제 그는 견고하고 변덕스럽고 반박할 수 없는 방식으로 경계가 정해진 자유지대 또한 느끼고 있었다. 그의 머릿속에서 이 부분은 소피아에 대한 생각이 스칠 때마다 에너지를 발산했다. 지금은 소피아지만, 미래에는 그 누가 될는지 모를 일이다. 다른 행복. 그는 그것을 찾는 이유가 결혼 생활의 피로 때문인지 자문해봤고, 정서적 보상에 관한 이 문제를 끝내고 싶다는 결론에 도달했다. 그의 아내는 그에게 기쁨, 아주 큰 기쁨을 주었다. 소피아도 그에게 기쁨, 아주 큰 기쁨을 주었다.

그는 나빌리오에 도착해서 핸드폰을 꺼내 메시지를 보냈다. 적어도 밀라노에 돌아오면 알려줘. 주머니에 손을 넣고 산고타르도대로를 걸어갔다. 편집부 사무실은 라그란제가 모퉁이에 있는 상아색 건물에 있었다. 그는 안내실 직원에게 눈짓했고, 마누엘라는 갈색 단발머리를 흔들며 미소 지었다. 그녀와 인사한 뒤 복도 안쪽으로 향했다. 카를로는 그곳에서 육 년간 일했고, 프로젝트 계약서에 서명한 때부터 팔걸이가 있는 같은 의자를 쓰고 있었다. 1400유로의 월급에 근무시간표는 따로 없었다. 그가 문학을 전공하고 구한 두 번째 직장이었다. 첫번째 직장은 광고대행사였는데, 그 일을 잘하지 못했고 글쓰기에 방해가 되어 그만뒀다. 모든 것이 글쓰기를 방해했다. 그래서 그의 아버지가 나섰고—이제 내가 나서마—자신의 개인병원에서 직원을 관리하는 일을 제안했다. 그는 거절했고 두 사람은 여름 내내 서로 말하지 않았다. 이제 도메니코 펜테코스테에게 아들이 무슨 일을 하느냐고 물으면 그는 문학을 가르친다고 대답했다. 때때로 그는 아버지가 말을 툭 던졌던 그날 저녁으로 돌아갔다. "소설, 쓰기는 하니?"

카를로는 책상 아래의 수납함에서 물병을 꺼내 한 모금 마신 뒤 컴퓨터가 켜지길 기다렸다. 처음부터 그는 말수가 적은 40세의 그래픽 디자이너 미켈레 라투아다와 사무실을 같이 썼다. 그는 베르가모에 살았고, 매일 아침 여섯시면 역에 도착했는데 기차가 출발하기 최소 한 시간 전이었다. 주차 공간이 부족했고 교통단속원이 벌금을 가차없이 부과했기 때문이다. 그는 주차장에 차를 대고, 좌석을 눕히고, 알람을 설정하곤 잠이 들었다. 몇 달 동안 카를로는 이 동료에 관한 소설을 생각했다. 리클라이닝 카시트, 에셀룬가 마트의 포인트 컬렉션, 점심 도시락, 그리고 그에게 느낀 애정. 미켈레 라투아다는 그에게 편안한 팔걸이가 있는 의자, 테이블 아래의 물병, 아내, 어쩌면 자녀로 만족하는 삶을 가르쳤다.

그는 컴퓨터 키보드로 다가가며 미켈레를 슬며시 살펴보았다. 그는 일본에 관한 작업을 하고 있었고, 안경을 고쳐 쓰며 마우스를 클릭하고, 가끔 집중하느라 얼굴을 찡그렸다. 그들은 후지산을 다뤘고, 홋카이도의 온천들을 두 페이지에 걸쳐 배치했고, 오코노미야키에 대한 조사를 시작했는데, 핸드폰이 울렸다.

미켈레는 그것을 눈치채곤 돌아섰다. 카를로는 핸드폰을 꺼내 메시지를 읽었다. 내일 남은 짐을 가지러 돌아가요. 제 수업 일수로 수료증 발급이 가능할까요? 감사합니다. S.

그는 책상에서 일어나 창문으로 향했다. 산고타르도의 전차들이 선로를 바꾸면서 덜커덕거리는 소리를 냈다. 그는 핸드폰을 꽉 쥐었다. 메시지를 다시 읽고 안도감이 어깨뼈까지 퍼지기를 기다렸다. 고개를 들었을 때 미켈레가 그를 쳐다보고 있었다. 그는 책상으로 돌아와 소피아에게 답장했다. 증명서는 걱정하지 말라고 했고, 만나자는 말을 또다시 했다. 그는 핸드폰을 책상에 내려놓고 오코노미야키에 관한 두 페이지 작업을 시작했다.

시간이 빠듯해요, 교수님. 죄송합니다.

그는 요도가와강의 디자인 호텔을 위한 마지막 칸을 남겨두고 오사카 부분을 마무리하려고 했다.

커피 한 잔만, 어때?

내일 책을 다 부치고 나서 시간 좀 볼게요. 하지만 잘 모르겠어요.

그는 나라시, 사슴들과 등불이 늘어선 밤 산책길에 대한 작업을 시작했다.

한번 시간을 내봐, 소피아. 가능한지 알려줄래?

내일 다시 연락해요. 좋은 하루 보내세요, 교수님.

그는 그녀가 좋은 하루 보내라는 말로 메시지를 끝맺은 것이 좋았다. 그는 미켈레에게 다 마쳤고 곧 돌아오겠다고 알리고는 식사하러 나갔다. 늦을 걸 알면서. 그날은 목요일이 아니었고 장모를 놀라게 하는 건 싫었지만, 어쨌든 전차를 타고 포르타베네치아로 가서 지하철로 갈아타고 파스테우르역에 내렸다. 스카린지제과점으로 들어가서 매주 목요일에 그랬듯이 디플로마티코와 바바케이크를 샀다. 레게가에서 초인종을 누르기 전에 블라인드가 올라가 있는지 확인했다. 그는 벨을 누르고 평소보다 더 오래 기다렸다. 그가 돌아서려고 할 때 안나가 대답하는 소리가 들렸다.

"저예요."

"누구?"

"카를로요."

그의 장모는 두 손을 모아 쥐고 층계참에서 그를 기다렸다. "무슨 일이야?"

"근처에 있었어요." 그는 그녀를 껴안았고, 언제나 그렇듯 볼 인사를 하면서 장미 향기를 들이마셨다. 그녀가 볼터치 화장을 하지 않았고 옷이 구겨져 있는 걸 알아챘다.

"놀랐잖아."

"떠돌이 개에게 물리진 않았어요." 그는 케이크를 건넸다.

"밥은 먹었니?"

그는 고개를 저으며 그녀를 따라 안으로 들어갔다. TV는 꺼져 있었고 소파에 담요가 놓여 있었다. "주무시고 계셨군요."

그녀는 이미 냉장고로 가서 한 접시를 준비하고 있었다. "장모는 항상 비텔로 톤나토*를 챙겨두지."

"저희 엄마도 항상 냉장고에 준비해둬요."

"말이 나와서 말인데."

"안 오셔도 돼요."

"자네 어머니가 마음 상하실 거야." 그녀는 미소를 지었다. "하지만 뭘 선물해야 할지 모르겠어서."

"스와로브스키 물개를 장모님도 같이 선물한 걸로 할 거예요." 그녀가 준비하는 동안 그는 의자에 앉았다. 그녀는 비텔로 톤나토와 레드와인 한잔을 내줬다.

그는 포크로 한입 먹었다. "제가 장모님이라면 탈영했을

---

* 참치 소스를 곁들인 송아지 고기 요리.

걸요."

"노르망디상륙작전 전에 연합군도 그런 소릴 들었지." 장모는 미소를 지으며 디플로마티코 한쪽을 베어 물었다.

그들은 잠시 조용히 있었다. 그는 접시에 시선을 둔 채 비텔로 톤나토를 맛있게 먹었다. 조심스럽게 음식을 씹고 와인을 한 모금 마셨다. 그는 콘코르디아대로의 집에 관해 이야기했다.

"엘리베이터가 없어서 걱정이야."

"저희는 젊잖아요."

"마르게리타 다리 때문에."

"그냥 염증일 뿐이에요."

카를로가 접시를 들고 싱크대로 가려 하자, 그녀는 그에게서 접시를 낚아채 컵과 포크 등과 함께 씻기 시작했다. "내가 아직도 뒤뷔를 읽고 있단 걸 아니? 그 작가 글을 읽으면 어머니를 보러 가는 과묵한 딸과 장모를 보러 가는 사위, 딸 편이기도 하고 사위 편이기도 한 장모가 설거지하는 모습이 떠오르더라."

"딸 편이 되셔야죠."

"사제처럼 말하네."

"요즘 마음이 복잡해서요."

"나한테 말할 필요는 없어."

그는 일어나서 유리문으로 갔다. 카펫이 발코니 난간에 펼쳐져 있고, 새모이통이 옆에 있었다. 안개가 레게가로 드리웠다.

"하고 싶은 말이 있으면 해보렴."

"제가 바보가 됐어요."

"모든 남자는 어느 순간 그렇게 되는 법이야." 안나는 의자에 앉아 케이크 먹기에 집중했다. "나도 남자로 태어났으면 좋았을 텐데."

그는 그녀를 바라보았다.

그녀는 작게 한입을 우물거리며 손으로 옷의 주름을 폈다. "마르게리타는 어렸을 때 산타클로스를 안 믿었어. 그거 알았니? 한번은 아빠에게 가서, 걔가 대여섯 살쯤이었을 때야, 크리스마스이브 전에 선물을 받을 수 있는지 묻더구나."

"마르게리타는 모든 상황을 파악했어요."

"자네가 거길 거쳐야 한다는 것도 간파했을 거야."

"그건 실수예요."

"실수라는 말에는 많은 의미가 숨어 있는 법이지." 그녀는 음반을 틀고 싶은 기분이 들었다. 선반으로 가서 아무거나 하나를 집어 재킷에서 꺼낸 뒤 전축을 켜고 바늘을 판에 내리려고 세 번 시도하다 카를로의 도움을 받았다.

"모두뇨야." 그녀가 알렸다.

그들은 목요일마다 가끔 음반을 틀곤 했다. 오늘은 목요일이 아니었고 거북한 대화를 나눴지만, 그들은 자유로울 수 있었다. 모두뇨나 어리사 프랭클린, 카말레온티의 음악이 흘러나오는 동안 그들은 실내에서 어슬렁거렸다. 사위는 종종 책장을 훑어보거나 둥근 탁자에서 일했고, 그녀는 책을 읽거나 주방에서 무언가를 준비하거나 다림질하기도 했다. 그녀는 눈을 감은 채 의자에 앉아 소파에 있는 사람이 카를로가 아니라 남편이라고 상상하곤 했다. 그는 어땠더라? 키가 더 작았나? 아니면 더 컸나? 돈 많은 남자였나, 예술가였나? 어쩌면 프랑스인이거나 피아첸차 출신이었을 것이다―피아첸차 남자들은 말고기를 먹고 힘이 세고 친절하다. 그녀는 방금 만난 남자를 상상하기도 했는데, 거실에서 실내 가운을 입은 모습으로 낯선 사람과 함께 있는 여자가 되고 싶었다. 그녀는 환상을 품는 것을 두려워했고, 프랑코를 항상 마음속에 간직했다. 석양은 그의 부재를 일깨웠다. 빈 침대와 그가 앉아서 쉬던 소파 자리의 낡은 흔적까지. 벽 저편에는 솔다티 가족이 살았다. 어머니와 아버지, 자라면서 서로 싸우고 사랑하는 십대 자녀 두 명이 있었다. 그녀는 욕실 벽에 기대어 그들의 소리를 들었다. 큰 아들 파비오가 막 운전면허를 따서 온 가족이 미지근한 프로세코를 마시며 축하했다—아버지가 냉장고에 넣는 걸 깜빡했다. 어느 날은 목욕하다가 그 집의 아내가 뭔가 큰 일로 우는 소리를 들었다. 절망에 빠진 울부짖음이었다. 그녀는 심란한 마음으로 욕조에서 나왔다. 그런 눈물을 흘린 적이 있었기 때문이다. 누군들 그렇지 않겠는가? 결혼생활은 끔찍할 수도 있다.

그녀는 사위를 흘깃 쳐다보았다. 모두뇨가 〈코메 스타이〉를 부르는 동안 그는 핸드폰 자판을 두드리고 있었다. 카를로는 이끌 줄 모르는 남자였다. 칠십 해를 살면서 그녀는 의심을 받지 않게 처신하는 남자들과 그렇게 못하는 의심스러운 남자들을 구별할 수 있게 되었다. 그는 두번째 부류였고, 감정이 일면 얼굴이 붉어지면서 위축되는 모습을 보였다. 그녀는 그가 마르게리타와 자기 자신을 망가뜨릴까봐 걱정됐다. 그가 아버지 앞에서 창피를 당하며 풀죽은 목소리를 내는 걸 보고 마음이 아팠다. 크리스마스 때였다. 디저트를 먹고 있는 식탁에서 도메니코 펜테코스테가 아들을 책망하며 그의 계획에 대해 추궁했다. "무슨 생각으로 불가능한 일에 매달리는 거지?" "불가능한 일이라뇨?" 카를로가 되묻자, 펜테코스테는 그의 장모를 향해 물었다. "안나, 당신 사위가 자리를 잡으려면 어떻게 해야 할까요?" "이미 하고 있는 일을 계속하면 되지요." "그게 뭔데요?" "한결같은 사람으로 사는 일이요." 그녀는 혀를 깨물었다. 한결같은 남자란 따분한 남자라는 말이기도 했다. 그녀는 형용사를 잘 쓰는 편이 아니었다.

"책 좀 빌려 갈래?" 그녀는 그가 핸드폰에서 손을 떼는 것을 보는 순간 말했다.

"읽을 기분이 아니에요."

그녀는 책장으로 가서 세번째 선반에 있는 텍스 만화 꾸러미를 꺼냈다. "이걸 보면 머리가 맑아질 거야."

"프랑코가 화내실걸요."

"무덤 속에서 화내봤자 뭘 어쩌겠어. 그리고 총잡이들은 항상 좋은 조언을 해주거든."

그들은 문으로 향했다. 카를로는 적당히 머물다가 돌아갔고, 그녀는 그런 점에서도 사위를 좋아했다. 그녀는 그가 팔에 만화책을 끼고 계단을 내려가는 모습을 지켜보았다. 그녀와 남편은 베르가모의 노점에서 그 텍스 시리즈를 발견했다. 그들은 노천시장으로 바람을 쐬러 가는 일이 많았다. 프랑코는 그 책을 보곤 깜짝 놀랐고, 만지작거리면서 상인에게 가격을 물었다. 그는 13만 리라어치의 책을 6만 리라에 살 것인지 아내와 상의했다. 그녀는 반짝이는 눈빛으로 두 손에 책을 꼭 쥐고 있는 아이 같은 그를 보는 게 어색하기만 했다.

그녀는 소파에서 담요를 들어 접고, 의자들을 한곳으로 옮기고, 점심때 먹고 남은 음식과 빵 부스러기를 치우고, 모두뇨가 〈무세토〉를 부르는 전축을 끄고, 재봉 도구를 보관하는 거실 수납장을 열었다. 그녀는 도구함을 펼쳐서 바늘과 실감개, 고급 실뭉치, 파랑과 주홍의 비단실 타래, 세 쌍의 재단 가위, 원단 견본을 물끄러미 보았다. 그녀의 외과용 기구들이었다. 이제는 거의 일하지 않았고 손가락 관절이 아팠지만, 창의력과 작업 속도가 여전할 것이라는 생각이 들었다. 순록 가죽과 저지 천, 비단—절대 두 겹으로 접지 않는—을 다루고, 데님과 오간자와 브로케이드—그녀의 작은 손가락에 가장 어려운 소재다―를 과감하게 박음질하며 숙녀들의 허영심에 맞게 모든 것을 조정했다. 그녀의 고객들은 잡담을 나누기 위해서도 레게가에 들렀다. 그들은 몬테나폴레오네가에서 살 물건에 대한 조언을 구하거나 자녀들, 죄와 벌에 대한 이야기를 들려주곤 했다. 그들은 그녀의 소설이었다.

그녀는 귀가 큰 바늘을 꺼내고 파란색 실타래를 골라―누구 앞에서도 그러지 않지만―치아로 실을 끊고는 레인지 위의 후드 조명을 켰다. 그녀는 한쪽 눈꺼풀을 감고 단번에 바늘구멍을 꿰뚫었고, 그럴 때마다 항상 입꼬리가 올라갔다. 침실의 옷장으로 가서 새틴과 사용하지 않은 자수 레이스를 꺼내 매트리스 가장자리에 앉아서 솔기를 맞춰야 하는 끝자락을 보다가 침대 옆 탁자 위의 사진으로 시선을 옮겼다. 그녀는 머리를 숙이지 않고 바느질했고, 천을 손끝으로 눌러가며 젊은 부부의 얼굴을 관찰했다. 프랑코는 카메라 앞에서 얼떨떨해했고, 그녀는 그의 팔짱을 끼고 즐거운 듯 익살스러운 표정을 지었다. 그녀는 코모호수에서 사랑에 빠진 그 이십대 남녀에게 시선을 고정한 채 천을 거꾸로 뒤집었다. 고개를 숙여 바느질을 살폈다. 천 두 조각은 하나가 되었고, 그녀는 여전히 노련한 재봉사였다. 천천히 일어나 한숨을 내쉬고 복도 끝으로 가서 자질구레한 것들을 넣어둔 탁상 앞에 멈췄다. 작은 서랍이 세 개 있었고, 그녀는 마지막 서랍을 당겨 금속 고리에 달린 열쇠를 찾을 때까지 뒤적거렸다.

그녀는 현관문을 열고 일층으로 내려가 지하실로 향했다. 그들의 창고는 오른쪽 끝에서 두번째였고, 희미한 빛 속에서 두 번의 시도 끝에 열쇠를 자물쇠에 끼울 수 있었다. 축축한 냄새가 코를 찔렀다. 그녀는 손바닥으로 코를 가리며 병조림 식품들이 있는 선반 아래의 스위치로 갔다. 불을 켜고 가만히 둘러보았다. 일 년 반 동안 들어와보지 않았던 지하실은 엉망이었다. 구석의 선반들이 잘 보이지 않았지만, 거기에 색상별로 분류된 단추 항아리들과 가전제품들의 오래된 설명서가 든 서류철이 있다는 걸 기억해냈다. 앞으로 나아갔고, 점차 가까이 다가가면서 이 일을 하고 싶다는 확신이 커졌다. 과일 상자를 꺼내 덮개를 벗겨서 불빛이 바로 위에서 비추는 지하실 한가운데로 끌고 갔다. 그녀는 웅크리고 앉아 더미에서 첫번째 만화책, 캡틴 미키 217호를 넘겨 표지 뒤에 있는 1976년 보르미오 엽서를 찾았다. 당신은 소나무 향이 나는 이 오두막들을 좋아했을 거야. 당신의 클라라.

그녀는 그 엽서를 눈앞에서 보자 다시 읽었고, 계속할 수 있다는 걸 알았다. 두번째, 세번째, 스물한 장의 엽서를 모두 꺼냈다. 그녀는 그가 그 엽서들을 없앨 생각을 하지 않았다는 것에 다시 화가 났다. 엽서들을 모은 뒤 자리에서 일어나 배에 꼭 대고는 뒤로 돌아가 불을 껐다. 지하실을 나와서 다시 계단을 올라가 집으로 들어왔다. 그녀는 엽서를 탁상 위에 놓았고, 이상한 기분이 들었다. 흥분됐다. 그럼 이게 자유였을까?

소피아는 주방 테이블에서 등을 구부리고 그녀가 쓴 소설을 읽는 아버지를 바라보았다. 재떨이에서 담배 연기가 피어올랐다. 안개가 북쪽에서 내려와 리미니를 점령했다. 그는 다 읽은 뒤 일곱 장의 종이를 다시 접어 침실로 가져갔다. 담배는 테이블에서 그대로 타올랐고, 그 흔적은 창문 너머의 그을음과 합쳐지는 듯했다.

아버지가 돌아와서 말했다. "바다로 가자."

그들은 거리로 나갔고, 이나카사는 하얗게 뒤덮였다. 소피아는 아버지의 옆에 붙어 걸었고, 그들은 차에 도착했다.

그들의 차는 여전히 르노 세닉이었다. 가게를 넘기기 전 그 차로 철물점의 물건을 마지막으로 실어날랐다. 그녀의 어머니가 사망한 직후였다.

그들은 천천히 구시가지로 향했다. 토요일 아침에 시장이 열리는 성벽을 지나 티베리오 다리를 지나갔다. 역 지하도를 건너 별장들과 숨겨진 정원이 있는 거리를 거쳐 9번 해수욕장 부근의 도로에 도착해서 무료 해변 앞에 주차했다.

그들은 차에서 내려 리미니의 끄트머리 콘크리트 길을 따라 걸었다. 어선 두 척이 정박해 있었고, 한 남자가 뱃머리를 씻고 있었다. 아버지의 발걸음은 가벼워서 그와 한 뼘 거리에 있는 그녀는 혼자 걷는 것처럼 느껴졌다. 그들은 부두에 도착해 아드리아해가 갯바위에 부딪히는 소리를 들으며 노란 등대의 받침대에 앉았다. 아버지는 딸의 턱을 쓰다듬고는 바다를 바라보았다.

그녀도 바다를 바라보았다. 그러다 아버지에게 그 이야기가 어땠는지 물었다.

그는 데님 점퍼 위에 면 스카프를 두르고 단추 두 개를 채웠다. "그날 엄마가 차에서 정말로 바노니를 불렀니?"

그녀가 고개를 끄덕였다.

그가 미소를 지었다.

"왜 웃어요?"

"1987년에 바노니가 카보우르광장에서 공연했어. 우리는 삼촌과 함께 있었는데, 네 엄마 때문에 공연장 담을 넘어야 했다니까."

"담을 넘었다고요?"

"그 공연 이후로 철물점에서 가운을 입기로 했단 건 아니?"

소피아는 고개를 저었다.

"그전엔 네 엄마는 검은색 옷을 입었어. 그런데 그날 밤 바도니가 무대에서 실험실 가운 같은 파란색 우비를 입고 있었던 거지."

그녀는 그를 바라보았다.

그는 스카프를 느슨하게 풀었다. "소피아, 네 엄마는 행복하기도 했어."

"나랑 있을 때도?"

"특히 너랑 있을 때."

그녀는 더 바싹 다가앉아 아버지의 팔짱을 끼고 싶은 마음이 들었다. 예전에는 그랬지만, 지금은 그렇게 하는 법을 잊어버렸다. 그녀는 그의 숨소리를 들었다. 길고 깊은 숨결, 안개 속으로 퍼지는 애프터셰이브 냄새. 그녀는 철물점에 있을 때처럼 그의 냄새를 맡았다. 일곱 살이나 여덟 살쯤 되었을 때 그녀는 사다리를 오르는 아버지의 냄새를 맡았다. 그때 그가 딸에게 말했다. 내가 늙으면 가게를 맡아줄래?

안드레아가 대답했다. "하지만 아빠는 절대 늙지 않을 거예요." 그런 다음 그는 학교에서 남겨온 포카차를 먹으며 히맨 그림책을 색칠했다. 지금도 그는 가판점 의자에 앉을 때마다 젊은 시절의 아버지가 떠올랐다.

그는 아버지가 뒤쪽의 진열대에서 격월간지를 정리하는 모습을 지켜보았다. 어머니가 문간에서 잡담하는 동안 그는 정확한 손놀림으로 제목이 잘 보이게 화보를 배치했다.

안드레아는 붕대 감은 손을 복부에 붙이고, 다른 팔로 손님을 상대했다. 그는 새벽에 집에서 나왔다. "어디 가?" 크리스티나가 침대에서 물었고, 그는 걱정할 것 없다고 대답했다.

"오빠는 내가 알아서 할게." 그녀가 말했다.

그는 아무 대꾸도 하지 않았다.

"안드레아, 거기 안 갈 거라고 약속해."

그는 고개를 끄덕인 뒤 욕실로 가서 피부가 까질 때까지 손톱의 흙을 씻어냈다. 항생제를 먹고, 조심스럽게 상처를 드레싱하고, 피가 묻은 옷들을 봉지에 넣어 건물 밖 쓰레기통에 버리고 출발했다. 세자르에 대한 생각이 그의 머릿속에서 떠나지 않았다.

그는 점심시간까지 부모님을 도왔고, 이후 그들은 교대로 록카페에서 식사했다. 그는 어머니와 함께 그곳에 가서 벤치에 앉으라고 권하고 맞은편 자리에 앉았다. 그는 어머니가 알아챌까봐 두려웠다. 그녀는 항상 모든 것을 알아보았다. 비제바노 출신이지만 산골 여자처럼 뺨이 불그레한 그의 어머니는 남편의 심장을 걱정했다. "네 아버지는 황소고집이야. 너도 똑같아." 그녀는 왜 병원으로 부르지 않았느냐고 물었다.

그는 크리스티나가 거기에 있었다고 말했다.

"네가 괜찮은지만 알면 돼. 괜찮니?" 그녀는 파니니를 접시에 내려놓으며 물었다.

그도 파니니를 접시에 내려놓았다. 그가 얼마나 어머니에게 이브닝드레스를 사주고 싶었는지, 그녀의 아름다운 모습

을 보고 그럴 자격이 있다고 말해주고 싶었는지 모른다. 그
는 일어나서 테이블을 돌아 그녀 옆에 앉았다.

"괜찮아요." 안드레아는 어머니의 품에 안겼다.

그는 그녀에게 차를 달라고 해서 곧장 떠나고 싶었지만,
식사를 마친 후 가판점으로 돌아와 만화책을 자동차 잡지
옆으로 옮기고, 중고서적 상자를 정리했다. 욱신거리는 손
의 통증을 견디며 손님들을 상대하고, 아버지를 도와 신문
반품하는 일을 했다. 그는 아버지에게 차를 써도 되느냐고
물었다. 아버지는 전날 휘발유를 채웠다고 말하며 붕대 감
은 손으로 어떻게 기어를 바꿀 수 있겠냐고 걱정했다. 그는
문제없다고 말하곤 상자에서 열쇠를 챙겼다.

그는 힘겹게 기어를 바꾸며 코르베토까지 나아갔다. 신호
등 앞에서 통증에 적응하기 위해 손을 쥐었다 폈다 하다가
순환도로로 진입해서는 동작을 멈췄다. 산도나토로 빠져나
와 속도를 줄이며 축구장이 비어 있는 것을 보았다. 그는 계
속 나아가 농가에 도착했다. 거기에도 그들의 차는 한 대도
없었다. 그는 크리스티나에게 전화를 걸어 통증이 덜하긴
하지만 상처를 검사하러 병원에 왔다고, 그러고 나서 부모
님 집에 저녁을 먹으러 갈 것이라고 말했다.

“부모님에겐 뭐라고 했어?”

“집에서 다쳤다고.”

“믿으셔?”

“모르겠어. 아마 아닐 거야.”

“오빠가 내 전화를 안 받아.”

“지금 진료실로 들어가.”

“저녁 전에 오빠랑 얘기할게.”

그들은 인사하고 전화를 끊었다. 그는 차에서 내려 서둘러 농가로 향했다. 그물망 울타리의 휘어진 곳을 넘어 마당에 도착했다. 먼지 이는 사각형 바닥에는 세자르를 묻은 삽과 몇 개의 양동이가 있었다. 그는 개집 안을 들여다보았고, 나선형으로 말려 있는 사슬을 발견했다. 사슬 두 개가 산악용 고리로 연결돼 있었다. 그는 고리를 풀고 더 짧은 사슬을 잡아 밖으로 끌어내어 성한 손에다 감았다. 도로로 나와서 차에 올라타 시동을 걸고 방향을 돌려 굽은 길 앞에 세웠다. 그는 라디오를 켜고 기다렸다. 크리스티나의 오빠가 올 거라는 보장은 없었다. 그는 종종 아버지 집에 가곤 했는데, 남매는 연로한 아버지를 번갈아가며 돌보았다. 안드레아는 해가 질 때까지 시간을 보냈고, 라디오 뉴스를 듣기 시작했다. 그러다 카르보니의 노래를 들었다. 아사고에서 공연을 본 이후로 카르보니를 좋아하게 되었다. 그는 마르게리타의 메시지를 다시 읽었다. 그들은 메시지를 주고받다가 그녀가 그에게 전화를 걸어 토요일이나 일요일에 커피나 한잔하자고 대뜸 제안했다. 그는 라디오를 끄고 좌석을 약간 뒤로 젖혔다.

나중에 포드 피에스타를 발견했을 때, 그는 설핏 잠이 든 상태였고 손이 욱신거렸다. 핸드폰에는 크리스티나에게서 온 두 통의 부재중 전화가 있었다. 그는 피에스타가 멈춰 서고 남자가 운전석에서 내리기를 기다렸다. 차가 농가로 들어가는 것을 보았다. 그는 차에서 내렸고, 사슬이 다리를 따라 늘어뜨려졌다.

발로 문을 세 번 두드렸고, 문이 열리자마자 달려들었다. 그는 방법을 알고 있었고, 해본 적이 있었고, 그의 육체는 힘을 행사할 셈이었다. 강인한 근육, 날렵한 관절, 정확한 반사신경, 그의 잔인함을 돕는 무언가. 그가 밀치자 상대는 주방 입구에 쓰러졌다. 상대가 일어나게 내버려뒀고, '젠장, 뭐야'라는 소리를 들었고, 사슬로 옆구리를 쳤다. 다시 쓰러지는 순간 다리를 채찍질했다. 입에서 거품을 토하고 몸을 뒤집고 팔로 버티다 늘어지는 것을 보았다. 그는 정강이를 매섭게 내리치고 상대를 가만히 지켜보았다. 자기 또래의 남자가 움직이지 못한 채 껵껵대며 무릎을 만지다가 머리를 들어 부러진 뼈를 보려고 했다. 그를 다시 내리치고 테이블에 기댔다.

붕대는 멀쩡했고, 성한 손은 사슬에 끼여 타들어가는 느낌이 들었다. 남자는 신음하며 부러진 정강이를 부여잡고 있었다. 안드레아는 크리스티나를 만나기 전에 그를 먼저 알았다. 마놀리아의 한 공연장에서 만나고, 그후 잠깐 돈 몇 푼을 쥐기 위해 코카인을 거래하고, 맥주를 마시며 인터넷에서 종합격투기 경기를 검색하고, 판돈을 나누고, 동물들의 상처에 태연해지고.

"다리가 부러졌어." 남자는 간신히 등을 세워 벽에 기대고는 숨을 돌렸다.

안드레아는 사슬을 바닥에 내려놓고 소파를 보았다. 팔걸이에 담배꽁초와 빈 재떨이가 있었고, 쿠션 위에는 카드 한 벌과 구겨진 비스킷 봉지가 있었다.

"네가 다리를 부러뜨렸다고!" 그의 눈빛이 어두워졌다. 그는 찬장으로 기어가 선반을 잡았다. 먼저 손가락으로, 그

174

다음 팔뚝으로 몸을 지탱하며 한쪽 다리로 일어섰다. "너도 그 개를 죽인 거나 마찬가지야."

안드레아는 그를 보지 않았다.

남자는 한 발로 선 플라밍고처럼 찬장에 매달린 채 울분을 토해냈다. "너도 그 개를 죽인 거라고!"

안드레아는 그를 지나쳐 밖으로 나갔다. 크리스티나가 계단 첫 칸에 앉아 있었다. 그녀는 시선을 길에다 두었고, 머리카락을 한쪽으로 묶고 있었다. 고개를 들었지만 그를 보지 않고 열려 있는 문의 틈만 응시했다. 그는 아무 말도 없이 철책까지 걸어갔다. 그는 피곤했고, 길에 도착하기 전에 그녀를 돌아보았다. 그녀는 집안으로 들어갔고, 그는 무언가에 작별인사를 할 때마다 느꼈던 두려움에 휩싸였다.

마르게리타는 사무실로 가면서 남편을 잃을지도 모른다는 생각이 들었다. 안드레아와 계속 관계를 유지하면 결혼 생활에 해를 끼칠 것은 분명했다. 취한 거야, 네미로프스키는 말했을 것이다. 마르게리타는 문을 열고 보안장치를 해제한 뒤 욕실로 갔다. 그녀는 거울 앞에서 또박또박 말했다. "넌 스물여섯 살을 넘보고 있어."

그녀는 다른 기분, 더 단단해진 느낌이 들었다. 그리고 정말로 두려운 건 자신 안에서 카를로를 조금씩 잃어가는 일이란 걸 알았다. 그래서 그녀는 오르가슴 직전에 안드레아의 존재를 그에게 드러냈다. 그 친밀함으로 그들의 분리된 공간이 맞닿기를 바랐다. 결국, 새로운 육체가 그녀의 결혼생활에서 무엇을 앗아갈 것인가? 어쩌면 그녀는 그 육체를 좋아하지 않을 수도 있었다. 어쩌면 그 일이 그들의 감정에 놀랍고도 새로운 기운을 불어넣을지도 몰랐다. 배신을 불행으로 돌리는 싸구려 심리학을 얼마나 경멸했던가. 그녀는 안드레아의 넓은 어깨 때문에 배신할 수 있었다. 그의 엉덩이 때문에. 그의 젊음 때문에. 그는 수줍어했고, 그녀는 그가 자신의 무언가를 발견하게끔 이끌 수 있었다. 그것은 무엇보다도 그녀를 향한 그의 욕망을 통해서 가능했다. 연인 관계가 되거나 혼인서약을 하거나 대출로 집을 사기 전처럼 원초적인 형태로 그녀를 갈망함으로써 가능했다. 그녀의 패배감은 내적 동요를 인정해서 생긴 것이 아니었다. 그것을 인정할지라도 타협을 받아들이지 않았기 때문이다. 즉, 그녀는 물리치료사를 만질 수 있지만 남편은 다른 여자들을 만져선 안 된다. 그녀는 폭군적인 성향을 드러냈고, 물러설 생각이 전혀 없었다. 화장실 사건에 대한 불편함은 그럭저럭 넘어갔지만, 마음 한쪽에 찜찜하게 남아 있었다. 안드레아는 보상이었을까? 안드레아는 욕망이었다.

그녀는 그에게 메시지를 보냈고, 그는 담담한 답장을 보내왔다. 월요일 물리치료 때 보자는 문장 끝에 줄임표를 쓴 것을 제외하곤. 언젠가 카를로가 줄임표는 약점이라고 말한 적이 있었다. 작가들은 페이지 위에서 휘청거릴 때 그것을 사용한다고. 그 이후 그녀는 『나쁜 소녀의 짓궂음』*을 읽고서 그 부호가 다른 것을 의미한다는 사실을 깨달았다. 바르가스 요사의 영혼은 줄임표를 혁명의 서곡으로 사용한다. 여섯 개의 점은 사랑의 유대이자 정치적 반란이자 유혹이었다. 그래서 그녀는 안드레아에게 전화를 걸었다. 그들은 그의 다친 손과 그녀의 다리에 대해 이야기했고, 그녀는 주말에 커피 한잔하자고 제안했다. 그는 그녀에게 대답했다. 그러자고……

그녀는 공책을 펴고 종이 한 장을 찢어 그날의 우선순위를 써 내려갔다. 1번, 콘코르디아. 2번, 현장 조사 세 건 조

율(모르가니가의 스리룸 아파트 주의). 3번, 내일 시어머니 생신 대비. 그녀는 전날 밤에 써둔 콘코르디아대로에 관한 메모를 다시 살폈다. 모두에게 이득이 되는 하얀 거짓말이었다. 그녀는 그것을 카를로에게 밝혔고, 자신이 대담하다는 사실과 그가 두말없이 지지한 것에 위안을 얻었다. 그녀는 핸드폰 연락처에서 집주인의 이름을 찾아 의자 끝에 앉았다. 세번째 신호음에서 상대가 전화를 받았다. 마르게리타는 반갑게 인사했지만, 상대방의 목소리에서는 찬 기운이 느껴졌다. 그녀는 전략을 바꾸어 실패로 끝난 허위 방문 목록을 나열하는 대신 좋은 소식이 있다고 거짓말했다. 한 부부가 적극적인 관심을 보인다고 전했다.

"오, 좋은 소식이네요, 마르게리타, 예감이 안 좋았거든요."

"왜 저희를 못 믿으시는 거예요?"

"나는 여러분을 믿어요." 그녀는 말을 잠시 멈췄다. "어쨌건 이 일을 빨리 끝내고 싶네요. 관심 있다는 그 부부는 어떤 사람인가요?"

그녀는 그들에게 자녀가 없고, 남편은 변호사이고, 아내는 초등학교 교사라고 설명했다—그녀는 잘도 지어냈다—그리고 이 집을 보러 오는 사람들이 으레 그렇듯 엘리베이

터가 없고 옥상 테라스가 있다는 사실—단열에 문제가 있
진 않을지—에 당혹스러워했지만, 아파트의 빛에 매료됐다
고. 반쯤 둘러봤을 때 교사가 '이건 내 집이야'라고 말했다
고. 그녀는 그 말을 하고 나서 너무 부풀린 건 아닌지 걱정
했지만, 주인은 흡족해하며 탄성을 질렀다.

"하지만 아무것도 장담할 수 없어요, 특히 가격은요."

"53만 아래로는 내리지 않을 거예요."

"전 최선을 다할 테니, 잘 생각해보세요."

"더 생각할 것도 없어요."

마르게리타는 인사하기 전에 마요르카섬에 대해 언급했
다. 섬에도 이상한 안개가 있나요? 안개는 없고, 동쪽에서
서쪽으로 해안을 휩쓰는 바람만 있어요.

그녀는 전화를 끊고 이마에 한 손을 얹은 채 다른 성가
신 일도 해치우기로 했다. 시어머니의 전화번호를 찾았다.
첫 신호음이 울리는 동안 마르게리타는 다시 의자 끝에 앉
았다.

"마르게." 수화기 반대편에서 목소리가 들렸다.

그녀는 처음 만났을 때부터 '마르게'라고 불렀다. 영국인
의 피가 4분의 1이 흐르는, 고급 캐시미어 차림의 부인이 그

런 말을 하리라고 누가 생각하겠는가. 시어머니는 브르타뉴 산 굴과 건축물 개조, 슈퍼마켓에서 카트를 끌다 바퀴 하나가 잘 굴러가지 않는 걸 알게 된 부인들에 대한 애정어린 이야기도 했다. 그녀가 의아하게 여긴 것은 활기찬 태도였다. 그녀는 시어머니에 대한 경계를 푼 적이 없었다.

"저희는 축하할 준비가 됐어요. 기분은 어떠세요, 로레타?"

"네 어머니 얘기를 들었어."

마르게리타는 입을 다물었다.

"방금 카를로와 통화했거든. 그런데 잘 이해가 안 간다. 사돈이 오실지 잘 모른다는 게 무슨 뜻이니?"

마르게리타는 책상 밑으로 다리를 뻗었다. 간간이 다리가 저렸다. "컨디션이 별로 안 좋으셔서요."

"어째서?"

"감기 기운이 있고, 우울증도 좀 있는 것 같아요."

"우리와 함께 있는 게 사돈한테도 좋을 거야."

"한번 얘기해볼게요."

"내가 전화할게."

"제가 말하는 게 나아요, 로레타. 엄마들이 그래도 딸 말은 들으니까요."

그녀의 시어머니가 웃었다. "내가 그자에 관해서 우리 시모나의 말을 들은 것처럼 말이지!"

"마마두는 좋은 사람이에요."

"그런데 애야, 넌 어떠니? 콘코르디아 집 얘기는 들었어."

마르게리타는 사무실에 손님이 찾아와서 전화를 끊어야 한다며 양해를 구했다. 그녀는 내일 파티에 시간 맞춰 가겠다고 약속했지만 그러지 않으리란 걸 확신했고, 오후에 다시 전화하겠다고 얼렀지만 그럴 일은 없으리란 걸 확신했다. 카를로가 알려서는 안 되는 문제를 어머니에게 계속 알리고 있다는 사실을 알게 된 지금은 더더욱 그랬다. 어머니를 향한 남편의 무절제는 대학 화장실에서 있었던 무절제와 같았고, 그녀가 그를 사랑하게 된 것도 무절제 때문이었다. 산사태를 맞고 나서야 경로를 변경하는 남자. 카를로의 모순, 그녀는 항상 그 모순을 믿었다. 아버지를 잃고 나서 그녀의 어머니도 그 같은 모습을 보였다. 싱어 재봉틀을 물리고 주방 의자에서 일어나 온화한 반란의 계절로 접어들었다. 거절하고 코웃음치고 거실 테이블에 발을 올려두는 법을 배웠다. 서른다섯 살의 그녀도 어머니를 따라 해봤다. 노후를 대비하는 좋은 방법일 테니까.

동료들이 사무실에 도착한 뒤에는 함께 회의실에 모여 논의했다. 이후 가브리엘레는 두 건의 약속을 위해 나갔고, 이사벨라는 리콜을 처리하느라 분주했고, 마르게리타는 컴퓨터 앞으로 돌아와 고개를 숙이고 있었다. 인계받은 두 매물에 대한 설명을 쓰기 시작하면서 페이스북을 열어 여기저기 훑어보았다. 마르게리타는 자신의 페이지를 거의 확인하지 않았는데 프로필에 사진도 없었다. 그녀와 카를로는 그 세계를 딱히 중요하게 여기지 않기로 했다. 소피아 카사데이의 페이지로 넘어갔다. 마지막 게시물은 일주일 전에 올린 밀라노의 지붕들 사진이었고, 총 스물일곱 개의 '좋아요'를 받았다. 모든 창을 닫고 일어나 앞뒤로 왔다갔다하자 다리가 좀 편안해졌다. 다시 앉아서 온라인 광고에 매물을 올린 뒤 모르가니 부동산에 대한 방문 보고서를 살폈다. 90제곱미터의 넓은 스리룸 아파트였다. 사진과 같은 상태라면 36만 유로에 팔 수 있고, 중개 수수료는 대략 1만 2000유로일 것이다. 2009년이 계획대로 진행된다면, 그녀에게는 매달 2100유로의 실수입이 보장된다. 카를로는 1400유로를 집에 가져왔고 그 외에 시부모가 몰래 주는 용돈도 있었지만, 그녀는 그 돈을 가계 소득에 포함하지 않았다. 콘코르디아의 아파트를 위해서는 저축한 3만 2000유로를 선금으로 치르고, 다달이 800~900유로를 갚아나가는 주택담보대출을 받을 수 있을 것이다.

그녀는 책상에서 파니니를 먹고, 오후 일찍 방문할 준비를 서두르며 코트를 팔 아래에 꼈다. 4월의 공기를 마시고 싶었고, 가계 경제는 잠시 잊고 싶었다. 그녀는 이사벨라에게 인사하고 스폰티니가로 나섰다. 모르가니공원으로 들어가 불* 경기 트랙과 게임 참가자들 근처로 걸어갔다. 멈춰서서 그들을 구경하자 기분이 좋아졌다. 아카시아나무에 등을 기대고 햇빛에 목을 드러냈다. 어떻게 지내니, 마르게리타? 그녀는 아버지가 손본 선로전환기가 기차의 경로를 바꿀 때처럼, 방향이 바뀔 수 있을 때면 스스로에게 안부를 물었다. 아버지는 자신에게 맞는 선로를 선택하라고 충고했다. 그녀에게 맞는 선로는 늘 다른 사람들이 향하는 방향이었다.

경기자가 쇠공을 던졌고, 그녀는 발걸음을 옮겨 공원을 가로질렀다. 그 이후 모르가니가 9번지의 대문 앞에서 자신

---

* 쇠공을 던져 작은 표적 공에 더 가까이 놓는 것을 겨루는 게임.

을 기다리고 있던 집주인을 발견했다. 그녀는 첫 만남에서 동맹관계를 맺는 능력이 있었다. 집주인의 넋두리를 들어주고, 그가 모든 면에서 주도권을 잡게 하고, 자신의 전문성을 보이며 안심시켜줘야 할 경우에만 개입했다. 그러다 가격을 맞출 때가 되면, 그녀는 환상을 깨고 실제 견적과 협상 차액을 확정하고는 마지막에 한마디를 덧붙였다. "저를 믿으세요." 중요한 건 말투였다. 침착하고 자연스러워야 하며, 호들갑을 떨어선 안 되었다. 이번 현장 조사를 마치기까지 삼십 분이 걸렸다. 아파트는 36만 유로의 가치가 있었고, 주인은 차분한 칠십대 노인이었다. 그는 그 돈으로 리구리아로 이사하고 손자의 대학 학비를 지원할 것이라고 했다. 그들은 사무실에서 정식으로 만나기로 하고 헤어졌다. 그녀는 그에게 리구리아와 손자의 학비를 쥐게 해줄 것이다. 신중한 확신으로 성공을 예상했다. 좋은 거래를 한 날은 하루가 밝아 보였다. 그날 다른 일정은 없었다. 그녀는 사무실에 누군가 있는지 확인하기 위해 전화를 걸었다. 그런 다음 심장에서 시작되어 머리까지 치미는 흥분을 느끼며 공원을 따라 걸어갔다. 다른 때였다면 그녀는 그런 행동을 경솔하다고 했을 것이다.

그녀는 코트를 입고 바코네광장까지 거슬러올라갔고, 헬스장에 등록하기 전에 다녔던 수영장을 지나 부에노스아이레스대로로 향했다. 그 거리의 쇼윈도들은 친구들과 보낸 십대 시절의 토요일 오후를 떠올리게 했다. 그 친구들은 어디로 갔나. 모두 연애나 결혼생활에 삼켜진 것처럼 거의 볼 수 없었다. 그녀는 아르젠티나광장에 있는 카페에 들러 커피를 한 잔 마시고 껌을 사고는 붉은 네온 시계가 있는 로레토광장의 건물 쪽으로 계속 걸어갔다. 포르포라가로 방향을 틀었다. 그에게 가고 있다는 게 분명해지는 순간이었다.

그에게, 그에게 가고 있었다. 아라비카 커피와 박하의 숨결로. 그녀는 걸음을 늦췄는데, 다리가 아프거나 두려워서가 아니었다. 그녀는 그날의 마지막 화물을 배달하기 위해 건물로 들어가는 배달원들과 불이 켜지기 시작한 현관홀, 문 앞의 레스토랑 직원들과 밀라노의 북적이는 군중을 보았다. 그녀가 일탈을 감행하고 있을 때 평범한 일상을 좇는 영혼들. 그녀는 자신의 차분한 마음과 뱃속에서 이는 조바심에 놀랐다.

그녀는 건물 앞에 도착해서 지난번 항생제를 사러 간 동안 그가 앉아 있던 자리를 바라보았다. 그녀는 쪼그리고 앉아 기다렸다. 집으로 들어가는 그와 마주친다면 모든 게 더 자연스러워졌을 것이다. 하지만 그는 십 분, 아니, 이십 분이 지나도 나타나지 않았다. 그녀는 실망했고, 그에게 전화해야 했지만, 침착하게 그대로 있었다. 다리를 모으고 뒷머리를 문에 기댄 채 모아쥔 손에서 결혼반지를 돌리다가 일어섰다. 그녀는 초인종에서 이름을 찾았다. 어떤 것들은 호수만 표시됐고, 유일하게 가능성이 있는 건 유리 덮개 아래의 종잇조각에 펜으로 AM이라는 머리글자가 적힌 것이었다.

그녀는 버튼을 눌렀고, 초인종의 금속판에 뺨을 가까이 대고 발끝으로 서 있었다. 응답이 없었다. 그녀는 발뒤꿈치를 내렸다가, 목소리가 들리자 다급히 얼굴을 갖다댔다. "안드레아?"

"누구세요?"

"마르게리타요."

"마르게리타." 그가 따라 말했다.

"다리 아파서 치료받는, 토요일이나 일요일에 커피 마시기로 했는데 연락도 없이 일찍 오게 된." 그녀는 서두르지 않고 말했다. "마르게리타요."

인터폰에서 잡음이 들렸고, 포르포라가로 차들이 몰려들

었다. 안드레아는 버튼을 눌러 문을 열었다. 그는 방으로 돌아가서 후드티와 청바지를 입었고, 그날 오후에 입었던 누더기를 모아 세탁기에 넣었다. 그는 머리가 무거웠다. 붕대를 확인하니 얼룩이 번져 있었고, 다른 손은 손목에 사슬의 흔적이 있었다. 농가는 희미해졌고, 크리스티나와 그녀의 오빠는 어둠에 가려졌다. 그는 현관문을 열고 나가 층계참에서 기다렸다. 마르게리타가 아래층 계단에 나타났다. 팔에 코트를 걸치고 숨을 헐떡였다.

"안녕." 그녀가 인사했다.

그는 안으로 들어오라고 신호하고 주방으로 가서 싱크대 안의 컵을 꺼내 행군 후 커피를 준비하기 시작했다. 그는 등 뒤에 있는 그녀가 느껴졌고, 모카포트를 채워 가스레인지에 올릴 때 바닥을 끄는 의자 소리를 들었다. 그가 돌아섰다. 그녀는 가방을 바닥에 놓고 코트를 다리에 올린 채 앉아 있었고, 앞머리가 한쪽 눈을 가렸다. 그녀는 그의 붕대와 얼굴을 응시했고, 그는 그녀가 자신과 같은 당혹감을 느끼는 것 같다고 생각했다.

그녀가 일어나 그에게 다가와서는 사슬 자국이 있는 손목을, 그리고 입술을 쓰다듬었다. 그는 팔을 들어 그녀를 끌어안았고, 잠시 마르게리타가 자신의 여자친구처럼 느껴졌다.

카를로가 이불 속으로 들어갔을 때 그의 아내는 이미 고른 숨을 내쉬며 잠들어 있었다. 저녁식사 자리에서 그녀는 말이 없었고, 그도 마찬가지였다. 그들은 다음날 있을 펜테코스테 집안의 행사를 위해 필요한 힘을 비축해야 하는 것처럼 입을 다물었다.

그는 눈이 어둠에 익숙해질 때까지 기다렸다. 마르게리타는 작게 웅크린 모습이었다. 그는 그녀에게 그날 아침 어머니와 콘코르디아대로에 관해 얘기했다고 말하고 싶었고, 그날 오후 안나를 방문한 일도 말하고 싶었다. 이제 그는 많은 것을 숨기고 있었다. 침대 옆 탁자 위의 두 사진첩 사이에 가려진 프랑코의 텍스도 그랬다. 그는 그것을 보려는 듯 돌아누웠고, 핸드폰이 그 옆에 있었다. 핸드폰 불빛이 반짝이고 마침내 소피아에게서 연락이 오는 걸 상상했다. 내일 그 시간에 그 장소에서 만나요. 그러면 그는 흡족하게 잠들 수 있을 것이다. 내일 일정에 생길 작은 변동을 머릿속에 그리면서. 샤워를 더 오래 하고, 신중하게 옷을 고르고, 두어 시간 나가 있기 위한 변명을 지어내기.

그는 여덟시쯤 깨어나서 아무 메시지도 오지 않은 것을
보았다. 침대에 그냥 누워 있었다. 소피아에게 메시지를 쓰
려다 단념하고 주방으로 가서 동생에게 전화를 걸어 선물을
챙겨 제시간에 오라고 당부했다.

"나는 제시간에 갈 거야. 그런데 마마두는 안 가."

"와야지."

"점심식사 후에 잠깐 들를지도 모른다고는 했어."

"마마두 좀 바꿔줘."

"그냥 둬."

"시모나."

"안나도 안 가고 싶어하신다며?"

"하지만 오실 거야."

"그냥 둬, 카를로."

로레타 펜테코스테는 아프리카인이 딸을 임신시켰다는
사실을 알게 되었을 때—그녀는 임신시켰다와 아프리카인이
라는 말을 썼다—딸아이에게 달려가 이성을 되찾으라고 설
득했지만, 소용이 없었다. 그후 연락을 끊었다가 손자를 안
은 후에야 화해하게 되었다—어쩜, 요 카페라테 좀 봐!—마
침내 그녀는 상황을 있는 그대로 받아들였고, 남편이 사고뭉

치 딸에 대한 원망을 마음 깊이 품고 있다는 걸 깨달았다.

그는 전화를 끊고 마르게리타가 침대에서 일어나 준비하기를 기다렸다. 그들은 깨어난 뒤 서로를 슬쩍 살펴보았다. 그녀는 욕실에서 체사레 크레모니니의 노래를 흥얼거렸고, 그는 아내가 노래하는 소리를 들으면 언제나 기분이 좋아졌다. 그들은 집에서 나와 차 안에서 라디오를 켜고 꽃집으로 향했다.

"기분이 어때?" 그는 백합 꽃다발을 기다리면서 아내에게 물었다.

"좋아." 그녀가 그에게 미소 지었다. "당신은?"

그는 고개를 끄덕이고는 백합을 받아서 들었다. 그들은 차에 다시 타서 창문을 내린 채 치타스투디에 도착했다. 밀라노의 하늘은 코발트색이었고, 라디오에서는 광고만 흘러나왔다. 그는 음량을 낮추고 마마두가 오지 않을 거라고 그녀에게 말했다.

"내가 시모에게 전화해볼까?"

"그냥, 됐어."

마르게리타는 백합을 들고 펜테코스테의 집 앞에 내렸고, 그는 아스프로몬테광장으로 가서 주차 공간을 찾았다. 광장의 짧은 면에 주차하고 엔진과 라디오를 끄고는 핸드폰에 메시지를 적었다. 오늘 우리 볼 수 있는 거야? 부모님 집으로 걸어가면서 전송 버튼을 눌렀다. 그가 집 앞에 도착했을 때 장모가 택시에서 내리고 있었다. 안나는 가방을 앞으로 움켜쥐고 한 손으로 곱게 꾸민 머리를 보호하며 그들에게 인사했다.

"택시운전사들은 경주하듯 달리잖니, 이번에는 내가 무섭다고 말했다." 그녀는 딸에게 입맞추고 그에게 다가갔다. "자네 어머니에게 이것도 같이 드렸으면 해서." 그녀는 가방을 뒤적여 포장지에 싸인 조그만 뭉치를 꺼내 펼쳤다. 예스러운 걸쇠가 달린 뜨개질 팔찌였다.

"안 그러셔도 되는데."

"나도 해야지, 당연히." 그녀는 고개를 끄덕였다. "칠십대는 액세서리가 필요 없다고 여기는 건 아니지?" 마르게리타는 이미 초인종을 누른 뒤 한 발로 열린 문을 잡고 있었다. 그들은 엘리베이터를 탔고, 안나는 딸의 더스터 코트를 정돈하고 자신의 매무새도 다듬었다. "가자꾸나." 그녀가 속삭였다.

카를로의 어머니가 그들을 맞이했고, 거실에는 그의 동생과 니코가 있었다. 카를로는 소파에 앉으며 주머니에서 핸드폰 진동을 느꼈지만 확인하지 않았다. 그는 기하학적인 문양이 새겨진 카펫으로 기어가 조카의 발목을 잡아 깨무는 척하며 아이를 끌어올렸다. "이 꼬마는 누구 거지? 삼촌 거야, 아니면 엄마 거야? 누구 거지?" 아기가 칭얼거리자, 그는 품에 안고 목덜미의 곱슬머리에 입을 맞추고는 일어나서 집안을 거닐었다. 그는 그녀의 답장이 왔을지도 모른다는 기대에 기쁨을 느꼈다. 그는 붉은 유리 테이블 앞에 멈춰 섰다. 새우 젤라틴과 송아지 연골 샐러드가 차려져 있었다. "니코, 이제 어디로 갈까? 삼촌 어릴 때 방으로 가자." 아이가 다시 칭얼거렸고, 그들은 침실이 있는 구역으로 이동해 끝에서 두번째 방으로 들어갔다. "자, 도착했다." 그는 아이에게 두 옷장 사이에 끼어 있는 책상을 보여줬다. "여기서 무슨 일이 있었는지 아니? 삼촌은 변호사가 되어 할아버지를 기쁘게 해드리려고 여기 앉아 죽도록 공부했었단다." 그는 아기를 어르며 예전 침대에 앉아 무릎에 올려 춤추게 했다. 니코가 등을 구부리자, 바닥으로 내려 손을 잡고 그 휑한 벽 사이에서 걸음마를 떼게 했다. 어린 시절 그는 세계지도 외에는 벽에 포스터를 붙인 적이 없었다. 여전히 거기에 있는 지도를 응시하며 한 손으로 핸드폰을 꺼냈다. 그녀는 세 시간 후에 커피숍에서 만나자고 했다.

그는 조카를 보았고, 마음이 편안해졌다. 그의 동생이 임신했을 때 가족들은 그녀에게 말했다. "네가 뭘 해야 할지 알잖아." 그녀가 그렇게 하지 않자, 가족들은 말했다. "불행을 자초했어." 그도 동생에게 말했다. 스스로 무덤을 팠다고. 그의 아버지 도메니코 펜테코스테의 말도 똑같았다. 그는 큰 키에 다정한 목소리와 온화한 눈빛, 단호한 위엄을 갖춘 남자였다. 하지만 그는 자상한 아빠이기도 했다. 오리엔트 급행열차 여행을 연출하며 늦게까지 기차놀이를 하고, 아들의 면허 취득을 위해 란치아 델타로 운전을 가르치고, 메아차 축구장에서 인터밀란 경기가 끝난 후 저녁으로 구운 파니니를 함께 먹기도 했다. 그는 베티노 크락시, 아킬레 오케토, 마시모 달레마*에게 투표했고, 파이프를 수집했지만 피우지는 않았다. 그는 폭풍이 지나간 후 손자를 두고 한마디 했다. "이제 대담한 아이가 될 거야."

니코가 책상의 맨 위 서랍을 가리키며 열려고 했다. 카를

---

* 순서대로 사회당, 공산당, 좌파 민주당 출신의 정치인들.

로가 서랍을 열어주자, 색색의 마커펜과 스테이플러가 있었
다. "어이, 니코, 돌아가자. 어때? 너 배가 고픈 것 같은데."

"이미 세 번이나 먹었어."

그는 고개를 돌려 문간에 있는 동생을 보았다.

그녀가 방으로 걸어들어왔다. "오빠네도 하나 낳으려고
해봐."

니코는 엄마를 알아보고 손을 내밀었고, 그녀는 아이에게
뽀뽀했지만 오빠에게 맡겼다. "일도 있고, 책도 쓰고 있고,
집도 경력도 다 있잖아."

"아직 때가 아니야."

"두려운 거지?"

"항상 그래."

"새언니는 절대 두려워하지 않는 사람이야." 동생은 선반
위의 스머프 인형 컬렉션으로 다가가서 브레이니 스머프를
만지다 쓰러뜨렸다. "거실에서 모두와 맞서고 있거든."

"무슨 말이야?"

"콘코르디아."

"이런, 멍청하게."

"다들 작정했어."

그는 조카에게 얼굴을 갖다댔다. "삼촌은 가볼게."

"아빠 말은 신경쓰지 마."

"내 일로도 머리가 복잡해, 시모."

"아직도?" 그녀는 브레이니 스머프를 다시 세우고, 에펠 탑이 있는 스노글로브를 흔들었다. 눈이 흩날렸다. "새언니를 아프게 하지 마, 카를로."

그는 동생을 빤히 쳐다보았다. "넌 항상 간단히 말하네."

"간단한 일이야." 그녀는 머리카락을 오른쪽에서 왼쪽으로 넘겼다. 입이 작은 게 다소 흠이었다. "한 가지 경우만 아니라면."

"그게 뭔데?"

"사랑에 빠진 거."

"아니야."

"다시 말해봐."

"아니라고."

그녀는 아들을 품에 안았다. "새언니를 아프게 하지 마."

"나한테 설교하는 거니? 네가?"

그들은 서로 쳐다보다가 웃음을 터뜨렸다. 그녀는 아이와 함께 나가려다가 문득 문 앞에 멈춰 서서 오빠를 돌아보았다. 그도 그녀를 계속 바라보다가 침대에서 일어나 그녀에게 다가가 뒤에서 껴안았다. 그들은 어렸을 때처럼 한몸이 되었고, 그는 그녀를 꽉 끌어안았다. 더 세게, 그녀가 말했고, 그는 더 세게 끌어안고는 함께 거실로 돌아왔다. 마르게리타는 시아버지 옆에 앉아 있었고, 안나는 로레타에게 팔찌를 채워주고 있었다.

"너희 어디 있었니? 예의는 얻다 둔 거야?" 로레타는 손목을 보며 감탄했다. "이것 봐, 사돈이 멋진 선물을 주셨어!"

"아름다워요." 마르게리타는 카를로를 바라보았다. "아버님이 감사하게도 콘코르디아 일을 지원해주겠다고 하셨지만, 내가 말했어……"

"이제 모두 식탁으로! 내가 세상에서 제일 맛있는 특제 새우 소스를 만들었거든." 로레타가 소파에서 몸을 일으켰다.

"먹자고요." 그의 동생이 아이와 함께 식당 방으로 향했다.

"나는 너흴 도울 수 있다고만 했어. 카를로, 그 인도 투자건 알지?" 펜테코스테는 안경을 코 위로 올렸다.

"아뇨, 몰라요."

"새우에 매운맛을 살짝 더했단다."

"펀드 수익이 유지되긴 하지만, 달러가 불안정해서 걱정

196

이야. 벽돌에 투자하면 우리도 맘 편해."

"연골 샐러드는 말할 것도 없어!"

"대출을 많이 받더라도 우리가 스스로 해보겠다고 말씀드렸어." 마르게리타가 고개를 끄덕였다.

펜테코스테는 유리문으로 갔다. "95퍼센트의 담보대출은 그냥 대출이 아니야. 그건 인생을 담보로 하는 거야."

"아빠, 나도 분명히 말하지만, 우리가 알아서 할게요."

"어리석은 자존심이야." 그의 아버지는 아스프로몬테광장을 훑어보았다. "직업이 변변치 않다고 너희를 탓하는 게 아니야."

"전 제 일을 좋아해요." 마르게리타도 일어섰다. "하찮다고 여기지 않아요."

"넌 전망이 있지만, 카를로는 그렇지 않잖니."

"남편은 가르치는 걸 좋아해요."

"이제 지치려고 한다. 오늘 파티의 주인공은 나야. 부탁인데, 다들 식탁에 앉아주세요." 로레타는 안나의 손을 잡았고, 안나는 상냥하게 손을 빼냈다.

펜테코스테는 아들에게 다가갔다. "네가 가르치는 걸 좋아한단 건 알지만, 좋아하는 일로 일주일에 여섯 시간은 충분치 않아. 그리고 여행 카탈로그로 얼마나 벌 수 있겠니? 내 말은," 그는 아들을 똑바로 바라보았다. "너희 현실을 인정하라는 거야. 그게 다야."

식당 방에서 니코의 울음소리가 들려왔다. 시모나가 그들을 불렀고, 로레타는 그녀에게로 갔다.

카를로는 소파에 앉았다. "내 현실이 어떤데요? 말해보세요, 아빠."

펜테코스테는 두 팔을 벌렸다가 아래로 내렸다. "안나, 우리 애들이 어떤 상태라고 생각하세요?"

"자유롭죠." 그녀의 입에서 거침없이 말이 나왔고, 거기에 스스로 놀랐다. "우리는 자유로운 자식을 뒀답니다."

"은행의 인질이 되겠죠."

"이것도 해보고, 저것도 해보고." 그녀는 그에게 손가락을 내보였다. "평생 재봉사나 의사로만 살지 않아도 되잖아요."

"저애들은 고위험 자본이에요." 펜테코스테는 안경을 벗고 눈꺼풀을 비볐다. "우리도 머릿속에 헛소리 같은 생각을 품었지만, 적어도 그걸 끝까지 해냈어요. 난 이 말이 하고 싶은 거예요."

안나는 그에게 한 걸음 다가갔다. "내가 하고 싶은 말은, 도메니코, 생일날 아내를 기다리게 해선 안 된다는 거예요."

"아빠, 가보세요, 어서요." 카를로는 소파에서 그를 바라보았다.

펜테코스테도 아들을 쳐다보더니 다시 안경을 벗었다가 쓰고는 식당 방으로 향했다. 안나는 사위를 향해 입꼬리를 올리고는 그를 따라갔다. 카를로는 움직이지 않았다. 아버지가 안경을 벗었다가 다시 썼다는 게 문제였다. 그건 그가 옳다는 신호였다. 벗었다가 다시 쓰기, 법학과를 나와서도 문학을 할 수 있을 거야. 벗었다가 다시 쓰기, 소설을 쓰고 싶다는 말은 아무에게도 하지 마. 그래야 실패할 경우 망신을 당하지 않을 테니까. 벗었다가 다시 쓰기, 그가 아직 십대였던 그날 저녁, 인터밀란이 UEFA 유로파리그 1차전에서 로마를 2 대 0으로 이겼을 때, 텔레비전 앞에 있던 아버지가 그에게 말했다. "넌 상대방이 상처받을까봐 골을 넣기보다는 밖으로 차버릴 거야. 마테우스의 발을 가졌는데도 말이야." 포기하는 본성을 지닌 아들, 고위험 자본.

마르게리타는 식사하러 가야 한다고 말하며 미소를 지어보였다. 그는 손을 내밀어 그녀의 손을 잡고는 잠시만 혼자 있고 싶다는 뜻을 전했다. 그녀가 자리를 뜨자 그는 창문에서 보이는 아스프로몬테광장의 피나무를 바라보았다. 학교에서 돌아와 동네 아이들과 뛰어놀던 오후에 어머니가 발코니에서 부르면 그는 그 나무 아래로 가야 했다.

그는 일어나 다른 사람들과 합류했다. 그들은 선 채로 애피타이저를 먹고 있었다. 어머니는 파티 식사에 두 가지 리듬을 주었다. 먼저 뷔페를 먹고, 그다음에는 세심하게 자리를 배정한 식탁에 앉았다. 그녀는 아들을 위해 문 가까운 바깥쪽 구석을 지정했고, 그 옆에는 마르게리타가 앉았다. 어머니는 그 맞은편에 앉았는데, 꽃병에 꽂힌 백합에 가려 거의 보이지 않았다. 그의 어머니는 예의가 너무나 각별해서 사소한 불복종은 허용하는 여자였다. 그녀는 식탁 아래서 초조하게 발끝을 세우고, 손목시계를 빙빙 돌리고, 혹시 무례하게 굴까봐 두 자녀 중 한 명에게 윙크하고, 격렬한 대화를 중단시키기 위해 음식을 내놓았다. 그녀는 반항의 기미를 달래는 재능이 있었고, 점심식사의 대부분을 그렇게 보냈다. 무엇보다도 남편이 침묵하고, 옆에 있는 안나, 마르게리타와 딸과 니코가 관심의 중심이 되는 무탈한 생일날이 되도록 노력했다.

카를로의 관심은 오로지 주머니에 있는 핸드폰과 흐르는 시간뿐이었다. 그는 약속시간에 맞춰 도착할 것이고, 아내에게 혼자서 걷고 싶다고 말할 것이다. 부모님 집을 나서면서 그런 일은 처음이 아니었다. 리소토 접시를 받고, 로레타 펜테코스테가 앞으로 백 년은 더 살기를 기원하며 모두가 건배하는 동안 그의 가슴은 소피아에 대한 생각으로 예리하게 짓눌렸다. 만약 그가 그녀를 단념한다면? 갑작스러운 일로 만날 수 없다는 메시지를 보내고, 핸드폰 연락처에서 그녀의 번호를 삭제하고, 영원히 리미니에 있는 그녀를 상상하고, 스멀거리는 음경의 주름띠와 목까지 차오르는 박동을 억누른다면? 그가 그 에너지를 아내에게 쏟아서 그들이 할 줄 아는 대로 격렬하게 섹스하고, 영화관에 가고 외식하고, 가족계획을 실행에 옮긴다면 아마 아이도, 그가 그렇게 한다면 분명히 아이도 가질 것이다. 그런데 그는 때때로 에로틱한 충동이 어떻게 옮겨지는지 이해하고 있었다. 그 충동의 양은 정확해서 한 여자에게 주면 다른 여자에게서 거둬들이게 되고, 두 여자에게 주는 것은 절반씩 주는 걸 의미했다.

그는 어머니를 도와 움푹한 리소토 접시를 치우고, 스튜

와 소스, 겨자 아이스크림을 식탁으로 나른 다음 욕실로 향했다. 마르게리타가 시선으로 그를 좇았고, 그는 그 사실을 알아차리며 회색 타일이 깔린 욕실로 들어가 화강암 세면대 앞에 서서 벨트를 풀고 바지를 내렸다. 그는 정돈하고 싶었다. 냄새를 맡으며 잠잠하지만 준비된 그 형태를 살피고 면직물과 청바지에 다시 숨기고는 거울에 비친 눈 밑의 뚜렷한 그늘과 흐트러진 머리카락, 뺨에 돋은 붉은 기를 보았다. 그리고 이십오 분 후, 케이크와 촛불을 끄는 어머니의 입김, 박수 소리가 들리는 순간, 그는 더이상 자신을 제어할 수 없다고 결정했다.

그는 라즈베리케이크 한 조각을 받으며 마르게리타를 찾았다. 그녀는 앞머리를 핀으로 고정한 채 비스듬히 앉아 니코와 함께 웃고 있었다. 그녀 특유의 천진하면서도 관능적인 웃음을 지으며. 오, 얼마나 사랑스러운지. 그는 천천히 케이크를 먹었다. 동생이 그의 무릎에 니코를 앉히더니 거실로 사라졌다가 선물을 가지고 돌아와 어머니에게 건넸다. 로레타는 어눌한 손으로 힘겹게 포장을 뜯다가 한숨을 쉬고는 가위를 집어들었다. 축하의 박수와 환호가 쏟아지는 가운데 그는 니코의 목에 대고 숨을 깊게 들이쉬고는 속삭였다. "삼촌은 지금 갈 거야."

그는 약간 늦으리라 생각했고, 그녀에게 미리 알리지 않고 운에 맡기기로 했다. 엘리베이터에서 마르게리타에게 산책이 필요하다고 말했다.

"혼자서." 그녀가 마지막 말을 대신 해줬다.

그는 고개를 끄덕였다.

안나는 가방에 한 손을 넣었다 바로 빼고 지퍼를 닫고는 딸에게 물었다. "나랑 데이트할래?"

마르게리타는 문을 열어줬다. "당신 아버지 말씀이 옳았다면 어쩔 건데?"

"우리 아버지는 당서기가 되어야 했어."

안나는 딸과 팔짱을 꼈다.

마르게리타는 어머니의 손을 토닥거렸다. "얼마나 있을 거야, 카를로?"

"머리 좀 식히고 들어갈게."

그녀는 잠시 생각에 잠겼다가 어머니와 함께 자동차로 향했다.

그는 파스텔 색상의 낮은 집들 사이를 걸어갔다. 가족과 학생들이 사는 동네인 그곳은 그가 자랐을 때와 여전히 같아 보였다. 예전의 제화점과 잡화점, 넓은 거리와 예상치 못한 골목들이 있고, 저녁이 되면 모든 것이 꺼지고 그가 싫어하는 음침한 밀라노가 되었다. 그는 처음 분가하고 나서 그 사실을 깨달았다. 포르타베네치아의 아파트로 거처를 옮긴 후로는 새로운 건축물을 즐기고, 다른 사람들이 잠자는 동안 밖에서 시간을 보냈다. 소란스러운 파티에서 막잔을 비우고 집 앞 길모퉁이에 기대어 자신만큼이나 불안한 도시를 바라보았다.

피올라광장의 택시 승강장에 도착하는 데 십 분이 걸렸다. 그는 목적지로 향하면서 자신의 현실을 벗어날 수 없을 거라는 우울한 두려움을 느꼈다. 그는 산나차로대성당 앞에 내렸고, 인도 패스트푸드점 옆의 샛길을 통해 서둘러 대학교로 향했다. 길 끝에 있는 커피숍의 창문은 어둑했고, 그 앞에는 아무도 없었다. 그는 가까이 다가가 그녀를 보았다. 그녀는 실내 테이블에 앉아 잡지를 읽고 있었다. 호박색 머리카락에 통굽 발목부츠로 내리뻗은 스키니진 차림이었다. 그는 유리창을 두드렸다.

소피아가 밖으로 나왔고, 그는 늦어서 미안하고 와줘서 고맙다고 말했다. 그녀는 여섯시에 기차가 있고, 다시 집에 들러서 MBE*로 책을 발송해야 하는데, 책은 상자 두 개에 이미 넣어뒀다고 했다. 나중에 집주인에게 열쇠를 넘길 건데 다행히 다른 학생이 구해져서 자신은 한 달 월세만 손해 보면 된다고도 했다. 그녀는 부츠 끝으로 반원을 그리며 이따금 올려다보았다. 머리카락이 한쪽으로 흘러내렸고, 카를로는 화장실에서처럼 그녀의 허리에 팔을 두르고 샴푸향을 맡고 싶었다. 그는 그녀에게 상자 옮기는 걸 도와줘도 되느냐고 물었다. 당황한 채로 물은 탓에 목소리가 이상한 억양으로 나왔다.

"혼자서 두 번 오가면 돼요."

"좋을 대로 해."

그는 좀 걷자고 했고, 그녀는 그러자고 했다. 광장으로 나오자, 그는 그녀에게 같이 상자를 옮겨도 되느냐고 다시 물었다.

그녀가 웃었다.

그도 웃었다. "내가 팔심이 세거든." 그는 그녀에게 팔뚝을 보여줬다.

---

* Mail Boxes Etc의 약자. 국제 배송 서비스를 제공하는 회사다.

그들은 다른 말 없이 나란히 잠시 걸었다. 디아즈광장의 신호등에서 그녀는 앞서 걸어갔고, 그는 그녀의 걷는 모습을 지켜보았다. 그는 그녀를 얻기 위해 무엇이든 했을 것이다. 주머니에서 껌을 꺼내 그녀에게 건네며 택시를 탈 것인지 물었다. 그녀는 멈춰 서서 잠시 생각하더니 고개를 끄덕였다. 택시에 타자마자 그녀는 운전사에게 주소를 알려줬다. 이솔라 지구, 폴라이우올로가 2번지. 한번 더 말했다. 이솔라, 폴라이우올로 2번지. 그녀는 좌석에 등을 대고 다리를 꼬았다. 그들은 차를 타고 가는 동안 거의 말하지 않았다. 그는 창밖을 내다보았다. 차이나타운 경계에서 마르게리타와 안나가 탄 폴로를 본 것 같았다. 자세히 살펴보니, 모르는 사람들이 타고 있는 란치아 Y였다. 도착했을 때, 그가 요금을 치렀다. 그녀는 말렸지만, 그가 그녀를 차에서 밀어내는 척하며 돈을 냈고, 소피아는 웃었다. 그들은 택시에서 내려 연노란색 건물 앞에 섰다.

"제가 구한 첫 집이에요."

"프리다는 내가 즐겨 찾던 카페 중 하나였어." 그는 건물 맞은편의 안뜰을 가리켰다. 큼직하고 어두운 유리벽이 있는 파티오가 보였다.

"엘리베이터가 없어요."

"거봐, 책을 옮기려면 도움이 필요해."

그는 계단 하나하나를 디디면서 그녀의 옆구리와 스키니 진 속의 종아리, 부츠의 발끝으로 딛는 걸음새를 감탄하면서 그녀에게 이끌려 머뭇거리듯 올라갔다. 그는 난간을 잡으며 올라갔고, 그들은 숨을 고르기 위해 두번째 층계참에서 멈췄다. 이번에는 그가 앞서며 그녀를 이끌려고 손을 내밀었다. 그녀는 그의 손을 잡았고, 그들은 서로에게 연결되어 위층에 도착했다. 그녀는 손을 빼고 가방에서 열쇠를 찾아 문을 열고는 들어오라고 말했다.

그들은 나무 모양의 옷걸이가 있는 현관 복도로 들어섰다. 나뭇가지는 비어 있었고, 연철로 만든 트레이가 위에 놓인 가구와 간이 주방이 있었다.

그녀는 방으로 들어갔고, 이솔라의 지붕들이 보이는 창문으로 4월의 햇살이 들어왔다. 화분에 아름다운 앵초가 심겨 있었다. 상자 두 개가 열린 채로 침대 끝에 있었고, 그 옆에 박스테이프와 가위가 있었다.

"상자를 닫자." 그는 말하고 등을 구부려 테이프를 붙이기 시작했다. 그 일을 잘하는 것 외에는 아무것도 생각하지 않았다. 그는 페놀리오의 『토요일의 급여』와 수업에서 다룬 다른 책들을 보았고, 그녀가 방 한가운데서 자신을 지켜보고 있는 걸 느꼈다.

"간간이 페놀리오를 다시 읽어봐." 그는 상자를 닫고 침대 가장자리에 앉아 점퍼 지퍼를 열었다. 소피아는 여전히 가만히 서서 그를 응시했다.

"고맙습니다." 그녀가 말했다.

"이리 와." 그가 말했다.

소피아는 계속 그를 바라보았다.

"어서."

그녀가 다가왔다. 머리를 살짝 기울였고 머리카락이 얼굴로 드리웠다. 그는 계단에서 그랬듯이 팔을 뻗어 그녀의 손을 잡고 끌어당겼다. 그녀는 서 있었고, 그는 앉은 채로 그녀를 껴안았다. 그녀의 뒷머리를 쓰다듬으며 목까지 손을 내렸고, 다른 손은 어깨뼈 사이에 두고 그녀를 잡고 있었다. 그녀는 그의 가슴에 대고 몸을 웅크렸다. "우린 안 돼요." 그녀가 말했다. 하지만 그는 상쾌한 향기가 나는 그녀의 머리카락에 코를 묻고 그 가늘고 팽팽한 허리에 팔을 둘렀다. 그는 그녀의 몸을 돌려 화장실에서처럼 뒤로 서게 하고는

208

옆구리를 감쌌다. 그녀가 셔츠를 살짝 올렸고, 그는 그녀의 따뜻하고 매끈한 피부, 짧은 호흡을 가질 수 있었다. 그녀의 엉덩이를 움켜쥐었다. 그 감촉과 형태를 붙잡고 자신의 위에 앉혔다. 밀착되는 것을 느끼는 순간 그녀가 속삭였다. "우린 안 돼요." 그러곤 멈췄다.

"소피아."

그녀가 돌아보았다. "우리는 안 돼요."

그는 입을 갖다댔고, 그녀는 입술을 벌렸다. 그는 다시 그녀를 가질 수 있었다. 입과 부드러운 혀, 그는 그녀에게 키스했다. 그녀는 그에게서 살며시 몸을 빼냈다.

"엉망이에요, 카를로."

그녀는 발그레한 얼굴로 머리카락을 한쪽 어깨에서 다른쪽으로 넘기고는 한 손을 내밀어 그의 뜨거운 뺨을 쓰다듬었다. 그가 다시 키스를 시도했지만, 그녀는 뒤로 물러났다. 그는 그대로 앉아 있었고, 팔다리가 떨려서 침대에 두 손을 얹었다. 그러다 일어서서 이제 그녀를 내려다보았다. 그녀도 그를 쳐다보았다.

"엉망이에요." 그녀가 말했다.

"아니야."

“완전히 엉망이에요.”

“나가자.” 그는 말하면서 창밖 이솔라의 지붕들과 앵초 화분을 흘깃 보았다. “어서 나가자.” 그는 큰 상자를 들고 그녀 옆을 지나갔고, 그녀는 그의 팔을 꽉 붙잡았다. 그가 잊지 못할 그 손길. 그는 몸을 빼내어 문으로 향했고, 가까스로 문을 열었고 자신을 부르는 소리를 들었다. 그는 책을 들고 계단을 내려가기 시작했다. 빌어먹을 책들, 그는 팔에 잔뜩 힘을 주었다. 일층에 도착해서 대문을 열었다. 모두 헛수고였다. 또다시 헛수고였다. 그녀가 그에게로 왔을 때, 그는 그녀에게 앞서가라는 신호를 했고, 그들은 걸어갔다. 그는 가리발디역 기차들의 삐익 소리가 들리는 페페가에 도착할 때까지 그녀를 뒤따랐다. 그녀가 속도를 늦추자 그는 그녀를 지나쳤고, 그들은 MBE 접수처로 들어갔다. 창구에 한 사람이 있었다. 그는 상자를 구석에 놓고는 그녀가 들고 있던 상자를 그 위에 내리게 도왔다.

그런 다음 그는 뒤돌아보지 않고 밖으로 나와 멀어져갔다. 페페가를 다시 지나 지하철역에서 방향을 바꾸어 길을 건넌 뒤 다른 보도에 도착했다. 그는 건물 벽에 등을 기댔다. 그는 매번 이런 식이었다. 직전에 멈추고, 그것을 상상

으로 즐기고, 최후의 결전을 널름대다가 곧장 가정으로 도
피하기. 그는 핸드폰을 꺼내 아내의 번호를 찾아 통화 버튼
을 누르고 목소리를 가다듬었다. 전화가 울렸다.

안나는 마르게리타에게 카를로의 전화가 왔다고 알렸다.

"내가 다시 걸게."

그녀는 딸에게 같이 가달라고 한 것을 후회했고, 생일파
티에 참석한 것을 후회했고, 조용한 삶을 위해 또다시 자신
을 희생한 것을 후회했다. 그녀는 가방 손잡이를 꽉 쥐었다.
"묘지에 혼자 들어가고 싶어."

마르게리타는 중앙역의 지하도로 진입했다. "그럼 나는?"

"먼저 갔다 와."

"괜찮은 거지, 엄마?"

일흔이 지난 나이에 설명하기. 그녀는 위로가 되는 온갖
생각들을 떠올리며 몸을 구부리고 앉아 있었다. 그녀는 죽
은 자들의 장소로 죽은 자를 만나러 갔고, 그것으로 자신의
평화를 원했다. 끝은 시작을 가져온다고, 아스트라칸 코트
를 주문한 고객이 그녀에게 말했다. 한순간 그녀는 딸이 자
신보다 더 많이 그 지혜의 고통에 시달렸으리란 느낌을 받
았다. 그녀는 딸을 보았다. 마르게리타는 한 손으로 운전대

를 잡고, 머리를 받침대에 살짝 기대고 있었다. 그날 처음으로 딸을 보는 것만 같았다. 더 예뻐 보였다. 늘어뜨린 귀걸이나 지친 눈빛 때문이 아니라 다른 무언가 때문이었다. 침대에서 카세트테이프를 들으며 몽상에 빠진 소녀처럼 자신을 놓아버린 분위기를 띠었다. 딸에게 오늘 더 예쁘다고 말해주고 싶었지만, 그녀는 무언가 다른 자신의 아이를 가만히 바라보다가 그녀의 귀걸이를 만지고 머리카락을 쓰다듬었다. 그후로 두 사람은 아무 말도 하지 않았다. 목적지에 도착했을 때 그녀는 딸에게 핸드폰과 핸드백을 돌려주고, 차에서 자기 차례를 기다렸다.

창문을 내리자 그녀는 사이프러스나무와 시든 꽃 냄새를 맡을 수 있었다. 고개를 들어 연철 대문과 진홍색 출입구를 보았다. 그녀는 딸이 묘지의 오솔길로 돌아오는 모습이 보일 때까지 기다렸다. 그들은 입구에서 교대했고, 그녀는 자갈길로 들어가 허름한 건물들과 잔디밭을 지나 돌이 깔린 외부 복도를 따라 끝에서 세번째 묘비에 다다랐다. 사진 앞에 섰다. 나 왔어, 프랑킨.

그녀는 그대로 가만히 있었다. 그가 그리웠고, 그 사실을 둘 다 알고 있었다. 그녀는 다가가 조화 장미꽃 다발에 손을 뻗어 금속 원뿔에서 꺼냈다. 잎사귀 몇 개가 누렇게 변해 있었다. 그녀는 두 손을 써가며 그것들을 힘겹게 떼어내 한쪽에 두고 꽃다발을 바닥에 내려놓았다. 원뿔 안을 들여다보았다. 널찍한 공간이 있었다. 그녀와 마르게리타는 중간 크기의 꽃다발을 꽂을 수 있게 그것을 골랐고, 세련되지는 않지만 실용적인 선택에 만족했다. 그녀는 가방을 가까이 가져와 엽서들을 꺼냈다. 보르미오에서 보낸 엽서를 맨 위로 놓은 다음 거기 내려놓고, 물뿌리개를 가지러 분수대로 갔다. 물을 3분의 1 정도 채워서 돌아와 엽서에 뿌렸다.

엽서가 젖을 때까지 기다렸다가 다시 물을 뿌렸다. 그 과정을 거듭해서 흠뻑 젖은 엽서를 곤죽이 되게 짓이겼다. 그런 다음 종이죽을 모아 원뿔 안에 넣고 꼼꼼하게 채웠다. 흔적을 남기지 않기 위해 여러 번 손을 대야 했다. 그러고 나서 장미 꽃다발을 가져다 다시 꽂아놓았다. 이제 꽃다발은 전보다 한 뼘 더 튀어나와 있었다. 그녀는 짜증스럽게 그것을 밀어넣고는 마음을 가다듬었다. 자, 여기 당신의 클라라가 있어.

안나는 딸을 방문할 때마다 콘코르디아대로 아파트의 아흔여섯 개 계단을 셌다. 그들이 이사한 지 한 달이 지나서 그녀는 계단 하나하나에 그 아파트 비용을 분해하기 시작했다. 계산기를 두드려보니 한 걸음당 4000유로가 넘는 비용이 나왔고, 거기에 마르게리타와 카를로가 도이치은행에서 빌린 삼십 년 주택담보대출에 대한 이자가 더해졌다. 그녀가 바닥에 발을 디딜 때마다 거의 5000유로까지 금액이 올라갔다. 안나는 딸과 카를로, 그리고 그들 모두의 경제적 올가미에 다리가 묶인 채 사층으로 올라갔다. 프랑코가 말했듯이, 그것은 벽돌을 쌓은 가족의 노고에 참여하는 그녀의 방식이었다. 실상은 그녀가 매수를 밀어붙였고, 지금은 그 과실에 대한 대가를 치르고 있었다. 캐리어 가방이나 유모차를 옮길 수 있는 화물용 엘리베이터도 한 대 없는 120제곱미터 정도의 집에 46만 5000유로를 지불했다. 그녀는 거실에 들어찬 밝은 빛에 너무나 행복해하는 딸을 보고서 반대할 수 없었다. 콘코르디아를 올라갈 때는 기분이 언짢았지만, 내려갈 때는 안도감이 들었다. 매 걸음마다 부채를 덜고 시간을 되돌리면서 마르게리타와 카를로가 자유로워지는 것 같았다. 일층에 도착했을 때는 그들이 사랑 이야기의 시작에 있는 모습을 상상했다. 그들은 원룸아파트에서 홀가분했고, 모험으로 가득했다. 펜테코스테에게 받은 10만 유로는 사라졌고, 그녀가 줄 수 있었던 3만 5000유로도 사라졌다. 그녀는 아픈 손으로 바느질을 시작하며 가구와 커튼을 장만하는 데 도움을 주었다.

점쟁이는 2018년이 모두에게, 특히 손주에게 좋은 해가 될 거로 예언했다. 손주는 조용한 성격 덕분에도 복을 받을 것이라고 했다. 그녀는 예의바른 아이들을 좋아했고, 여전히 로렌초가 남편을 닮았다고 믿으면서 마음속으로는 전혀 사실이 아니기를 바랐다. 그녀가 끝에서 두번째 계단을 지나자, 건물의 불이 꺼졌다. 다시 불을 켜기 위해 층계참으로 돌아가고 싶지 않았다. 그녀는 난간을 꽉 잡았고, 오후에 두 시간을 함께 보낸 손주가 그녀에게 남긴 것을 생각했다. 그 것은 행복이었다. 부가적인 행복이 아니라 거의 확실한 행 복이었다. 그런 것을 경험하지 않고 죽는 것은 바스티유 습 격 없는 프랑스대혁명과 같을 것이다. 그녀는 어둠 속에서 미소를 짓다가 발끝을 헛디뎠고, 지탱할 수 있을 줄 알았지 만 그러지 못했다. 손을 뻗어 몸을 보호하려 했고, 다시 눈 을 떴을 때 그녀는 여든이 다 된 나이에 인생에서 가장 끔찍 한 고통을 느끼고 있었다.

그녀는 거꾸로 누운 채 어둠 속에서 층계 위에 있는 자기 다리를 보았고, 목덜미는 계단 아래쪽의 매트에 닿아 있었 다. 움직이려고 했지만 찌르는 듯이 아팠다. 왼쪽 다리와 오 른쪽 팔에 감각이 없었다. 매트로 내려가기 위해 성한 손으 로 바닥을 밀었다. 그녀는 세상 어떤 이유로도 비명을 지르 지 않을 것이다. 힘을 주어 몇 센티미터 미끄러졌고, 이제 난간 프레임이 가까워졌다. 그것을 잡으면 몸을 좀 일으키 거나 앉을 수 있을 것이다. 다리의 통증 때문에 신음이 나왔 다. 눈물을 흘렸지만 소리를 내지는 않았다. 그녀는 팔꿈치를 매트에 대고 벽을 향해 몸을 밀면서 움직였고, 손바닥을 바닥에 대고 등을 구부릴 수 있었다. 바닥을 세게 눌러 한쪽 어깨를 벽에 갖다대고는 몸을 일으켜 앉았다.

그녀는 다리가 욱신거렸다. 치마를 걷어 확인해보니 허벅지가 반듯하지 않았다. 팔도 마찬가지였다. 그 팔을 복부에 올려놓고 귀를 기울였다. 고요하기만 했다. 시골집에 있는 것 같았다. 마르게리타와 카를로가 처음으로 콘코르디아 집에 데려왔을 때도 그런 생각을 했다. 밀라노 중심부에서 큰 건물들로 보호되는 작은 건물. 한 층에 한 집, 총 네 세대가 살고 있었다. 그녀는 둘 중 누가 제일 먼저 지나갈지 생각하다가 핸드폰이 떠올랐다. 가방은 층계 중간에 떨어져 있었다. 움직이려고 하다가 그 자리에 쓰러지고 말았다. 그녀는 흐느끼며 외쳤다.

"도와주세요!"

그녀는 고상한 건물에 울려퍼지는 늙은 여자의 목소리가 짜증스러웠다.

"도와주세요!"

그녀는 목덜미를 벽에 기대고 길게만 느껴지는 시간 동안 눈을 감고 침착하게 있었다. 현관문이 열리는 소리가 났을

즘음에는 약간 정신이 멍해져 있었다. 누군가가 불을 켰다. 삼층에 사는 변호사였다. 그에게 애써 미소를 지었고, 그가 돕기 위해 몸을 구부리자 수치심이 느껴졌다. 그녀는 딸이 집에 있다고 변호사에게 말했고, 그가 황급히 올라가는 사이 그녀는 몸을 바로잡으려고 했다. 치마와 양모 스웨터를 정돈하며 통증으로 기침을 쿨럭거렸다. 발소리와 아파트 초인종 소리, 그리고 목소리가 들렸고, 잠시 후 마르게리타가 계단 꼭대기에서 휘둥그레진 눈으로 그녀를 내려다보았다.

"난 괜찮아. 다리를 좀 다쳤어."

마르게리타는 아름다웠다. 소녀 때처럼 머리가 길었고, 걱정하는 눈빛에 얼굴이 온화해 보였다. 임신 후 늘어난 체중으로 그녀는 더 보기 좋게 변했다. 아이가 태어난 후 그들은 다시 친구처럼 수다를 떨고 차를 마시기 시작했다.

"팔도 다쳤고."

"기다려, 엄마."

딸이 달려와 그녀를 쓰다듬었고, 다리를 확인하고는 핸드폰을 꺼내 구급차를 불렀다.

"혼자 할 수 있어."

"움직이지 마세요, 부인." 변호사가 말했다.

"등이 아파요."

그들은 그녀가 눕도록 도왔고, 그녀는 프랑코를 욕창 방지 매트리스로 옮길 때가 생각났다. 프랑코는 이동하는 동안 눈을 옆으로 돌린 채 턱을 꽉 다물고 있었다. 안나는 눈물을 참을 수가 없었다.

"엄마, 걱정하지 마. 아무것도 아니야."

그녀는 고개를 끄덕이고는 따뜻하고 강한 딸의 손을 잡았다. 마르게리타도 어머니의 손이 그처럼 따뜻하고 강한 것에 놀랐다. 그녀는 두려움을 감추는 용감한 어머니를 두었다. 떨면서 어머니의 머리를 쓰다듬었고, 구급차 직원들이 그녀를 들것에 실어 차에 태웠을 때에야 손길을 거뒀다. 그녀는 로렌초를 혼자 둘 수 없어 잠시 어머니와 떨어져야 했다.

마르게리타는 급히 집으로 올라갔다. 2월 말 밀라노를 강타한 그 지독한 추위에 몸이 굳어 있었다. 그녀는 난간을 그러쥐며 엘리베이터가 설치되지 않은 것에 또다시 화가 치밀었다. 옆 건물 거주자들이 건축물의 거리 제한 규정을 이유로 설치를 반대했고, 그녀는 그것이 이전 집주인을 속인 대가라고 생각했다. 그녀는 매우 교묘하게 조작했고, 구 년이 지난 현재도, 계단을 달려 두꺼운 현관문을 통과하는 지금도 여전히 그 거짓말에 흡족해하고 있었다. 그녀는 구석에서 펌파 그림책에 색칠하고 있는 로렌초를 보았다. 아이에게 할머니가 다쳐서 병원에 가야 한다고 말했다. 아이는 그 말을 듣더니 마커펜 뚜껑을 닫고 일어섰다. 그녀는 아이에게 외투를 입히고 목도리를 둘러줬고, 아이는 토끼 모양의 배낭을 메고 복도 입구에서 그녀를 기다렸다. 그들은 서둘러 계단을 내려갔다. 그녀는 핸드폰을 꺼내 카를로에게 전화를 걸었다. "자기야, 엄마가……"

"이제 곧 시작해. 끝나면 바로 전화할게."

"엄마가 계단에서 넘어졌어."

그녀는 면접 직전에 그에게 얘기한 것을 후회하며 혀를 깨물었다. 그가 병원으로 달려가겠다는 걸 말려야 했다. 그녀는 남편이 직장을 구하지 못할까봐 걱정했다. 그녀는 종종 그를 과소평가했다. 그는 여러 차례 강한 모습을 보였고, 그녀가 어쩔 줄 몰라 당황할 때 결정을 내리기도 했다. 의사들이 말이 없는 로렌초를 주의깊게 지켜봐야 한다고 했을 때, 그는 태연한 모습이었다. 그녀는 압박감에 사로잡혔고 지금도 그랬다. 아들의 차분한 태도 덕에 그녀가 은밀한 평화를 누렸을지라도. 그들은 택시를 타고 병원으로 향했다.

그녀는 아들이 앞좌석 사이로 머리를 내밀고 하이브리드 차량의 계기판을 보는 모습을 지켜보았다. 택시 운전사가 파란불이나 빨간불이 무엇을 가리키는지 알려주자, 아이는 모든 것을 이해한 듯 고개를 끄덕였다. 로렌초는 모든 것을 알았다. 부모 사이의 갈등, 안나 할머니에게서 피난처를 찾을 수 있다는 사실, 유치원에서 친구들의 마음을 얻는 방법도.

그들은 파테베네프라텔리병원에 도착했고, 간호사는 대기실에서 기다려야 한다고 말했다.

"의사와 얘기할 수 있나요?"

"곧 부를 테니, 자리에 계세요."

그들은 커피자판기 옆자리로 갔다. 로렌초는 색칠 도구를 꺼내 무릎에 놓으며 자리를 잡았다. 그녀는 선 채로 응급실 문을 바라보았다. 그리고 벽에 기대어 주의를 돌리려고 가방을 뒤적이다가 책이 없다는 걸 깨달았다―그녀는 꽤 오래전부터 책을 가지고 다니지 않았다―그래서 수첩을 펴고 그날의 방문 일정을 어떻게 미룰지 고민했다. 그녀는 상사에게 메시지를 보내고 답장이 올 때까지 핸드폰을 응시했다. 동료들이 그녀의 일을 대신 처리하기로 했다. 그녀는 핸드폰을 닫았다.

로렌초가 그녀를 쳐다보았다.

"아무것도 아니야, 애야."

그녀는 두 건의 계약을 놓칠 위험이 있었고, 하루 이상 사무실을 비울 수 없었다. 그녀는 앉아서 아들의 목덜미를 쓰다듬었다. 귀 뒤의 곱슬머리가 크림처럼 부드러웠다. 그녀는 일어나서 몇 걸음을 걸었다. 그리고 펜테코스테의 번호를 찾아서 전화를 걸려다가 그만뒀다. 그녀는 시아버지의 도움으로 더 효과적인 의료서비스를 받으면서 또다시 신세를 지고 싶지 않았다. 콘코르디아의 집을 사기 위해 그들에게 돈을 받은 것은 그녀였다. 그녀가 그 집을 원했기 때문이다. 그녀는 자신이 타락했다는 걸 인정했고, 이것은 결국 어머니의 골절과 무관하지 않다고 여겼다. 두 시간 후 정형외과 병동에서 어머니를 본 그녀는 말문이 막혔다.

"엄마."

안나가 눈을 떴다. "심하게 부러졌어."

마르게리타는 엄마의 뺨을 매만졌다. 차가웠다. "이제 괜찮아."

"의사들이 이걸 달더라." 그녀는 침대 밑으로 이어진 가느다란 호스를 가리켰다. "그리고……"

"걱정하지 마."

"기저귀도."

"다 괜찮을 거야."

"얘, 꼬맹아." 안나는 손자를 향해 고개를 들었다. "할머니가 슈퍼맨처럼 날려고 하다가 실패했어."

아이는 심각한 얼굴로 그녀의 팔에 댄 깁스를 만졌다.

마르게리타는 다른 침대들을 둘러보았다. 다섯 개의 침대가 있었고, 구석에 있는 환자만 보호자가 있었다. 그녀는 병실로 들어서면서 개에게 물린 안드레아가 입원했던 일을 떠올렸다. 창문을 보며 그때의 풍경을 떠올렸지만, 지금은 삼층 위에 있었다. 이제 맞은편 건물의 공사는 끝났고, 거리의 두번째 구간은 보행자 전용 도로가 되었다. 세월이 흐르면서 그녀와 안드레아는 서로에게 무언가가 되었고, 그녀는 지금도 이유를 알지 못하지만, 그에게 속내를 털어놓은 적이 많았다. 그녀는 핸드폰을 꺼내서 그에게 메시지를 보냈다. 엄마가 우리집 계단에서 넘어져 다쳤어. 그 근육 카르마 얘긴 뭐였지?

안드레아는 그날 마지막 학생의 훈련을 기다리며 메시지를 받았다. 그는 메시지를 다시 읽고는 마르게리타에게 했던 말을 어렴풋이 기억해냈다. 콘코르디아의 속임수가 예상치 못한 신체의 경직을 일으킬 수 있다고 했다. 그는 근육을 통해 강제적인 움직임이 유기체 전체에 부정적인 반항을 일으킨다는 것을 배웠다. 육체는 잘잘못을 가리는 심판 같은 거구나, 그녀는 말했었다.

안드레아는 학생이 라비차공원의 입구를 지나 다가오는 것을 보았다. 안드레아는 추위로 다리가 뻣뻣하고 가판점 일과로 눈이 무거웠다. 조르조는 체지방률 10퍼센트에 몸무게 80킬로그램으로 감량하고 싶어했다. 사이클 선수의 심장을 지녔고, 안드레아를 트레이너로서 존중했다. 안드레아는 다른 사람들처럼 조르조를 학생이라고 부르는 게 좋았다.

안드레아는 그가 점퍼를 벗고 곱슬머리를 한데 묶는 것을 보았다. "일은 어땠어?"

"녹초가 됐어요."

"몸 풀어." 그는 마르게리타에게 나중에 연락하겠다는 메시지를 보내고는 조르조에게 속도를 높이라고 손짓했다. 그의 움직임을 볼 때마다 그는 사랑에 빠진 이유를 알았다. 그에게 중량조끼를 입히고, 팔굽혀펴기를 시작했다. 일 분의 정지 시간을 두면서 저항력을 높이기 위해 그의 등에 한 손을 올렸다. 항상 오른손을 얹었고, 그러면 엄지와 검지 사이에 난 흉터가 보였다. 그는 호두나무 아래에 있는 세자르에게 다시는 가지 않았다. 개를 묻고 얼마 뒤, 그는 밤에 차를 몰고 다니기 시작했다. 밀라노 외곽의 로차노와 바로나, 낙서 가득한 셔터가 있는 넓은 도로, 잠 못 이루는 사람들이 담배를 피우는 안뜰을 돌아다니다 보면 기분이 나아졌다. 카르보니의 음악을 들었고, 어떤 때는 살아 있는 기념물인 엑스포 현장이 있는 구시가지까지 가기도 했다. 목적지 없이 아무데나 나아가다가 호기심이 생겨 트리엔날레 건물 맞은편의 커브길에 이르렀다. 그곳을 천천히 지나가면서 길가에 주차된 차들을 흘깃거렸다. 어떤 차는 사람이 있었고, 어떤 차는 텅 비고 어두웠다. 어느 날 밤 그는 라디오헤드의 〈레코너〉를 들으며 주차하고는 불을 켜두고 있었는데, 그가 차를 세우자마자 누군가가 차창을 두드렸다. 그는 단추를 몇 개 푼 셔츠와 깔끔한 수염, 온화한 미소를 띤 중년의 낯선 남자를 쳐다보았다. 문을 열고 그를 안으로 들여보내고 스테레오의 볼륨을 낮추고 좌석을 뒤로 밀었다. 낯선 남자가 그의 티셔츠 아래로 손을 넣고 바지를 끄르는 동안 그는 등받이에 몸을 기대고 있었다. 차창을 통해서도, 밀라노는 너무나 아름다웠다. 더운 계절의 맑은 밤들. 그 이후로 트리엔날레에 갈 때마다 그는 입으로 빠는 것만 허용했다. 때때로 다리 사이에 누군가를 둔 채 마르게리타를 생각했다. 그녀와 어땠는지, 능숙한 입술, 놀랍도록 잘하는 그녀의 모습에서 느꼈던 당혹감.

그는 다섯 세트의 마지막 동작을 끝마치는 조르조의 등에 손을 대고 더 세게 눌렀다. 조르조는 매트 위로 쓰러지며 그를 끌어당겼고 그들은 함께 웃었다. 지금은 나아졌지만, 그는 불편한 마음을 떨치려고 고심했다. 그들은 2월의 밤과 얼굴을 찌르는 겨울에 둘러싸여 바닥에 누워 있었다. 그는 어느 날 갑자기 물리치료센터를 그만뒀고, 신체를 고치는 일에 지쳐서 신체를 단련하는 일을 하기로 했다. 그는 시간당 40유로를 받았고 일정이 꽉 찼다. 오전에는 가판점에서 일했다. 그의 아버지가 가판점을 팔고 은퇴하고 싶다고 했을 때 그가 말했다. 내가 맡을게요.

소피아는 어스름한 아침에 철물점의 전동 셔터를 열었다. 겨울이 시작되면서 그녀는 개점 시간을 일곱시 반으로 앞당겼다. 문을 밀고 들어가려다가 뭔가를 보고 멈췄다. 빨강 리본에 묶인 빵봉지가 쇼윈도 진열대 앞에 걸려 있었다. 그녀는 메탈 회색 골프차가 있는지 보려고 보르도니광장의 주차장 쪽으로 고개를 돌렸다. 언젠가 톰마소는 깜짝선물에 대한 그녀의 반응을 보려고 차 안에서 기다리고 있었다.

봉지를 안으로 들고 들어가 불을 켜고 열어보니 헤이즐넛 슈크림 빵이었다. 그녀는 리미니가 축제 분위기에 주민들을 길들이듯, 자신도 놀라운 일들에 익숙해지고 있다는 생각이 들었다. 그녀는 순응하거나 뒤늦게 반란하는 나이인 서른 살이 되는 것이 두려웠다. 그녀에게 반란은 짧게 자른 머리와 직장에 아침식사를 몰래 갖다놓는 남자였다. 그녀는 희미한 조명 아래 눈을 반쯤 감고 슈크림 빵을 맛봤다. 밤을 보낸 철물점에서는 늘 나무 냄새가 났다.

그는 톰마소에게 감사의 메시지—그들의 암호인 느낌표—를 보낸 다음 스포트라이트와 라디오를 켜고 내부를 죽 훑어보며 모든 것이 제대로 되어 있는지 확인하고는 진열대에 화분 받침대와 물뿌리개를 채웠다. 날씨는 추웠고, 바다는 오후가 되어야 걷히는 안개를 내뿜었다. 그녀는 연휴 동안 팔리지 않은 주방용품들이 있는 진열장을 점검했고, 그것들을 그대로 두고 가격을 30퍼센트 내리기로 했다. 크리스마스 진열장을 치우고 싶지 않았다. 그녀는 카운터 뒤에 앉았고, 파란색 가운이 옷걸이에서 그녀를 지켜보았다. 그녀의 어머니가 십 년 동안 입었던 그 옷을 얼마 전에 아버지가 거기에 걸어뒀다. 그는 느지막한 오전에 와서 좋은 철물점에는 항상 유니폼이 필요하다고 말하겠지만, 그녀는 그 말을 들으려 하지 않을 것이다.

소피아는 밀라노에서 돌아온 지 삼 년이 지나 가게를 되찾으려고 고집을 부렸다. 그녀가 인스타그램용으로 가게를 활용할 때마다—서랍장이나 카운터 구석은 배경으로, 전경에는 항상 소설책이 있었다—'좋아요' 수가 이백오십 개 이하로 떨어진 적이 없었다. 마치 저멀리 있는 사람들도 이 계산대 뒤에서 책을 읽어야 마음에 와닿는다는 그녀의 심정에 공감을 표한 것처럼. 어떤 날은 가게 차양에 새겨진 '카사데이 철물점 주방용품'이라는 상호를 읽는 것만으로도 기쁨에 가까운 감정을 느끼기에 충분했다.

여덟시 십 분 전에 첫 손님이 들어왔다. 석회와 독일제 못 스무 개, 철제 앵커 네 개를 찾는 일꾼이었다. 그녀는 위쪽 서랍장에 닿기 위해 사다리를 올랐다. 튼튼한 다리로 민첩하게 오른 뒤 내려와 못과 앵커를 신문지로 쌌다. 그녀는 잔돈을 건네고 문이 다시 닫히자, 때가 되었다고 느꼈다. 가방에서 책을 꺼냈다. 레너드 마이클스의 『실비아』. 벽돌색 표지, 침대에 누워 가슴을 드러낸 여자의 사진, 대학을 마치고 집으로 돌아온 이야기. 남자와 여자, 순수함, 뉴욕과 그들에게 드리운 운명.

그녀는 자신이 원하는 조명으로 사진을 찍으려고 몇 장 시도한 다음 고객에게 쓰는 신문지로 책을 싸서 에어캡 소포 봉투에 넣었다. 봉투를 봉하고 주소를 대문자로 썼다. 그런 순간마다 그녀는 늘 전율을 느꼈다.

카를로는 자루 가방을 둘러메고 나빌리오로 향하는 길을 걸었다. 가쁜 숨을 내쉬며 리브라초 책방에 도착했다. 그는 안으로 들어가 인사하고, 중고책들을 꺼내 카운터에 쌓아놓고는 직원이 와서 계산해주기를 기다렸다. 85유로를 쳐줄 수 있다고 했다. 그는 흥정하기가 부끄러워서 알겠다고 대답했다. 주변을 둘러보았고 거기 있는 것이 창피했지만, 중고책 판매는 마르게리타를 위한 일이라며 마음을 다잡았다. 저녁식사, 꽃다발, 지난번에는 모직 넥타이를 위해 35유로를 손에 넣었다. 그는 거래 서류를 작성하기 위해 신분증을 건넸고, 직원은 양식을 작성해 현금과 함께 돌려줬다. 그는 감사인사를 하고 혹시 채용 계획이 있는지 물었다.

"이력서는 남겨도 되지만, 지금은 없습니다."

그는 고개를 끄덕이고 밖으로 나와서 철교를 건넜다. 주먹에 돈을 꽉 쥐고 추위로 안개가 피어오르는 물을 바라보았다. 주위에는 아무도 없었다. 때때로 밀라노는 그의 것처럼 느껴졌다. 그는 시계를 확인하고는 에코백을 접어 계속 손에 들고 걸으며 카페에 도착했다. 그녀는 아직 도착하지 않았다. 그는 구석의 테이블로 가서 커피를 주문했고, 커피가 나올 때까지 문을 주시했다. 잠시 후 그녀가 카탈로그 두 개를 들고 바쁘게 들어섰다. 그녀는 스카프를 풀며 인사했다. "안녕."

"내가 여기까지 오게 했네."

"말했잖아요, 오늘은 한가하다고." 그녀는 바리스타에게 커피를 주문했다. "어떻게 지내요?"

"장모님이 대퇴골을 다쳤어."

"이런."

"한동안 힘드실 거야."

"선배는?"

"아침에는 괜찮아."

"그러다 공허해지겠지요."

그는 고개를 끄덕였다.

"선배가 그만둔 후로 미켈레는 말이 없어졌어요." 그녀의 뺨은 추위로 발그레했다. "그럽나봐요."

그는 진지한 태도를 유지했다. "왜 카탈로그가 두 개야?"

"캐나다로 30퍼센트를 더 받을 수 있어요. 다른 건 스코틀랜드인데, 선배는 한 손으로도 할 거예요. 마감은 2월 말이고요."

"얼만데?"

"850유로, 선불로 드릴 수 있어요."

"카탈로그 세 개가 필요해. 회사에 말해줘. 그렇게 해주기로 했어."

"대학은 안 되는 거예요?"

그는 고개를 저었다. "어쩌면 다른 곳에서 자리가 날지 몰라. 가봐야 알겠지만."

"어디서?"

"〈벨이탈리아〉*."

---

* 이탈리아의 도시와 풍경, 문화, 관광을 다루는 월간지.

"좋을 거 같아요."

"다른 곳도 곧 면접을 보기로 했는데, 급여가 더 좋아."

"어떤 일인데요?"

"마케팅, 맥주와 음료."

"맥주와 음료?"

카를로는 두 개의 카탈로그를 집으려고 손을 뻗었고, 그녀도 손을 뻗어 그의 손을 만졌다.

"선배의 빈 책상을 보면 기분이 이상해요."

그는 커피잔을 찾았고, 바닥 얼룩은 코가 없는 사람의 옆모습처럼 보였다. 그는 커피 찌꺼기로 점치는 법을 안다면 좋았으리라 생각했다. 그들은 말이 없었다. 그녀는 스웨터 자락을 비틀었고, 왼쪽 눈 아래로 마스카라가 약간 번져 있었다. 그에게 그녀는 여전히 몇 년 전 편집실에 처음 발을 들인 스무 살 초반의 똑똑한 인턴이었다. 그와 미켈레는 그녀가 오드리 헵번을 생각나게 한다고 말했다. 카를로는 카탈로그를 챙겼다. "나는 항상 캐나다에 매료되곤 했어. 고마워, 마누."

"좀 걸을래요?"

"다시 들어가봐야 하지 않아?"

"두 시간은 여유 있어요."

그녀는 털실 모자를 꺼내 검은 눈 위로 푹 눌러썼다. 그들은 나가서 나빌리오 파베세에 다다랐다. 1월이 되자 그곳의 보트들이 치워졌고, 그들은 거의 길을 잃은 기분이 들었다. 순환도로와 교차하는 지점에 도착했을 때 그가 말했다. "아들을 데리러 가야 해."

마누엘라는 신호등 앞에서 멈춰 섰다. "지금요?"

"지금."

"그럼, 다음에 봐요." 그녀는 보도로 뒷걸음질하며 미소를 지었고, 그도 미소 지으며 그녀가 모퉁이를 돌아 사라지기를 기다렸다. 그러고는 유치원을 향해 걸어갔다.

유치원 입구에는 긴 가지와 붉은 잎이 있는 나무가 설치되어 있었다. 나뭇가지마다 다람쥐들과 검은머리휘파람새 한 마리, 또다른 다람쥐들이 있었다. 그는 큰 창문을 통해 선생님을 중심으로 원을 그리고 앉은 아이들을 보았다. 로렌초는 인디언처럼 다리를 포개 앉은 채 몸을 살짝 흔들고 있었고, 구부정한 어깨로 유치원복이 주름져 있었다. 때때로 그는 어른이 된 아들, 다정하고 강인한 청년의 모습을 상상했다.

그가 들어오는 것을 보고 아들은 그에게 달려왔다. 카를로는 아들의 귀 뒤에 코를 댄 채 숨을 크게 들이쉬었고, 아이가 웃었다. 그는 아들에게 바람막이 점퍼를 입히고는 대학에서 우편물을 가져가라는 연락이 와서 잠시 들러야 한다고 말했다. 그전에 피자를 먹으러 갔다. 그들은 항상 사각 피자 한 조각을 나눠 먹었고, 높은 의자에 앉아 먹으며 코카콜라를 마셨다. 로렌초는 필리포 가테이와 프란체스카 베키에티가 서로 사귀기로 했다고 얘기했다. 카를로는 그 둘이 사귀게 돼서 기쁘냐고 물었다. 최근에 아이가 부쩍 말이 많아지자, 그들은 이때다 싶어 부추기려 했다.

로렌초는 고개를 끄덕이고는 말했다. "안나 할머니는 죽을 거야."

"절대 안 그래."

"다리가 부러졌잖아."

"지금 치료중이고, 나중에 집으로 돌아오실 거야."

"엄마가 전화로 걱정된다고 했는데."

"누구한테?"

"시모나 고모."

"그냥 하는 소리야."

아이는 냅킨에 마지막 피자 한입을 남겼다. "나도 걱정돼."

카를로는 아들에게 입을 맞췄다. "곧 나으실 거야, 생쥐야."

차를 타고 가는 동안 로렌초는 창밖을 보았고, 카를로는 라디오를 켰다. 아이는 줄곧 음악을 따라 흥얼거리다가 대학 입구에 도착하자 입술을 다물었다. 그는 아들을 안아들고는 직원에게 다가가 이름과 성을 말했고, 직원은 고개를 끄덕이곤 바닥에 있는 상자를 뒤적거려 에어캡봉투를 꺼내 그에게 건넸다. 카를로는 발신인이 없는 것을 보았다. 그녀였다. 그는 로렌초의 손을 잡고 걸어가다 출구에 다다르기 전에 발걸음을 늦추고 화장실을 돌아보았다. 타일과 네온 불빛, 배수관의 물소리, 거울에 비친 상. 그는 아들의 손을 꼭 잡았다. "오줌 마렵니?"

아이는 아니라고 대답했다.

그래도 그들은 들어갔다. 수도꼭지가 바뀌었고, 두 개의 문이 살짝 열려 있었다. 오해. 여기서 그는 자신이 욕망에 침식될 수 있다는 것을 알았다. 그러나 다른 여자들과의 일은 소피아 카사데이에 대한 보상으로 그런 것이 아니었다. 그녀가 리미니로 돌아간 지 세 달이 지났을 때였다. 그는 사무실에서 마르티니크섬에 관한 카탈로그를 작업하다가 자리에서 일어나 다른 사무실에 있는 마누엘라에게 가서 그날 오후에 영화관에 가자고 했다. 컴퓨터 앞에 있던 그녀가 깜짝 놀라며 사랑 고백을 받은 소녀처럼 수줍게 동의했고, 그 모습에 그는 두려운 마음이 들었다. 그들은 삼십 분 뒤에 각각 따로 나가서 오르페오 영화관에서 만났다. 실내의 어둠 속에서 나란히 앉아 서로 다리를 스치며 영화를 보고 엔딩 크레딧이 끝날 때까지 있다가 일어났다. 그리고 함께 있는 걸 누가 볼까봐 불안해하며 거리를 걸었다. 그들은 헤어졌고, 그는 집으로 돌아와 계속되는 불만으로 마르게리타를 다시 안았고, 밖에서의 모험이 가정을 뒤흔든다는 걸 또다시 느꼈다.

"아빠, 오줌 마려워."

"그럴 줄 알았어."

그는 로렌초와 함께 화장실 칸으로 들어가서 아들의 바지를 벗겨줬다. 그리고 오줌이 졸졸 흐르는 소리를 듣고, 암모니아 냄새와 아들의 냄새를 맡았다. 그는 변기 물을 내렸고, 그들은 나가서 손을 씻었다. 캠퍼스 안뜰에 가서 그는 조금 더 있다가 봉투를 열기로 했다. 그는 아들을 바라보았다. 아이는 억누르는 방식으로 자신이 원하는 것을 표현했다. 손가락을 비비거나 꼭 끌어안거나 어떤 자세를 취하는 식이었다. 로렌초는 바람이 이뤄지는 게 부자연스러운 일이라는 듯, 요구하는 일이 거의 없었다. 그래서 아이의 부모는 아이가 기뻐할 일을 찾아내는 법을 배우게 되었다.

"안나 할머니한테 갈까?"

로렌초는 웃으며 재빨리 차에 올랐다. 아이의 머리카락은 갈색이었고, 홍채에는 검댕이 줄무늬가 있었다. 색칠하거나 만화영화를 보거나 레게가의 방에서 뛰놀 때면 눈을 반짝거렸다. 안나는 카니발이 아니더라도 아이에게 삼총사 복장을 입히고 소파에서 결투를 신청했다. 그들은 병원 근처에 도착해서 주차 공간을 찾아 돌아다녔다. 차를 댄 다음 그는 봉투를 열었다. 신문지에 싸인 책이 있었다. 작가의 이름과 책 제목을 읽었다. 레너드 마이클스, 실비아. 핸드폰을 꺼내 소피아의 인스타그램을 검색했고, 철물점 카운터에 비스듬히 놓인 그 책의 사진을 발견했다. 그는 몸을 떨었다.

이번이 세번째 책이었다. 세 권 다 지난 한 달 반 동안 메모나 발신인 없이, 신문지 포장과 대문자로만 쓰인 주소로 도착했다. 첫번째 책은 『토요일의 급여』였다. 곧장 운송장에 찍힌 리미니가 눈에 들어왔다. 그녀가 보낸 게 분명하다는 생각이 들수록 확인하려는 시도를 포기하려 했다. 지난 구년 동안 그는 페이스북과—그녀의 새로운 헤어스타일에 당황하기도 하며—인스타그램에서만 그녀를 찾았다. 종종 환상 속에서 그녀를 불러내곤 했다. 그날 이솔라의 방에 있던 소피아, 빈 테이블 위에서 그녀를 범하는 그, 창문으로 본 밀라노의 지붕들, 시트 없는 매트리스 위의 두 사람, 마침내 해낸 그. 그리고 지금도, 차에서 내려 로렌초와 토끼 배낭을 안고 장모에게 가고 있는 지금도 그는 그 환상으로 빠져들 수 있었다.

그들은 병동에 도착해서 안나가 있는 병실의 문이 거의 닫혀 있는 것을 보고는 밖에서 기다렸다. 잠시 후 병실에서 큰 소리가 들렸다. 로렌초는 다가가서 문틈으로 들여다보려고 문을 살짝 밀었다. 카를로가 가만히 있으라고 말하자 아이는 그 자리에서 멈췄고, 의사들이 갑자기 그 앞에 나타났다.

"누구니, 넌?" 그들이 물었다.

로렌초는 안으로 쏙 들어갔고, 카를로는 그를 따라갔다. 안나는 깨어 있었다. 그녀는 한 손으로 손주를 쓰다듬었고, 아이는 배낭에서 스파이더맨 헤드폰을 찾았다.

"다행이야, 내 꼬맹이와 그의 음악이 와줘서."

“좀 어떠세요?” 카를로는 재킷을 벗었다.

“저 부인은 더 안 좋아. 어깨 수술을 받았어.” 그녀는 마지막 침대를 가리켰고, 그 여자는 팔을 두 눈 위에다 얹고 있었다. “마르게리타가 여기 밖에 있지 않아?”

카를로는 못 봤다고 말했다.

“그렇담 아래 카페에 있구나. 방금 보니노가 민주당에 합류할 거라고 알려줬거든.”

“그래서요?”

“그래서 난 투표 안 하려고.”

“다시 생각해보세요.”

“그럴 일 없어.”

로렌초는 의자에 앉아 눈을 둥그렇게 뜨고 그들을 지켜보았다.

“이런, 미안하다.” 안나는 아이의 뺨을 꼬집고는 아이에게 머리를 내밀었고, 로렌초는 그녀에게 헤드폰을 씌우고 아버지에게 신호를 보냈다. 카를로가 전화기를 건네주자, 아이는 노래를 찾아서 재생 버튼을 누르고 할머니를 보았다.

“영국인들이 징징거려.” 그녀가 중얼거렸다.

아이가 웃었다.

그녀는 한숨을 쉬었다. "모두뇨 음악은 없는 거야?"

로렌초는 볼륨을 높이고 할머니가 아주 작은 머리에 스파이더맨 헤드폰을 낀 채 눈을 감고 있는 모습을 즐겁게 바라보았다. 그녀의 피부는 구깃구깃한 종이 같았지만 입술은 소녀 같았다.

카를로는 아들의 손에 들린 핸드폰에서 아이가 핑크 플로이드의 〈샤인 온 유 크레이지 다이아몬드〉를 선택한 걸 힐끗 보았다. 그들은 음악으로 아이와 소통하려고 했다. 아이가 방에 틀어박혀 음악만 듣던 시기가 있었고, 그 기간은 겨울 내내 계속됐다. 그후로 모든 사람과 음악을 공유하기 시작했다. 헤드폰과 가정용 스테레오, 그리고 레게가의 전축으로 흥얼거리며. 그러면서 아이는 더 많이 말하게 되었고, 정신과의사는 비로소 그가 꽃을 피울 것이라고 말했다. 카를로는 '꽃을 피운다'는 말이 좋았다. 침대 옆에 앉아『실비아』를 꺼냈고, 단순한 문체를 부러워하며 몇 페이지를 읽었다. 뉴욕 빌리지의 한 아파트에서 주인공과 여자가 만나는 순간이 몇 줄로 표현될 정도로 단순했다. 여자의 앞머리는 눈을 가리고 있어, 수줍음이 많거나 겸손해서 속내를 드러내지 않는 분위기를 풍겼다. 사랑에 빠짐. 그는 사랑에 빠지는 순간을 읽을 때마다 아내를 떠올렸다. 마르게리타가 왔을 때 그는 고개를 들어 그녀를 살폈다. 그는 아내를 통해 그 감정을 분석할 수 있었고, 마이클스의 글은 거기에 집중하게 했다. 실비아의 앞머리, 그래, 신중하게 존재하는 방식, 마음속으로는 항상 미소 짓는 것 같았고, 갑작스러운 생각으로 어리둥절한 분위기, 은밀하면서도 대담해지는 유혹. 그의 아내는 그 모든 것들을 하나로 묶는 것이 무엇인지 그보다 더 잘 알고 있었다.

그는 그녀에게 다가가 머리카락을 쓰다듬었고, 그녀는 그를 밖으로 데리고 나갔다. 그리고 안나가 수술을 받아야 한다는 얘기를 방금 의사들에게 들었다고 말했다. 처음으로 그녀의 어머니는 짐이 되었다. 그녀는 카를로에게 괜찮다는 말을 듣고 싶었다. 언제나 그의 격려가 필요했다. 그는 그녀를 쓰다듬으며 다 잘될 것이라고 말했다. 그녀는 그의 손을 잡았고, 그제야 그의 다른 손에 들린 책이 눈에 들어왔다. 그녀는 살짝 물러나 표지를 힐끔거렸고 제목을 보고는 얼어붙었다. 곧이어 사무실에 전화해야 한다고 말했다.

그녀는 카를로가 다시 병실로 들어가기를 기다렸고, 무슨 일이 일어났는지 알고 있었다. 인스타그램을 열었다. 그녀는 무료할 때 기웃대려고 가짜 계정을 만들었고, 키아라 페라니와 페데츠, 카다시안 가족, 그리고 소피아 카사데이를 훔쳐보았다. 그녀는 자신의 기억이 잘못됐기를 바랐지만, 『실비아』 사진과 이거 마음 아파라는 설명이 달린 마지막 게시물을 보았다. 삼백 개가 넘는 '좋아요'를 받았다. 카를로가 들고 있던 책과 그녀가 올린 똑같은 책. 세번째 책이자 최근에 일어난 세번째 우연. 그녀는 남편에게 물으려 하지 않았다—연락하고 지내는 거야? 그 여자가 보낸 거지? 그 여자의 추천 도서에 심취해 있는 거야?—그녀는 의혹이 깊어질지라도 의심을 떨치는 데 능숙했다. 그의 내면에 무엇이 자리하고 있을지 짐작해봤다. 도피, 가능성의 경계에 머무르기, 반쯤은 교수이자 잠재적 작가였던 시절로 돌아가기, 그가 여전히 존재할 수 있었던 시기로 돌아가기. 때때로 그녀는 그를 보면서 이상하다고 느꼈다. 카를로, 신장—이제 약간 더 굽은 등—은 190센티미터, 변함없는 체형—헬스장의 로잉머신으로 단련한 탄탄한 팔—과 잘 보이지 않는 몇 가닥의 흰 수염, 항상 풍성한 머리카락, 청년기와 똑같은 분위기. 그의 행동이 변하지 않듯 그의 육체도 변하지 않는 것 같았다. 그녀는 흠집이 난 남편의 모습을 보고 싶었다. 그가 성숙함을 받아들였음을 보여주는 그 세월의 흔적을 보고 싶었다. 이 모든 것에서, 그가 자신을 배신할 수도 있다는 불안의 그림자를 억누를 수 있었다. 그녀는 자신의 결혼생활이 침식되고 있다고 지레짐작했지만, 가정의 행보를 위협하는 일은 전혀 없었다. 그녀는 종종 다른 여자들의 육체에 꽂힌 그의 성기를 상상해봤고, 그 생각은 그녀를 파괴했다. 해부학은 여전히 그녀의 약점이었다.

그녀는 어머니에게 돌아갔다. 병상으로 다가가 그녀에게 미소를 지었다. "엄마."

"애야," 안나는 목소리를 가다듬었다. "또 그 표정이네. 무슨 일이야?"

마르게리타는 남편을 쳐다보면서 그에게 말하는 것처럼 어머니에게 말했다. "수술을 받을 거고, 판을 댈 거래. 그러면 더 나을 거야."

어머니는 낯선 사람을 보듯 그녀를 쳐다보았다. 그러다 베개에서 머리를 돌리고 입술을 깨물었다.

"엄마."

"그런 일은 인생 막바지에 다다른 사람에게나 있는 일이라고 생각해왔어."

카를로가 침대에 앉았다.

안나의 시선이 그에게로 향했다. "반대해도 될까?"

그들은 안 된다고 했고, 그녀는 애써 미소를 지으려 했다.

로렌초는 핌파 그림책을 내려놓고 앞으로 나섰다. 녹색 마커펜을 들고 그 자리에서 머뭇거렸다. 그러다 갑자기 할머니의 깁스한 팔로 다가가 팔꿈치에서 손목까지, 손목에서 팔꿈치까지 형광 그림 하나를 천천히 그리기 시작했다.

"하트를 그려다오." 할머니가 말했다.

아이가 싫다고 하자 안나는 마르게리타에게 말했다. "낭만적인 남자가 아닌가봐."

"오늘밤 엄마가 자는 동안 내가 그려줄게."

"오늘밤은 아무도 없어도 돼."

"유난 떨지 말고."

"너희나 그러지 마, 알겠니?"

"어떻게 될지 한번 보고."

"볼 것 없어, 애야. 네 일이나 생각해. 할일 많잖아."

"별로 없어."

"워털루에서 보나파르트도 그런 소릴 했어."

간호사는 면회 시간이 끝났다고 알렸다. 다른 사람들은

나갔고, 마르게리타는 어머니의 귀에 대고 속삭였다. "오늘 밤 여기 있을게. 지난번에 재미있었잖아."

"혼자 있고 싶어서 그래, 얘야."

마르게리타는 그녀의 손을 잡아 꼭 쥐었다. 침대 옆 탁자로 고개를 돌려 수건과 물, 크래커가 있는지 확인했다. 안나는 읽을거리를 원하지 않았다. 그녀는 조금 더 머물다가 병실을 나서며 창밖으로 저녁 하늘을 바라보는 어머니를 돌아보았다. 그녀는 복도로 나와서 손으로 입을 막으며 울음이 나오려는 걸 참았다. 파테베네프라텔리 입구에 있는 카를로에게 가서 사무실에 들러야 하니 로렌초를 봐달라고 부탁했다. 그녀는 걸으면 기분이 좋아졌다. 출산 이후 로렌초를 유모차에 태우고 걸으며 날씬한 몸매를 가꾸었다. 밀라노는 공사 현장으로 북적이고 놀라운 일들을 갈망하며 변해갔다. 마치 약동하라는 명령을 받드는 청년 같았다. 그녀는 아이와 함께 통유리 고층 빌딩과 보스코 베르티칼레,* 주택단지 사이를 걷거나 모든 구역에서 빌릴 수 있는 자전거로 역사 지구를 가로질렀다. 그렇게 걷거나 두 바퀴로 누비다가 재

---

* '수직 숲'이라는 뜻으로, 고층 아파트 전체에 나무와 식물을 심어 숲으로 꾸민 두 채의 건축물.

빨리 전철에 올라타 이솔라로 가는 신설 지하철역에서 내렸다. 사람들은 밀라노가 2015년 엑스포로 다시 꽃을 피웠다고 말했다.

그녀는 솔페리노가를 지나 지하에 수로가 있는 산마르코 디 나빌리오를 나아갔고, 가리발디대로를 거쳐 두오모까지 내려갔다. 거기서 밀라노의 흉터들이 생생하게 보였다. 전날까지 열었던 상점들의 닫힌 셔터, 유리창의 '몽땅 처분' 포스터, 임대 알림판, 먼지 낀 진열창에 붙은 오래된 신문들, 은행들이 떠난 자리에서 밤에 문 여는 중국 상점들과 이십사 시간 슈퍼마켓들…… 그녀는 포르타로마나대로에서 폐업한 레스토랑 두 곳과 문을 닫고 방치된 안경점을 보았다. 부동산 중개인에게도 힘든 시기였다. 처음에 그녀는 사무실에서 가브리엘레를 내보내야 했고, 콘코르디아 주택담보대출이 가정경제를 옥죄자, 부동산 그룹에 흡수되어야 했다. 그녀는 찬란한 빛이 드는 아파트와 안정된 미래 설계를 위해 중개소를 맞바꾸었다. 그런데 몇 시간 전, 소피아의 책을 손에 든 카를로를 보고 말았다. 카를로, 실업자나 다름없는 남자, 직업을 잃은 남자, 본업이 없는 무능한 그녀의 남자. 그는 한 달에 700유로의 수입이 있었고, 면접에서 열두 번이나 떨어졌다. 두 군데는 연락을 기다리고 있지만, 큰 기대는 하지 않았다. 하지만 그는 회갈색 블라인드가 드리운 진료실에서 신경과전문의의 소견을 듣기 위해 같이 앉아 있던 남자였다. 의사는 로렌초에 대해 호전을 기대하기는 어렵다는 판결을 내렸고, 선고를 듣고 무너지기 직전이었던 그녀는 남편의 침착한 태도에 당황했다. 진료실 밖에서 그는 그녀에게 말했다. "우리 애는 우리가 알아서 해." 다섯 단어. 마음에 파고든 다섯 단어, 그 중얼거림은 명료하면서도 터무니없었다. 마치 로렌초가 오케스트라 지휘자이고, 지휘에 앞서 침묵이 필요하다는 것을 이미 알고 있는 것처럼. 그들은 정말로, 실제로는 그가 스스로 알아서 했다. 미각, 촉각을 활용한 자극 활동을 계획했고, 이후에는 음악이 언어의 물꼬를 트는 데 효과적이라는 것을 깨닫고 청각에 집중했다. 회갈색 블라인드가 드리운 진료실을 떠나면서 그녀는 남편을 믿었다.

그녀는 산나차로대성당 앞을 지나갔다. 소피아 카사데이를 만난 후 숨을 돌렸던 인도 패스트푸드점은 아직 그 옆에 있었다. 커피숍은 와인바로 변했다. 그녀는 질투심이 많아도 분별 있는 여자였는데, 과거를 돌아보며 자신이 옳았다는 사실을 깨닫다니 좀 이상했다. 그녀가 이렇게 되고 그들이 이렇게 된 건 모두 의미가 있었다. 그녀는 걸음을 늦추며 자신을 설득하려고 했다. 그러다 멈추고 돌아서서 패스트푸드점 옆의 좁은 골목으로 들어가 대학 입구까지 걸어갔다. 맞은편에 코르티나서점이 있었다. 그녀는 안으로 들어가 주인이 두 학생과 계산을 마칠 때까지 기다렸다가 『실비아』 한 권을 달라고 했다. 그녀는 그 책을 가방에 넣고 포르타로마나대로로 돌아와 신호등이 초록불로 바뀌기를 기다렸다. 책을 사서 마음이 진정됐다. 그녀는 약국 창문에 비친 자기 모습을 바라보며 한쪽 머리를 정리하고 스카프를 더 단단히 맸다. 자신이 그저 조금 나이들었을 뿐이라고 느꼈다. 지난 여름에는 주근깨가 나기도 했는데, 친구들은 주근깨가 이십 대 사이에 인기라며 그녀를 안심시켰다.

하지만 마르게리타는 이미 스물여섯 살의 남자를 만났었고, 아직도 그 기억을 잃지 않으려고 했다. 마르게리타는 그와 함께 있으면서 남편에 대한 배신이 자신에 대한 충성을 의미할 수 있다는 것을 깨달았다. 안드레아. 구 년 전 그날 저녁, 그녀는 그의 집을 나와서 아무도 없는 사무실에 들렀다. 욕실로 가서 한 손으로 눈을 가리고 자신에게 말했다.

네가 해냈어. 네 것이 아닌 걸 입에 넣고, 옷을 벗기고, 네 옷을 벗기게 하고, 주방 테이블에서 다리를 벌리고 그에게 요구하고, 그를 끌어안고, 그 튼튼한 어깨에 꽉 안겼어. 그를 삼키고, 침대로 옮겨지고, 젊고 탐스럽고 행복한 자신을 느꼈어. 그녀는 그렇게 혼잣말하며 잠시 사무실 욕실에 머물렀다. 그러다 저릿한 다리와 화끈거리는 살갗, 새로운 냄새를 느끼며 마침내 그 말을 내뱉었다. 탈선. 그녀의 객차는 항상 너무 가벼운 견인갈고리가 달려 있었고, 그녀 아버지의 말이 옳았다. 객차는 탈선했고 제 길을 따르지 않았다. 그녀는 미스 샤펜버그였고, 이것이 그 결과였다. 그날 저녁 그녀는 욕실에서 나와 책상에 앉아 키보드에 손을 얹고 모르가니가의 아파트에 대한 설명글 한 단락을 썼다. 통풍이 잘되는 침실, 우아한 실내 분위기, 두 방향 전망. 그리고 마지막에 덧붙였다. 젊고 탐스럽고 행복한 집. 그녀는 흡족한 그 세 단어에 시선을 고정했고, 죄책감은 평범한 과정이라는 걸 깨달았다. 문제의 진실, 문제의 중요한 진실은 그것이 자연스러운 일이었다는 것이다. 그녀는 자신이 좋아하고 자신을 즐겁게 해준 남자와 섹스했다. 그 일이 그녀의 결혼생활에서 무엇을 앗아갔을까?

그녀는 길을 바꾸기로 하고, 포르타로마나대로를 떠나 산 칼리메로로 가는 길로 접어들었다. 반짝이는 둥근 천장이 있는 그 성당을 지나 가베르와 얀나치*가 그려진 벽화를 따라 걸었다. 그 일은 그녀의 결혼생활에서 아무것도 빼앗아가지 않았다. 그녀는 안드레아 사건 이후 집에 돌아온 그날 밤을 생생하게 기억했다. 조심스러웠고, 약간은 두려웠다. 공허감을 느끼며 소파에 기댔다. 다음날 아침 그녀는 잠에서 깨어났을 때 꿈꾼 것만 같았다―정신이 들면서 되뇌었다. 내가 해냈어―로레타의 생일파티에서 그 느낌이 무뎌졌다가 갑작스러운 이미지와 함께 다시 밀려들었다. 그녀는 그 남자가 주저하면서도 얼마나 잔인했는지, 그들이 한 겹씩 옷을 벗는 동안 자신이 그를 어떻게 이끌었는지를 떠올리며 자위행위를 했다. 오랫동안 그녀는 자신에게 실렸던 그 육체의 무게를 잊지 않았고, 그 무게에는 그녀의 결혼생활이 있었다. 카를로의 에로틱한 충동, 그의 부드러움, 사소한 광기, 그가 그녀를 얼마나 웃게 했는지, 이런 것들을 그녀는 이제 당연하게 여기지 않았다. 그녀는 그저 잠깐 그 모

---

* 남성 듀오 가수로 활동한 이탈리아 싱어송라이터 조르조 가베르와 엔초 얀나치.

든 것을 부인했다고 생각했다. 결국 그녀는 다른 사람들의 찢어진 옷감뿐만 아니라 자신의 찢긴 곳도 꿰매는 여자의 딸이었다.

그녀는 어머니에 대한 걱정에 사로잡혔다―대퇴부 골절이 어떤 결과를 초래할 수 있을까?―그녀는 가베르의 벽화를 지나며 덜컥 겁이 났다. 코트 속으로 한 손을 넣어 그 불길한 예감을 가두듯 배를 눌렀다. 그 자세로 라비차공원까지 갔다. 안드레아는 항상 콘크리트 바닥 경계에 있는 두 그루 소나무 아래, 좁다란 잔디밭에 있었다. 그는 벤치 위에 아령, 타격패드, 스트레칭밴드가 든 가방을 올려뒀다. 잔디밭에 젊은 여성이 있었고, 그는 그녀가 몸을 푸는 동작을 지시해주고 있었다. 학생은 고개를 끄덕이곤 빠른 속도로 달리기 시작했고, 안드레아도 같은 방향으로 걸어갔다. 그는 권투 선수 같은 어깨를 멋있게 드러냈고, 긴 수염은 심술궂어 보였다. 그가 마르게리타를 발견하기까지 시간이 좀 걸렸지만, 가로등 아래에 있는 그녀를 보고는 다가갔고, 그녀가 울먹이고 있다는 걸 알아챘다. 그는 그녀의 목덜미를 쓰다듬으며 끌어안았다. 그녀를 껴안을 때마다 그렇게 할 수 없을까봐 두려웠다. 그는 어머니에 대해 물었다.

“그 집, 그 계단이……”

안드레아는 학생이 한 바퀴 돌 때까지 기다렸다가 두 바퀴 더 하라고 시켰다. 그는 마르게리타의 얘기를 듣고는 앞으로 안나가 거쳐야 할 과정을 설명했다. 외과수술, 집이나 시설에서 재활치료, 약물, 상황에 따라 달라지는 회복 기간. 마르게리타는 손을 내밀어 그의 목 아랫부분을 만졌다.

“여길 봐.” 그녀가 말했다. “네 거친 훈련의 흔적.”

그는 그 부위를 만졌다. 소금과 물로 피멍울을 치료했지만, 아직 다 낫지 않았다.

“네가 얻어맞으면 조르조는 뭐라 그래?”

“걔는 적응됐어요.”

그녀는 미소를 지으려고 했다. “엄마 좀 보러 올래?”

“대퇴골절을 전문으로 하는 사람들이 있어요.”

“그냥 한번 봐.”

“일단 상태를 계속 알려줘요.”

그는 혼자 있고 싶었다. 마르게리타에게 학생이 곧 돌아올 거고 수업에 집중해야 한다고 말하고는, 그녀의 광대뼈에 입맞추고 안나가 언제 수술하는지 알려달라고 했다.

그는 훈련 내내 정신이 흐트러졌다. 수업을 마치고 나서 목을 만져보고 손으로 복부까지 쓸어내리며 갈비뼈가 뻐근할 때까지 숨을 깊이 들이마셨다. 그는 받은 타격을 과소평가했고, 그날 밤은 어떻게 될지 궁금했다. 그는 생각을 떨치고 안개를 즐겼다. 공원 주변의 교통량은 줄어들었다. 그는 잔디밭 옆 울타리 안에 있는 개들과 그 주인들을 바라보다가 가방과 아령을 집어들고 울타리를 지나갔다. 마렘마와 아메리칸 불리가 놀고 있었다. 마렘마는 나이가 많았지만, 그에 비해 기세가 좋았고, 다른 녀석은 함부로 날뛰는 강아지였다. 그는 천천히 가판점을 향해 걸어갔고, 가끔 아령을 바닥에 내려놓고 등을 곧게 폈다. 그는 셔터를 올리고 가판점으로 들어갔다. 공간의 절반은 진열대가 차지하고 있었다. 가방을 카운터 밑에 두었고, 종이 냄새에 기분이 나아졌다. 따뜻하고 어두웠고, 난로의 열기가 남아 있었다. 그는 아버지의 뜻을 거슬러 매물 표지판을 떼버린 것을 절대 후회하지 않았고, 그곳에서 조르조도 만났다. 조르조는 친절한 손님처럼 보였고, 〈라 레푸블리카〉와 〈배니티 페어〉를 샀다. 어느 순간 두 사람은 몇 마디 말을 나누었고, 그는 조르조가 스톡홀름에서 사 년을 살다 방금 돌아온 신발 디자이너라는 사실을 알게 되었다. 그들은 점점 친해졌고, 조르조는 신문을 사고서 옆문으로도 드나들게 되었다. 어느 날 오후 그는 문을 닫을 때까지 기다렸다가 훈련수업에 관해 물었다. 그는 훈련을 받고 싶어했고, 그들은 월요일에 공원에서 시작했다. 일 년 만에 조르조의 근육량이 12퍼센트나 늘었고, 두 사람은 사랑에 빠졌다. 야 엘스카 데이, 처음으로 스웨덴어로 사랑한다는 말을 들었다. 아들이 항문 성교를 한다는 걸 이제는 확신하는 부모님을 생각하면 그는 아직도 당혹스러웠다. 그는 조르조에게 개에 관한 얘기는 하지 않았다.

그는 조르조에게 전화를 걸어 집으로 들어가지 않고 몸을 풀러 체육관에 간다고 알렸다. 그리고 〈왕좌의 게임〉을 이어서 봐선 안 되고, 〈더 크라운〉은 봐도 좋다고 했다. 조르조는 루핀콩으로 저녁을 때우고 그가 올 때까지 깨어서 기다리겠다고 했다. 안드레아는 기다리지 말라고 했다. "글러브도 좀 끼고 싶고, 남의 자는 시간을 뺏고 싶진 않아." "난 남이 아니야." "내가 한 말에서 남이라는 건 바로 너잖아." "알아, 알아, 넌 툭하면 생각 없이 내뱉어. 제발 글러브는 피하고, 운동 잘해, 자기야." "영국 왕관, 재밌게 봐." 그는 가판점을 닫고 핸드폰에서 사진을 찾았다. 체육관에서 찍고는 보여준 적 없는 그 사진을 찾아놓고 차로 가서 트렁크에 있는 옷과 신발을 확인했다. 한 시간이 남아 있었고, 위장이 꽉 막힌 것처럼 느껴졌지만 억지로라도 먹어야 했다. 북쪽으로 운전하면서 타파웨어 밀폐용기를 열고 삶은 달걀 두 개와 점심때 남긴 치킨 파니니 한입을 꿀꺽 삼켰다. 그는 속도를 올리며 여정을 즐기려고 했다. 그 몇 년 동안 그는 트리엔날레 앞을 지나가며 주차하고 헤드라이트를 켠 채 누군가를 기다리는 장면을 상상했지만, 커브길은 텅 비어 있었다. 밀라노는 그와 함께 변했고, 그의 복잡한 도시는 이제 조르조를 속이고 외곽으로 빠져나가는 그를 환대했다. 그는 가구산업과 타운하우스, 치장된 황량함의 도시인 브리안차로 가는 도로로 들어섰고, 라디오를 끄고 아스팔트 위로 굴러가는 바퀴 소리를 들었다. 그것은 그의 준비 과정이다. 그는 상대를 제외한 모든 것을 생각했다. 학생들과 훈련의 변화를 생각하고, 개개인의 단백질 섭취량을 조정한 다음 다시 조르조를 떠올렸다. 그리고 안나. 그는 세자르에게 물려 병원에 입원한 날, 얼굴이 빨갛게 상기된 그 작은 부인을 기억해내려고 노력했다. 크리스티나. 그녀의 소식을 더는 듣지 못했고, 알고 싶지도 않았다. 그녀는 멜레냐노의 운전학원에서 일했다. 그게 전부였다.

그는 노베드라테세를 통과하면서 카르푸매장 뒤의 공터에서 나이지리아 매춘부들을 보았고, 그 바로 뒤편의 공원에는 웅크린 사슴들이 있었다. 십오 분 뒤에 그는 카리마테를 지나 비포장도로에 차를 세웠다. 엔진을 끄고 핸드폰을 들어 그가 체육관에서 헤드기어를 쓰고 링 앞에 있는 사진을 조르조에게 보냈다. 호랑이의 눈이라고 써서 보냈다. 그는 링에 오를 때마다 조르조에게 메시지를 보냈다. 그의 답장을 기다렸다. 온전하게 돌아와. 핸드폰을 내려놓고 옆구리를 만져봤다. 고통은 견딜 만했다. 그는 트렁크에서 가방을 꺼냈다. 안개가 베일처럼 시야를 가려 창고가 흐릿하게 보였다. 밖에 있던 세 사람이 그가 다가오는 것을 지켜보았다. 그는 그들에게 인사하고 길쭉한 창고의 옆면을 따라 계속 걸어가서 문을 밀고 안으로 들어갔다. 서른 명 정도가 있었다. 대부분 일터에서 바로 온 미장공이나 건설노동자들이었고, 실업자도 있었다. 그들은 그 자리에서 옷을 갈아입었다. 비닐봉지에서 반바지를 꺼냈고, 테이핑을 서로 도와줬다. 북아프리카인, 이탈리아인, 특히 벨라루스인이 많았다. 갈 때마다 새로운 얼굴이 보였다. 들어올 때는 기존 구성원의 추천이 있어야 했다. 금고들도 있었는데, 금고란 큰돈을 걸어 다른 사람들보다 배당률이 높은 사람들을 가리켰다. 그는 투견장을 통해 그곳을 알게 되었다. 처음에는 약간의 돈만 걸다가 차츰 판돈을 키워서 지금은 세 판의 경기를 앞두고 있었다. 예전에 산업용 목공소였던 곳의 기둥에 밧줄을 묶어 링을 만들었고, 주인은 판돈의 일정 비율을 받았다. 창고 격투장들은 공장이 망하면서 시작됐다. 이곳에서는 세 가지 규칙이 있었다. 급소를 공격하지 마라. 상대 선수가 손을 여러 번 두드리거나 기절하면 멈춘다. 승부를 조작하면 호되게 얻어맞고 쫓겨난다.

그는 인사하고 나서 싸우고 싶다고 말했고, 대진표를 짜는 이탈리아인이 와서 그의 목 상태를 물었다.

"괜찮아요."

"한번 보자."

안드레아는 옷을 벗었다. 그는 다른 사람들보다 덩치가 컸기에 체급을 맞추려면 대부분 80킬로가 넘는 이집트인이나 아르헨티나인, 슬라브인 몇 명과 겨뤄야 했다. 최악의 상대는 폴란드인과 우크라이나인이었는데, 그들은 허리 아래를 공격하며 다른 손을 뻗어 눈속임했다.

그는 상의를 벗은 채로 서 있었고, 이탈리아인은 그의 목에서 가슴, 갈비뼈까지 손가락으로 짚었다. "여기였나?"

안드레아는 고개를 끄덕였다.

이탈리아인이 그 부위를 누르자, 그는 움찔했다.

이탈리아인은 고개를 내저었다.

"좀 성가신 것뿐이에요."

"그냥 넘길 일이 아니야. 일 분 만에 다운되면 사람들이 화낼 거야."

"별거 아녜요."

"시작하자마자 다운될 거야."

안드레아는 주위를 둘러보았고, 다른 사람들이 지켜보고 있었다. 그는 옷을 입고 비켜섰다가 다시 이탈리아인에게 가서 중간에 서겠다고 요청했다.

"그 갈비뼈로는 무리야."

"첫 라운드를 한번 맡겨주세요."

이탈리아인은 대답하지 않다가 잠시 후 한번 해보라고 말했다.

안드레아는 준비했다. 심판이 되는 일과는 달랐다. 그는 가끔 중간 라운드부터 참가하곤 했는데, 한 명이 쓰러지기 직전에만 경기를 중단했기 때문에 사람들은 그가 하는 걸 좋아했다. 몸과 몸, 그리고 그의 육체, 팔과 다리 사이로 끼어들고, 결국 잔인함을 자신의 것으로 받아들이는 일. 누군가는 그가 즐긴다는 것을 알아차리기 시작했다. 그는 가슴을 부풀리고 공격하기 전의 개처럼 구부린 자세를 취했으며, 마우스가드는 웃는 듯한 인상을 주었다. 싸움이 끝난 후, 누가 이겼든 졌든 그는 창고 구석으로 물러나서 숨을 돌리며 다음날까지 지속되는 평화로움에 휩싸였다.

그는 링 중앙으로 가서 두 남자를 기다렸다. 한 명은 삼십 대의 알제리인, 다른 한 명은 가나인이었다. 그는 그들을 잘 알고 있었다. 알제리인은 무모했고 저항력이 뛰어났다. 가나인은 서브미션에서 즉시 항복을 선언해 경기를 망쳤다. 그는 삼 년 전에 이탈리아에 도착해 베르가모 지역에서 목수로 일했지만, 지난여름에 일자리를 잃었고 링 위에서 700~800유로를 버는 것으로 만족했다. 그는 성격이 좋고 수다스러웠고 가나에서 부양할 사람은 삼촌 한 명뿐이라고 얘기했다. 안드레아는 바닥에 쓰러진 그와 그를 넘어뜨리고 올라타서 주먹질을 퍼붓는 알제리인을 보았다. 그는 선수를 보호하려는 듯 몸을 굽혔다. 그러나 진실은 달랐다. 바로 그 앞에서, 가나인의 얼굴과 주먹을 막는 팔뚝, 타격을 견디며 움츠린 목, 피가 터진 코를 보며 그는 생기를 되찾았다. 흑인은 눈을 치켜떴다가 이내 고통으로 다시 질끈 감았다. 그 압도당한 몸은 그에게 세자르와 그가 복잡하게 얽혀 있었던 시간을 되돌려줬고, 그는 그것을 되찾기 위해서라면 무엇이든 했을 것이다.

소피아도 그랬다. 펜테코스테가 갈망했던 존재로 다시 돌아갈 수 있다면 무엇이든 했을 것이다. 그녀는 점심시간을 이용해 산책하다가 그때쯤이면 『실비아』가 카를로에게 도착했을 거라 짐작했다. 어쩌면 전날에 이미 도착했을 수도 있었다. 그녀는 버스를 타고 아우구스토 개선문으로 가서 티베리오 다리까지 걸어갔다. 그녀는 산줄리아노 지구로 들어가서 한때 어부들이 살았던 파스텔톤의 낡은 주택가를 걸으며 자기 행동이 일으킬 즐거운 파장을 상상해봤다. 소포를 받은 펜테코스테는 운송장의 발신지를 보고 아마 그녀가 또다시 소설책을 보냈으리라 생각한다. 그는 좋은 책을 즐기며 침입을 받아들인다. 나쁠 게 뭐가 있겠는가. 그녀는 그가 수업시간에 지었던 즐겁고 교활한 표정으로 첫 페이지를 넘기는 모습을 상상했다. 머리는 약간 헝클어져 있을 것이다. 그 몇 년 동안 그녀는 가끔 그의 페이스북을 방문했고, 몇 장의 사진으로 본 그는 크게 변하지 않은 것 같았다. 그녀는 마을을 계속 돌아다니다가 탈리아텔레 파스타 반 접시를 먹으러 식당에 들렀다. 종업원은 그녀가 철물점으로 돌아가야 한다는 걸 알기에 즉시 음식을 내왔다. 그녀의 아버지는 그 식당과 렌치 디 카노니카의 거칠고 딱딱한 탈리아텔레가 로마냐 지역에서 가장 맛있다고 했다. 그녀는 핸드폰을 옆에 두고 그 맛을 즐기면서 인스타그램을 확인했다. 사진 아래의 댓글들과 스토리에 대한 반응을 읽었고, 그녀는 그런 식으로 몇몇 친구들과 연락을 유지했다. 친구들은 모두 가정을 꾸렸고 외출하는 일이 거의 없었다. 아주 가끔 해변의 카페에서 만나 가벼운 식사를 하며 이야기를 나누었다. 친구들은 남편과 다음 휴가 계획에 대해 얘기했고, 누군가는 요가를 시작했고, 아이들에 대한 얘기를 늘어놓았다. 소피아는 남편과 임신 경험 없이 읽은 책만 늘리며 서른 살이 된 것이 싫었다. 바닷가에서 조깅하고, 혼자 영화관에 가고, 아버지를 위한 케이크를 집에서 굽고, 인터넷에서 알게 된 사람과 데이트하기. 그녀는 자신도 모르는 무언가를 기다리고 있었고, 그러다 어느새 톰마소를 만나고 있었다.

"넌 뭐든 금세 질려." 그가 그녀의 왼손을 쓰다듬으며 말했다.

"왜 그런 말을 해?"

"만약 나한테 싫증나면 이 손가락을 들어." 그는 그녀의 집게손가락을 만졌다.

"그러면?"

"그럼 내가 사라질게."

사라질 준비가 된 남자. 그 이후로 그녀는 마치 진실의 입인 듯 왼손 검지를 바라보았다. 그녀는 식당을 나오며 그의 손길이 머물렀던 그 검지를 만져봤다. 마레키아공원으로 내려갔고, 겨울이어서 적막한 공간에 자갈 밟는 소리만 울려 퍼졌다. 그녀는 이나카사로 향하는 오솔길을 즐기며 자기 행동이 가져올 또다른 효과를 기대했다. 소포를 받은 카를로 펜테코스테는 발신지가 적힌 운송장을 확인한다. 그는 이미 그녀의 인스타그램에 다른 소설책들을 보았다. 초조해하며 서툰 동작으로 봉투를 펼친다. 그는 알고 있기 때문이다. 책을 꺼내고 잊히지 않은 욕망을 본다. 그녀는 리미니로 돌아오기 전에 그를 거부한 것은 미련을 남기려는 시도가 아니었을까 생각해봤다. 그녀는 그 미련이 다른 형태를 취할 수 있는 위험을 감수했다. 순수한 기억, 후회, 무관심. 두 사람은 서로 무관심했다. 시간은 밀라노를 잠식했지만, 그녀가 남자를 만날 때면 무언가가 다시 나타났다. 그녀는 거의 조건반사처럼 펜테코스테를 떠올렸다. 그 사람 이후에 그녀는 자신을 억제했다. 미묘하면서 완고한 억제를 알아차렸다. 교수가 남긴 것은 핸드브레이크였고, 차츰 조급함이 되었다. 넌 뭐든 금세 질려.

소설책을 보내기로 처음 생각했을 때 그녀는 이를 확인했다. 소년같이 머리를 짧게 잘랐던 그날 오후, 그녀는 흥분감에 휩싸였다. 다음날 아침 포베라체광장에서 페놀리오의 책을 사서 보물처럼 가방에 담아 집으로 가져온 다음, 부채 모양으로 책을 펼쳐 냄새를 맡고는 포장했다. 페놀리오와 『토요일의 급여』, 주인공이 피난처로 삼는 주방, 그 주방에 대한 펜테코스테의 수업. 나사와 석회, 황동경첩이 있는 철물점은 그 주방과 크게 다르지 않았다. 그곳에서 그녀는 얼마나 마음을 다잡았던가. 서랍장 안의 못을 손끝으로 낚아채고, 대갈못들이 들어 있는 슬라이딩서랍의 롤러가 굴러가는 소리를 듣고, 사다리를 오르고, 셔츠 주머니에 담뱃갑을 넣은 나이든 아버지가 쇼윈도 진열대를 정리하는 모습을 보면서.

그들은 항상 거기, 가게와 광장 너머의 집 사이에서 살았다. 금요일 저녁에 아버지가 그녀에게 말했다. "파둘리 구역에 좋은 임대아파트들이 있는데, 너도 네 집을 갖는 게 어떠냐?" 그녀가 고개를 내젓자, 그는 곧바로 단념하고 저녁을 준비해서 정성스럽게 차렸다. 매주 금요일 그는 그녀에게 로마냐식 봉골레 스파게티를 해줬고, 그녀는 디저트로 추파 잉글레세를 만들었다. 가끔 그는 딸에게 엄마를 보러 가자고 했고, 그녀는 혼자 가라고 대답했다.

마르게리타는 소설을 끝까지 읽느라 점심 휴게시간을 넘겼다. 사무실로 돌아와 책상 위에 책을 올려놓고 가슴을 드러낸 여자가 있는 벽돌색 표지를 빤히 바라보았다. 『실비아』, 집착에 대한 소설. 만약 카를로가 정말로 소피아를 갖지 못했다면, 그가 정말로 그 여자에 대한 욕망을 채우지 못했다면, 만약 그 여자가 카를로에 대한 욕망을 채우지 못했다면, 소피아 카사데이는 현재형이었다. 마르게리타는 이를 잘 알고 있었다. 그녀는 집요하게 요구해서 결국 안드레아를 가졌고, 그후로는 그에게 요구하지 않았기 때문이다.

그녀는 남편과 이야기하고 싶은 충동을 느꼈고, 동료들이 있는 사무실에서 당장 전화를 걸고 싶었다. 불안감이 어머니에 대한 걱정과 뒤섞였다. 그녀는 감정을 추스르고는 핸드폰 연락처에서 카를로를 처음 만나게 해준 사람의 이름을 찾았다. 그녀는 그 저녁식사 때 식탁을 장식한 촛불들을 아직도 기억했다. 그녀는 항상 남편의 동생에게서 남편과 소통하는 통로를 발견했다. 이상하게도, 가끔은 그녀의 말을 듣는 것만으로도 남편에 대한 마음이 진정됐다. 그녀는 통화 버튼을 눌렀고, 전화를 받지 않아 실망하려던 순간 상대방이 전화를 받았다. "시모, 숨넘어가겠어."

"니코가 축구화를 두고 가서 갖다주려고 달렸거든."

"해결됐어?"

"언니네 어머니를 뵈러 병원에 가고 싶었는데, 그게 글쎄……" 그녀는 숨을 헐떡였다.

"네가 전화했단 얘기는 엄마한테 들었어."

"카를로에게 바꿔달라고 했거든." 그녀는 잠시 숨을 골랐다. "기분은 좋으신 것 같더라."

"나 불안해, 시모."

"곧 다시 일어서실 거야."

"병원에 좀 들러. 니코도 데려오고. 엄마가 니코를 무척 좋아해. 즐거워진대."

"걔랑 한 시간 동안 집에 같이 계셔봐야 해. 그때도 기분이 좋으실지 모르겠네. 랩과 크리스티아누 호날두, 랩과 크리스티아누 호날두. 그래도 지금은 주말마다 아빠와 행복한 시간을 보내긴 해. 지난번에는 마마두가 카르보나라를 만들어줬다며 자랑하더라."

"마마두가 요리를 해?

"음, 주유소 직원에서 요리사. 어쩌면 다시 합치는 걸 고려해볼지도." 그녀는 딸꾹질하듯이 웃음을 터뜨렸다.

마르게리타는 코트를 입고 사무실에서 나왔다. "예전으로 돌아갈 수 있을까?"

"마마두와 내가?"

"내가 보기엔 가능할 것 같은데."

"얘기 하나 해줄까? 그래도 혼자만 알고 있어. 마마두랑자, 한 달에 두 번 정도. 그냥 자는 거야. 니코가 외갓집에 있을 때 집으로 불러서."

마르게리타는 한 손으로 입을 막았다. "더 말해줘."

"그이가 자는 동안 숨소리를 듣는 게 좋아. 그이는 밤새도록 늘 같은 자세로 있어. 아침에 일찍 일어나고 머문 흔적이 없어. 눈을 뜨면 그이는 일하러 갔고, 모든 게 꿈만 같지."

"그 사람이 그립구나."

"그때가 그리운 거야. 하지만 지난 일이지."

"또 모르지, 시간이 지나면 달라질지도."

"끝난 일이야. 니코는 학교 말고는 문제없고. 그리고 나는 한 달에 그 두 번의 밤과 다른 행복한 밤들로 만족해." 그녀가 웃었다. "이제 언니 얘기 좀 해봐."

"네가 가진 것 중 작은 거라도 하나 갖고 싶네." 그녀는 입을 다물었다.

"어떤 것?"

"모르겠어."

"하루하루를 즐기면서, 마르게. 하루하루 더 즐기면서 살아야 해."

"내 수첩을 보여줄게." 그녀는 앞뒤로 왔다갔다하며 걸었다. "그런 건 꿈도 못 꿔."

"그렇담 시누이를 방문하는 즐거운 계획을 잡아봐. 블랙 체리 컵케이크를 만들어줄게. 너도 나도 달라고 하더라고."

"정말 한 달에 이틀 밤을 그 사람이랑 보내는 거야?"

한 동료가 마르게리타에게 사무실로 들어올 수 있느냐는

신호를 보냈기에 그들은 전화를 끊어야 했다. 책상에 앉은 그녀는 침대에서 얌전하게 잠자는 마마두와 그의 숨소리를 듣는 시모나의 모습을 상상했다.

그녀는 그날 일을 마치고 사무실에서 나와 지하철을 타고 레게가로 갔다. 집으로 들어가 탁상 서랍을 열었다. 어머니의 주소록을 꺼내서 부차티(란디)라는 이름을 찾았다. 그 수첩을 안고 거실로 가서 소파에 앉았다. 핸드폰을 꺼내 전화를 걸어 상담을 신청했다. 두 달 후에나 예약할 수 있었고, 그녀는 긴급한 사정이 있다고 말했다.

"다들 그래요, 부인."

"저희 엄마가 아프세요. 엄마는 란디를 오랫동안 알고 지냈어요."

"부인."

"제발, 부탁드려요."

그들은 다음날 아침에 오라고 했고, 십오 분만 시간을 내줄 수 있다고 했다. 그날 밤 그녀는 잠을 거의 못 잤고, 이튿날 비제바노가에 도착했을 때 그런 하루는 절대 즐기고 싶지 않다고 생각했다.

그녀는 레이디와 트램프 퍼즐 액자를 바라보며 거실에서

기다렸다. 잠시 후 윙윙거리는 냉장고가 있는 작은 주방으로 안내되었다. 그녀는 눈을 내리깔고 담배를 피우고 있는 노부인에게 인사했다.

"저희 엄마 대퇴골이 부러졌어요." 그녀는 의자 끝에 몸을 실었다.

"그것 때문에 여기 왔나요?"

마르게리타는 잠시 가만있다가 고개를 끄덕였다.

"뭘 알고 싶나요?"

"모든 걸요."

노부인은 한 모금을 빨고는 담배를 재떨이에 껐다. 그녀는 힘들게 카드를 섞고 나서 왼손으로 뭉치를 가르라고 했다. 카드를 테이블에 펼치고는 물어보라고 말했다.

"엄마가 죽을까요?"

"걱정하지 말아요." 노부인은 계속 테이블에 시선을 고정했다.

"수술을 받을 거예요."

"걱정할 것 없어요. 당신 아들도."

"제 아들은 어떤데요?"

노부인은 지팡이의 기사 카드를 들어올렸다. "그애 길을 막지 마세요.”

“우리가 그애 길을 막나요?”

“당신이.” 그녀는 검의 기사를 보여줬다.

“남편은 막지 않고요?”

“당신 남편은 아니에요.” 그녀는 카드 한 장을 들어올렸다. 그러곤 카드들을 모아 다시 섞은 다음 피라미드 모양으로 펼쳤다. 그녀는 고개를 들어 똑바로 처다보았다. “어머니 걱정은 하지 말고, 내 안부나 전해주세요.”

마르게리타는 벌떡 일어났고, 자신이 가방을 움켜쥐고 있다는 걸 깨달았다. 주먹을 풀고 지갑에서 1센트와 70유로를 꺼내 접시에 놓았다. 그녀는 자리를 뜨다가 냉장고 옆에서 멈춰 섰다. “제 남편에게서는 무엇을 보셨는지 물어봐도 될까요?”

“뭘 알고 싶나요?”

“취업 면접을 봤거든요.”

노부인은 새 담배에 불을 붙였다. “그 면접은 안 될 거예요.”

“정말요?”

그녀는 고개를 끄덕였다. “인내심을 가져야 해요.”

마르게리타는 숨을 참았다. “그럼, 나머지는요? 남편한테 다른 건 없나요?"

"나머지." 그녀는 피라미드 바닥에 있는 카드들을 살폈다. "다른 건 없어요."

"없다고요?"

란디가 컵의 왕을 들어올렸다. "나머지는 괜찮아요."

마르게리타는 가방을 팔에 걸고 냉장고 쪽으로 고개를 돌렸다. 문에는 자석이 몇 개 있었는데, 피사의 사탑과 콜로세움 미니어처가 있었다. 그녀는 고개를 숙여 감사인사를 한 뒤 천천히 그곳을 나왔다. 하루종일 옷에서 담배 냄새가 났다.

그녀는 집으로 돌아와서 카를로와 섹스했다. 그녀는 남편과 섹스할 때 아무 생각도 하지 않았다. 때때로 자신이 신음하고, 신음하고, 신음하는 소리를 들으며 어머니이자 아내라는 사실을 잊고 그저 창녀가 되고 싶었다. 이럭저럭하는 사이, 먹먹한 마음의 짐이 70유로 1센트로 사라졌다. 그 돈으로 점쟁이는 무탈한 미래를 확인해주었다. 그녀는 그 외의 다른 것은 묻지 않았다. 별들에게 무엇을 묻고 싶었을까. 내 중개소를 다시 꾸릴 수 있을까요? 90살까지 오르가슴을 느낄 수 있을까요? 지금처럼 내 남편과 내 자식을 계속 사랑할 수 있을까요?

수술 전날 아무도 옆에 있지 않았으면 했지만, 안나는 모두가 거기 있는 것을 보았다. 마르게리타, 카를로, 로렌초, 펜테코스테 부부, 그들은 그녀의 불편함은 개의치 않았다. 그녀는 두 겹의 베개를 베고 사타구니까지 고정돼 있어서 폐소공포증이 일 것 같았지만, 밀라노와 알루미늄빛 하늘을 바라보며 간신히 참았다. 그녀의 깁스에 낙서하고 있는 손자만 안도감을 주었다. 잠시 그녀는 집에서 손자와 함께 음반을 듣고 있다고 상상했다. 다른 사람들의 존재에 불안감이 점점 더 커지자, 카를로에게 솔직하게 말했다. "다들 돌아가지 그러니?" 하지만 로레타는 침대 옆 탁자에 아네모네 꽃다발을 놓고 있었고, 도메니코는 주치의와 이야기를 나누고 있었다. 그는 그녀에게 와서 경험이 많은 부원장이 수술을 집도할 것이고, 열흘이나 어쩌면 그보다 일찍 퇴원할 것이라고 말했다.

"열흘이나요?"

"사돈이 잘 회복하실 수 있도록 제가 부탁했어요. 일주일이면 충분할 겁니다." 펜테코스테는 미소를 지었다. "어쨌든 사돈 곁에는 저희가 있을 거예요."

그는 원만한 성격의 남자였고, 언젠가 그녀와 카를로는 그가 오래될수록 맛이 부드러워지는 브랜디 같다고 말한 적이 있다. 그는 오래전에 은퇴해야 했다. 그녀에게 하루 이십사 시간 중 열여섯 시간을 로레타와 함께 보내느니 직장에서 죽는 게 낫다고 털어놓았고, 그들은 웃었다. 그녀는 조금 전까지만 해도 불편하기 짝이 없던 사람과 어느 순간 소풍을 가고 있는 것처럼 기분이 이상해졌다. 그녀는 침대 발치에 있는 그를 응시하다가 병실 중앙의 마르게리타와 카를로에게로 시선을 옮겼다. 함께 있는 두 사람은 여전히 아름다웠다. 그들의 몸은 가까이 지내는 법을 알았고, 이 사실은 그녀를 매번 안심시켰다. 카를로는 정기적인 목요일 방문을 그만뒀지만, 갑작스럽게 들르곤 했다. 마르게리타도 그랬다. 둘 다 집에 오면 소파 끝에 앉아 다리를 작은 테이블로 뻗고 목덜미를 등받이에 기댔다. 두 사람이 번갈아 오가며 같은 자세로 있는 모습을 보는 것은 재밌었다.

"근데 얘야, 내 색칠은 다 끝났어?" 그녀는 깁스에 물고기를 그리고 있는 로렌초를 흘끗 보았다. 이제 그녀는 뾰족한 지느러미가 있는 할머니가 되었고, 로렌초는 눈을 청록색으로 칠하며 그녀에게 말했다. "이건 할머니야."

"청록색 물고기구나. 할머니는 수족관 물고기야, 아니면 바닷물고기야?"

"바닷속이야."

"근사하네!" 그녀는 목소리에 힘을 실었고, 베개에 몸을 뉘어야 했다. 그녀는 아이를 쓰다듬었다. 그러다 갑자기 모두가 문 쪽을 돌아보았다. 한 남자가 입구에서 들어가도 되겠느냐며 허락을 구했다.

그녀는 그를 빤히 쳐다보았다. "저는 신자가 아니에요."

"저는 믿지 않는 사람들을 위해서도 여기에 왔습니다." 그가 안으로 들어왔다. 중년의 사제는 귀갑테 안경을 쓰고 있었고, 그녀는 그의 머리카락에 바른 왁스가 번들거리는 것을 보았다.

"우리는 밖에서 기다릴게." 마르게리타가 그녀에게 알렸다.

사제는 다른 환자들에게 인사한 뒤 의자에 앉아도 되느냐고 물었다.

"저를 축복해주려고요?"

"잠깐이면 돼요. 당신은 수술을 앞두고 있고, 저는 그럴 때 항상 병원에 옵니다."

"아," 그녀는 말문이 막혔고 눈에 눈물이 고였지만, 이내 미소를 지었다.

"부인, 이름이 어떻게 되시나요?"

"내 이름은 안나예요."

"안나, 방해가 된다면 바로 나갈게요."

그녀는 고개를 저었다. "남편 생각이 났을 뿐이에요." 그녀의 눈은 창문을 찾았다. "그가 죽기 직전에 사제가 와서 병자성사를 줬거든요. 프랑코는 이승보다는 저승에 더 가까이 있는 듯했지만, 저는 어느 순간 그가 손가락을 들어올려 파리를 쫓듯이 성호를 긋는 걸 봤어요. 이해하시겠어요?"

"하지만 당신은 죽음을 앞두고 있지 않아요."

"그걸 누가 알겠어요." 그녀는 사제의 손을 보았다. 손은 부드러워 보였고, 손톱 하나는 더러웠고, 두 손끝을 계속 비비고 있었다. "이름이 뭐예요?"

"저는 안토니오예요."

안나는 그 이름에 대해 생각했다. "영화에 나오는 이름이랑 같네요. 그 영화를 봤나요?" 그녀는 이마를 만지며 기억을 되짚었다.

"잘 모르겠어요."

"앞머리가 흘러내린 남자주인공요. 물결치는 애교머리."

그녀는 베개 위로 몸을 바로잡았다. "안토니오, 시작하세요."

"그래도 될까요?" 사제가 말했다.

"이미 여기 왔잖아요."

그는 팔을 들어 성부와 성자와 성령의 이름으로 그녀를 축복했다.

"성모님도요. 왜 그분은 항상 뒤에다 두죠?"

"그분께 기도하시나요?"

"축복해주세요."

그는 그렇게 했다.

"고맙습니다." 그녀가 그에게 말했다.

"내일도 뵈러 올게요."

"만약 내가 안 보이면, 먼저 가서 신부님에 대해 좋은 말을 해둘 거란 걸 알아두세요. 안 그래도 당신은 천국에 가겠지만."

"말도 안 되는 소리 마세요." 그는 깁스 위의 청록색 물고기를 만졌다. "내일 뵈어요, 안나."

사제가 떠난 후, 그녀는 카를로를 불러 조용히 말했다. "내 음반을 자네에게 다 남기려고."

그는 안나의 주름 잡힌 이마를 보며 그녀가 진지하다는 것을 깨달았다. 그는 장모를 쓰다듬었다. "만화책도요." 그는 다시 불길한 예감이 들었다. 휠체어를 탄 그녀. 전날 밤, 마르게리타가 그에게 '휠체어를 탄 엄마'라는 말을 했다. 그는 아무 말도 하지 않았고, 그녀는 울었다. 그리고 그들은 인스턴트커피 주전자가 끓을 때까지 주방에서 껴안고 있었다.

"이 집 때문이야." 마르게리타가 덧붙였다.

"장모님이 골다공증이라서야."

"이 집을 가지려고 난 비열한 짓을 했어."

"장모님은 여든이야."

"10만 유로의 대가를 엄마의 대퇴골로 치른 거야."

"그만해."

"우리는 삼십 년 동안 매달 900유로를 갚아야 해. 공동주택 관리비가 일 년에 3000유로야. 그런데도 그 빌어먹을 엘리베이터 하나 없어."

"그러면 그전엔 우리한테 뭐가 있었어? 임대료는 똑같이 내고 생활 공간은 3분의 1이었어. 70제곱미터 집에서 아들과 함께 산다니 상상이나 돼?"

"더 저렴한 집에서 관리비 걱정 없이 살면 어떨까 싶어."

"그런 사람은 되지 마, 마르게."

"그런 사람?"

"뒤늦게 깨닫는 사람."

그녀는 그에게서 떨어져 머그잔에 커피를 타서 티스푼으로 휘휘 저었다. "말해봐. 당신이 부모님 재산에 기댈 수 없었다면 이 집을 샀겠어? 부모님 재산을 믿지 않았다면, 편집부에 채용되는 걸 십 년 동안 거절하다 지금 이렇게 손가락만 빨고 있겠냐고?"

"내가 정규직을 거부한 건 가르칠 시간이 부족했기 때문이야, 당신도 알잖아." 그는 그녀의 손에서 커피잔을 가져갔다. "장모님은 괜찮아질 거야. 그리고 이 집은 밀라노에선 좋은 거래였고. 나는 곧 〈벨이탈리아〉의 편집자가 되거나 맥주 산업의 허드레꾼이 될 거야. 그것도 아니면 젠장, 또 면접을 보겠지."

"속임수에는 대가가 따르는 법이야, 카를로."

그는 마누엘라를 떠올렸다. 자신의 속임수를 어떻게 넘겼는가. 몇 년 전 오후, 그는 그녀와 섹스하고 집으로 돌아왔다. 마르게리타가 늦게 돌아올 걸 알면서도 조급한 마음에 휩싸였다. 꼼꼼하게 샤워했고, 그 순간부터 그는 결혼생활에서 자신이 잠재적인 폭탄이 될 거라는 걸 직감했다. 이별의 무증상 보균자였다. 만약 발각되거나 자백하거나, 여러 가능성 중에서 어떤 이유로든 그 사실이 드러난다면, 언제든지 변화가 일어날 수 있었다. 그는 용서나 회복, 이해와 같은 관대한 처분은 고려하지 않았다. 마르게리타와 맺은 계약은 그런 일을 허용하지 않는다는 걸 확신했다. 그는 항상 그것을 알고 있었다. 불륜을 저지른 그날 밤, 그 사실을 스스로에게 되뇌었다. 집안을 돌아다니고, 욕실을 들어갔다가 나오고, 침착하게 몸을 닦고, 자기 몸을 살피면서. 그의 몸은 변한 게 없었다. 이전과 똑같았고, 귀두에 붉은빛이 약간 감돌았을 뿐이었다. 그의 동료는 피부가 매끄럽고, 등에 점이 있고, 마르게리타보다 더 자극적인 냄새가 났고, 젖꼭지는 덜 튀어나왔다. 자신도 모르게 두 여자를 비교하고 있었다. 그는 목욕가운으로 몸을 감싼 채 그날 오후를 회상했다. 이번에는 사무실에서 마누엘라가 그에게 영화관을 가자고 제안했다. 카를로는 남은 업무량을 확인하고는 옆 책상에 있는 미켈레 라투아다를 살피며 그에게 나가야 한다고 말했다. 미켈레는 마음대로 하라는 표정으로 그를 보았다. 카를로는 편집실을 나와 산고타르도대로의 끝에 도착했다. 9월이었고, 그들은 얼마 전에 콘코르디아대로의 매매계약을 완료했다. 그는 가능성을 엿본 사람의 두근대는 마음으로 마누엘라를 기다렸다. 가슴의 뻐근한 느낌은 소피아 때 느꼈던 압박감보다 조금 약했지만, 여전히 존재했고, 그 앞에 누가 있는지와 상관없이 타오르는 불씨였다.

그들은 걸어서 나빌리오 그란데에 도착했고, 그는 신호등에서 영화관과 반대 방향으로 교차로를 건너고 싶다는 티를 냈다. 그들은 아침 회의, 지난 여섯 달 동안 9퍼센트의 손실을 본 출판사, 모든 부서에서 예상되는 감원 등 이런저런 얘기를 하며 다시 걸어갔다. 순환도로를 건넜고, 그는 그녀를 바라보았다. 굽이 낮은 부츠를 신은 수수한 여자, 갈색 눈동자에 갈색 보브컷 단발머리, 그들의 오드리 헵번. 그는 계속 걷다간 외곽으로 갈 것 같아서 메르쿠리오호텔에서 속도를 늦추고 입구에 멈춰 섰다. 잠시 당황한 기색을 보이다 그녀가 말했다. 먼저 가세요.

먼저 가세요. 그는 심장이 벌떡거렸다. 그들은 프런트에서 신분증을 꺼냈고, 그는 그것을 떨어뜨렸다가 다시 집어들었다. 아무 말도 하지 않았다. 그들이 엘리베이터에 탔을 때도, 문이 닫혔다가 사층에서 다시 열렸을 때도. 그들은 크림색 카펫이 깔린 복도를 걸어갔고, 그는 아내를 생각했다.

어느 저녁, 일과를 마치고 우연히 집 앞에서 마주쳤을 때 본 그녀의 예쁜 찡그린 얼굴을 떠올렸다. 그는 건물 안뜰 쪽의 67호실 문을 열었고, 그곳에 머무는 동안 세 명이 같이 있는 듯한 느낌을 받았다. 매트리스 모서리로 시트가 미끄러지는 더블침대 위에 있는 그와 마누엘라, 그리고 마르게리타, 그의 것을 움켜잡아 안으로 이끄는 마누엘라, 자세를 잡으며 새로운 육체를 한껏 즐기려는 그. 마르게리타가 없는 신음, 마르게리타가 없는 음낭의 수축, 마르게리타가 없는 탐욕의 혀, 마르게리타가 없는 오르가슴 충동. 그는 이미 첫 분출에서 어둠의 낌새를 감지했다. 이전의 절박함이 이제 불안감이 되었다. 그는 고요한 호텔방에서 다른 여자의 옆에 누워 있으며 그것을 느꼈고, 그 이후에도, 푸르스름한 타일이 깔린 욕실에서 씻으며, 면 스웨터에 긴 머리카락이 있는지 확인하면서 그것을 느꼈다. 그는 다른 건물의 벽이 보이는 창문에 서 있었다. 그러다 그녀에게 호텔에서 나가자고 했고, 그들은 거의 아무 말 없이 걸었다. 공사 현장이 즐비한 도시의 혼잡한 차량 사이로 나아갔다. 일 없이 돌아다니는 사람들, 초라한 행색의 프리랜서들, 자유낙하를 하는 이탈리아의 그 모든 조각이 자신의 추락처럼 느껴졌다. 그들은 수문과 가동교가 보이는 나빌리오가 진짜 교외 분위기를 띠는 곳까지 걸어갔고, 서로에게 아무 말을 할 필요가 없었다.

그날 저녁 마르게리타가 집에 돌아왔을 때, 그는 괴리감이 느껴졌지만 태연하게 대처했다. 그들은 오믈렛과 샐러드를 먹었고, 그녀는 라디오를 켰고, 그들은 코카콜라를 나눠 마셨고, 이야기를 나누다가 조용해졌다. 그는 왜 67호실에 들어갔는지 의문이 들었다. 그는 마르게리타와 함께 행복했고, 정말 행복했다. 그는 왜 그랬을까? 원초적인 충동 때문에, 주택담보대출 때문에, 부모님 때문에, 아직 낳을지 정하지 못한 자식 때문에, 출판사의 어려움 때문에, 소피아에게서 얻지 못한 오르가슴 때문에? 그는 해냈고, 그뿐이었다. 그날 밤, 식탁을 치우고 아내가 설거지하는 모습을 힐긋거리며, 그는 다른 여자와 섹스한 일이 앞으로 또다른 여자들과 섹스하게 된다는 뜻은 아닐지 생각했다.

그 예감이 맞았다. 그는 아버지가 되기 전에 다른 여자도 있었다. 가끔 출판사에 들르는 마케팅 컨설턴트, 대학의 옛 동료, 편집실 근처 카페에서 일하는 여자. 또다시 마누엘라. 각각 몇 차례 만난 후, 불륜이 습관으로 변하는 걸 피하고자 잔인하게 판도라의 상자를 닫았다. 그는 마르게리타와의 미래를 의심한 적이 없다. 점차 그는 그 경험들을 필요한 것으로, 자신을 위한 훈련으로 여기게 되었고, 이제는 그 경험들이 희미한 영상과 자막—그는 그 경험이 필요했고, 그렇게 할 수 있었다—인 것처럼 머릿속에 떠올렸다. 그는 배신의 진부함, 배신의 생리적 요구, 배신에 대한 회피, 배신에 대한 호기심, 배신으로 드러난 불만에 대한 반응을 넘어섰다고 느꼈다. 그에게 배신은 마르게리타에게 다시 충실해지기 위한 방법이었을까?

그로부터 몇 년 후, 장모가 대퇴골 수술을 앞둔 병실에서 깁스의 청록색 물고기를 보면서도 그는 여전히 그 의혹을 떠올렸다. 그는 아들이 자신의 경로를 바꾸게 한 전환점이 아니라는 걸 알면서도, 로렌초를 보면서 스스로에게 그 질문을 던졌다. 간호사들이 와서 수술 전 마지막 검사를 위해 안나를 데려가려고 하자 아이는 시트 끝자락을 잡고 놓지 않았다.

"아빠가 그네를 태워줄 거야." 마르게리타가 아이에게 다가갔다.

아이가 울기 시작했다.

"얘야, 할머니한테는 행운의 물고기가 있잖니." 안나가 깁스를 보여줬다.

"그네 타러 가자." 카를로는 아이를 들어올렸고 로렌초는 그에게 안겼다. 그들은 파테베네프라텔리에서 나왔고, 그는 자신의 목을 적시는 아이의 눈물을 느꼈다. 아이를 품에 안고 계속 걷다가 가리발디대로에 도착해서 내려놓고 코와 입을 닦아줬다.

로렌초는 그를 바라보았다.

"로레, 네가 할머니에게 그려준 것처럼 아름다운 행운의 물고기를 본 적 있니?"

아이는 고개를 저었다.

그는 아이의 손을 잡고 셈피오네공원까지 걸어가 아레나 쪽으로 들어갔다. 그들은 그네가 있는 놀이터로 가지 않고 도로 쪽에 인접한 작은 건물로 향했다. 안으로 들어가서 입장권을 샀고, 그는 아이에게 삼십 초 동안 스카프로 눈을 가려도 되겠느냐고 물었다.

"왜?"

"서프라이즈야."

아이는 잠시 생각하더니 고개를 끄덕였다.

카를로는 스카프를 묶어 아이의 눈을 가리고, 거대한 아치형 수족관이 있는 방으로 이끌었다. 그들은 아치 바로 아래에 멈춰 섰다.

"준비됐니, 생쥐야?"

로렌초는 고개를 끄덕였다.

그는 스카프를 벗겼다.

행운의 물고기들이 있었다. 열 마리, 스무 마리, 백 마리, 옆으로도 위로도 사방에 있었다. 가오리들도 있었다. 로렌초는 엄마와 함께 읽은 책에서 가오리를 본 적이 있는데, 어떤 가오리는 매우 위험한 독침이 있다고 했다. 그가 유리벽으로 다가가 머리를 내밀자, 입이 큼지막한 농어가 그를 보았다. 로렌초는 아버지를 돌아보며 웃었다. "참치야!"

카를로도 웃었다.

아이가 수족관 벽에 손가락을 갖다댔다. 카를로는 아이에게 가서 손끝에 침을 묻혀 붙이라고 말했다. 둘 다 그렇게 했고, 농어가 더 가까이 다가왔다.

"행운의 물고기네." 아이가 말했다.

"그래, 맞아."

한동안 그는 아버지의 열망이 아들에게 옮겨질 수 있듯이 로렌초가 자신의 감정적인 충동을 물려받을까봐 두려웠다.

리미니에서 온 책들을 받기 시작했을 때 다시 그런 생각이 들었다. 마치 아버지의 그러한 흥분감이 아이에게 나쁜 영향을 준다고 믿는 것처럼. 그 책들은 즉시 메아리를 울렸다. 소피아가 수업시간에 아몬드를 깨물던 방식, 이솔라의 그녀 방에서 그가 달아날 때 그의 팔뚝을 꽉 쥐던 손아귀. 첫번째 책의 포장을 뜯던 날, 그는 출판사에서 보낸 증정본이라고 생각했다. 페놀리오의 소설을 보내준 건 이상했지만. 그는 책을 집으로 가져와서 소파 팔걸이에 놔뒀다. 하지만 페놀리오는 그의 강의에서 가장 많이 다룬 작가이기도 했다. 그가 그녀의 인스타그램을 열어 게시물에서 그 책을 보았을 때, 그는 애써 우연이라고 믿으려 했다. 두번째 소포는 몇 주 후에 도착했다. 그는 운송장에 리미니라고 적힌 것을 보았고, 진실을 직감하며 그것을 손에 쥐었다. 그는 톤델리의 『분리된 방들』을 꺼냈다. 그녀는 자신의 계정에 철물점 한구석을 배경으로 그 책을 올렸다. 그는 몸이 스멀거렸고, 하루 종일 실업 문제를 비롯한 모든 근심을 무디게 만드는 흥분에 휩싸였다. 그는 또다른 책이 오기를 기다렸다. 한 달 반 동안 줄곧 그녀가 자신에게 무엇을 원하는지 궁금해했다.

소피아는 그가 왜 아무 반응이 없는지 궁금했다. 이따금 점심시간에 철물점을 닫고 집으로 돌아가서 우편함이나 소포가 쌓여 있는 로비 구석을 살펴보았다. 그녀는 그가 대학의 데이터베이스에서 주소를 알아내 어떤 신호로라도 자신에게 응답해주기를 바랐다.

리미니로 돌아온 후로 그녀는 그에게 연락하고 싶은 유혹을 느꼈다. 밀라노를 방문할 기회가 있었지만 거절했다. 그녀는 「있는 그대로」를 다시 읽지 않았고, 다른 교재들과 함께 파란색 플라스틱 폴더에 집어넣었다. 병아리에 대한 펜테코스테의 독백은 USB 메모리에 저장해뒀다. 추진력을 강조해서 발음한 그의 목소리는 희미하지만 강했다. 그녀는 그의 아내에게 녹음을 보낼 수 있다고 생각했던 것이 부끄러웠다. 칼릴과는 여전히 친구 사이로 지냈다. 그들은 메시지를 주고받았고, 소셜미디어에서 서로 팔로우했다. 그는 두바이의 한 호텔에서 일하며 아랍의 퇴락한 건물 사진들을 올렸다. 그는 카이트서핑을 시작했고, 아직 사랑을 찾지 못했다. 그러나 희망적speranzoso이었고, 그는 소리가 즐겁게 들린다며 그 이탈리아 단어를 사용했는데, 항상 그녀에게도 그러하냐고 묻곤 했다.

그녀는 벨라리아에서 호텔 매니저로 일하는 세 살 연상의 남자에게 희망적이었다. 그는 바다색 눈동자에 드리우는 곱슬머리를 가진 남자였고, 어느 저녁에는 그녀를 위해 자동차 문을 열어주기도 했다. 그는 섹스를 잘했다. 톰마소는 진실한 남자에게 어울리는 이름이었다. 그녀는 낮 동안 그를 생각하고 있다는 걸 깨달았다. 때로는 그가 보고 싶어서 가게 창밖을 내다보기도 했다. 그녀에게 그를 기다리는 것은 밀라노의 응답을 기다리는 것과 같았다. 하나로 모으고 싶었던 두 쪽의 조바심이었다.

그날 아침에도 이 사실을 확신할 수 있었다. 그가 아침식사를 가지고 직접 가게에 나타났을 때 그녀는 갑자기 마음이 편안해졌다. 그들은 카운터 뒤에서 피스타치오 칸놀로를 나눠 먹었다. 그는 아몬드가 더 들어간 부분을 원했고, 그녀는 그가 우걱우걱 먹는 모습을 지켜보았다. 그때 아버지가 가게로 돌아왔다. "전구를 깜빡했어." 그리고 뒤쪽 선반으로 향했다.

톰마소는 몸을 숨겼다가 큰 소리로 인사했다. 그리고 나가기 전에 그녀에게 살며시 입을 맞췄다.

아버지는 나비 전구를 품에 안고 나타났다. "델라 모타네 아들 맞지?"

"응."

"훌륭한 청년인 것 같구나."

그녀는 빵봉지를 쓰레기통에 버렸다. "어떻게 알아?"

"글쎄, 그렇대도."

"그럼, 그렇겠지."

"여긴 내가 있을 테니, 그 친구랑 같이 나가."

"걔는 할일이 있어."

아버지는 전구를 카운터 위에 놓고 상자에 담기 시작했다. "풀고르 영화관을 새로 단장했다더라." 그는 가쁜 숨을 내쉬었다. "유명한 건축가가 했다던데, 너희가 가보고 어떤지 말해다오."

"그만해." 그녀는 아버지를 도왔다. 두 사람의 손놀림은 정교했고, 아버지의 숨결에서는 담배와 박하 냄새가 났다. "근데 아빤 영화관에 간 지 얼마나 됐지?"

"나?" 아버지는 바람막이 점퍼를 여몄다. "십 년쯤?"

"오늘밤에 갈까?"

아버지는 고개를 숙였다. 그녀는 아버지의 그러쥔 두 손을 보고 그가 행복해한다는 것을 알았다.

마르게리타도 안나에게서 똑같은 동작을 보았다. 수술을

받고 며칠 후, 어머니에게 곧 퇴원할 거라고 알렸을 때였다.

"애야, 죽어가는 사람에게 거짓말하면 못써."

"집으로 데려갈 거야."

"언제?"

"내일."

그녀의 어머니는 시선을 돌렸다. "그럼 나를 데려가서 어쩔 건데?"

"간호사를 구해야지."

"넌 네 삶을 살아야 해." 안나는 두 손을 모아 그러쥐었다. 마르게리타는 다가가서 어머니의 두 손을 감싸쥐었다. 수술 후 다리는 좋은 반응을 보였고 감염도 없었다. 그녀는 어머니에게 물리치료 시간을 더 늘려야 한다고 설명했다.

"계속 그 청년이랑?"

그녀의 어머니와 안드레아가 함께 있는 모습을 보는 건 자연스러웠다. 마르게리타는 수술 후 며칠을 기다렸다가 그에게 연락했다. 어느 날 오후 안드레아가 병원에 들러 점퍼도 벗지 않고 침대에 걸터앉았다. 그녀의 어머니는 그를 관찰했고, 안드레아는 증상에 관해 자세히 묻기 시작했다. 대화를 마쳤을 때 그가 말했다. "걱정하지 마세요, 안나." 그는 다음날에도 들렀고, 마르게리타는 복도에서 두 사람을 지켜보았다. 안드레아는 한쪽 무릎을 매트리스에 얹고 그녀 어머니의 근육과 목과 성한 팔을 탐색했고, 상체를 약간 돌리게 해서 복부까지 조금은 살필 수 있었다. 그는 그녀를 만지며 천천히 움직이게 했고, 그녀는 자신의 딸에게도 강인한 어깨였던 그의 탄탄한 어깨를 붙잡고 동작을 따라 했다. 잠시 후 카를로와 로렌초가 왔고, 마르게리타는 온전히 자신의 것이었던 걸 드러낸 게 후회됐다. 하지만 그녀는 안드레아가 자신의 좋은 일부가 되었다는 걸 카를로가 알고 있고, 몇 년 전 그녀가 그에게 발설했던 말은 개의치 않는다는 인상을 받았다. 안드레아의 동성애적 성향이 유일한 이유라고는 여기고 싶지 않았다.

안드레아 이후 그녀는 다른 남자들을 만나지 않았고, 오직 욕망과 갈증만 품은 채 중단된 유혹에 만족하려 했다. 그녀는 자신에 대한 충실은 충동을 따르는 게 아니라 고요한 집중에 있다는 듯 기회들을 흘려보냈다. 그녀는 아이를 갖고 싶다는 열망을 온몸으로 느꼈고, 그것은 그녀를 유혹으로부터 쉽게 보호해주는 진부한 장치였다. 로렌초를 낳는 것은 억압이나 구속이 아니었다. 그 일은 그 자체로 그녀에게 만족감을 안겨줬다. 그녀는 그때의 일이 오해였다는 것에도 만족했지만, 지금은 어떨까?

"할머니는 안 나왔잖아."

"나왔어, 로레. 내일 집으로 돌아오실 거야. 내일!"

아이는 마르게리타를 바라보았다.

그녀는 아이에게 미소 지었다. "오늘 유치원에서 뭘 했는지 얘기해주렴."

"로베르타 칼카테라하고 울새 나무집 만들기."

"로베르타 칼카테라가 곱슬머리 여자애야?"

로렌초는 고개를 끄덕였다.

"그애는 착해 보이더라."

로렌초가 고개를 저었다.

"아니야?"

아이는 그렇다고 했다.

"그런데 왜 개랑 같이 놀아?"

아이는 소파에서 일어나 카펫 위에 쪼그리고 앉았다. "개가 우리는 떨어질 수 없다고 해서."

"정말?"

"응."

"떨어질 수 없다는 게 무슨 말인지 알아, 생쥐야?"

"친구라는 뜻."

마르게리타와 카를로는 서로를 바라보았다. "로레, 소파로 돌아와. 춥겠어."

"안 추워."

"엄마 말 들어, 어서."

아이는 카를로의 말을 따랐고, 그들 사이에 앉았다.

마르게리타는 아들 자리를 마련해줬다. "울새들 나무집 만들기는 잘했어?"

"걔가 다 하고, 나는 하는 걸 봤어."

"우리 아들 영리하네. 말수는 적지만 속으로는 똑똑하지?"

"로베르타 칼카테라는 내가 말을 안 해도 좋대."

그들은 아들에게 담요를 덮어줬다. "물론이지, 말이 없어도 그 아인 널 좋아할 거야."

"할머니가 정말 내일 집에 가는 거야?"

마르게리타는 간호사들이 어머니를 구급차로 옮기는 모습을 지켜보고, 그녀의 손을 잡고 파테베네프라텔리에서 레게가로 같이 이동하면서, 자신의 조급함은 들것에 실린 이 여인이 불러일으킨 게 아닐까 하는 생각이 들었다. 마치 그녀가 딸은 자신과 달라야 한다고 닦달한 것처럼. 마르게리타는 어머니의 머리카락을 쓰다듬었다. "기분이 어때?"

"드디어 집에 갈 수 있구나."

그들이 도착해서 아파트 안으로 어머니를 옮기는 동안 마르게리타는 갑자기 힘이 솟구쳤다. 그녀는 가방을 한쪽 어깨에 짊어지고, 이동하는 동안 들것이 가능한 한 흔들리지 않게 도왔다. 카를로는 문을 활짝 열어둔 채 그들을 기다리고 있었다.

"거실로 가주세요." 안나가 말했다.

"엄마."

"네 아빠처럼 날 감옥에 집어넣지 마라."

"거실로요." 카를로가 말했다.

안나는 소파와 테이블 사이에 내려졌고, 그들은 방에서 욕창 방지 매트리스가 깔린 침대를 가져와 거기에 설치했다. 그러고 나서 그녀를 들것에서 들어올렸고, 그 순간 그녀는 눈을 감았다. 앞으로 어떤 일이 있을지 상상했다. 주변의 걱정거리, 성가신 존재가 될 것이다. 젊은 부부 시절, 그녀의 남편은 그녀를 돌봐주고 싶다고 말했지만, 그런 일은 독감에 걸렸을 때 한 번뿐이었다. 침대로 수프를 가져다주는 것은 레스토랑에서 의자를 빼주는 것과 달랐다. 그녀는 간병인을 바로 불러달라고 했다. 이탈리아인, 우크라이나인, 러시아인, 인도인이든 상관없이 눈에 띄지 않고, 딸이 집으로 돌아가게 해주기만 하면 됐다. 그들은 사람을 구하고 있다고 그녀에게 말했다. 그녀는 책장 쪽으로 머리를 돌려 텍스 윌러 시리즈의 책등을 찾았다. 뺨을 베개에 눌렀고, 이 자세로 있으면 솟구치는 눈물을 막을 수 있다는 걸 알고 있었다.

딸과 카를로가 거실을 정리하는 동안 그녀는 눈을 감고 있었고, 사위가 나가자 그녀는 벽으로 더 가까이 옮겨졌다. 심장이 두근거리고 숨이 차올랐다. 진정하기 위해 팔에 있는 청록색 물고기를 응시했다. 로렌초는 진지한 표정으로 그 그림을 그렸고, 그녀는 사려 깊은 물고기일 것이라고 믿었다. 그 물고기는 병원에서 그녀의 동반자가 되어줬다. 그녀의 손자는 녹색 비늘, 더 날카로운 지느러미 등 조금씩 자세한 부분을 추가했다. 그녀가 무슨 물고기인지 물었을 때 아이는 참치라고 대답했다. 하지만 참치는 그녀에게 노년의 수치였다. 생선가게에서 참치를 보거나 누군가가 참치라고 말하는 소리를 들으면, 그녀는 오 년 전 아침으로 돌아가곤 했다. 전화벨이 울렸고, 마르게리타가 임신했다고 알렸던 그날. 그들은 기쁨에 들떠 한참을 떠들었고, 전화를 끊고 나서 그녀는 축하 의식을 치르고 싶은 충동을 느꼈다. 부에노스아이레스대로 근처의 슈퍼마켓팜에 가서 페레로로셰 초콜릿을 샀다. 바로 하나를 먹고 싶었지만, 생선 판매대 앞을 지날 때 싱싱한 참치가 눈에 들어왔다. 저녁식사를 위해 한 토막을 담았다. 그녀는 부라타 치즈도 샀고, 집 냉장고에는 베를루키 와인도 있었다. 할머니가 되는 건 그 병을 따기에 타당한 이유였다. 그녀는 계산대로 향하면서 흥분에 휩싸였다. 생선 봉지를 가방에 쓱 밀어넣고 초콜릿과 치즈는 손에 들었다. 그녀는 생소한 두려움을 안고 바디 제품 진열대로 가서 헤어 컨디셔너를 고르는 척하다 그대로 두고 조금 더 돌아다녔다. 그러다 마침내 5번 계산대에 줄을 서서 계산할 차례를 기다렸다. 그녀는 지폐를 꺼냈고 잔돈을 받아 챙겼다. 그리고 즐겁기도 한 두려움 속에서 상냥한 태도를 유지했다는 것에 스스로 놀랐다. 그녀는 물건을 전부 비닐봉지에 넣고는 출구로 갔는데, 그곳에서 평범한 인상의 한 남자가 그녀에게 따라오라고 했다.

"뭐라고요?"

"이쪽으로 좀 오시겠어요?" 그는 진열할 상품을 실은 카트들이 나오는 문을 가리켰다.

"실례지만, 누구시죠?"

그 남자가 주머니에서 보안요원증을 꺼내든 순간, 그녀는 뺨이 달아올랐고 그를 쳐다보지 못했다. 그녀는 그를 따라갔고, 화물받침대가 쌓여 있는 어슴푸레한 공간에 도착했다. 다른 한 남자가 그들을 기다리고 있었고, 그녀에게 무엇을 샀는지 물었다. 그녀는 비닐봉지를 열고 가방도 보여달라고 할 때까지 기다렸다.

"열어주실 수 있나요?"

"노부인에게 할 소리는 아닌 것 같네요." 하지만 그녀는 가방을 열었다. "이제 어떡하면 되죠?"

두 남자는 서로를 바라보았다. "계산을 깜빡하셨네요. 그럴 수 있어요. 계산대로 가세요."

그녀는 움직이지 않았고, 몸이 뒤로 휘청거리는 느낌이 들었다. 화물받침대를 붙잡았고, 남자 중 한 명이 그녀의 팔을 잡고 부축했다.

"그럴 수 있어요, 부인."

"내 딸이 아이를 가졌어요."

그들은 고개를 끄덕였고, 그녀도 고개를 끄덕이며 그들에게 인사한 뒤 4번 계산대에서 돈을 내고 밖으로 나왔다. 얼굴이 벌겋게 타올랐고, 등을 타고 흐르는 한기가 집까지 따라왔다. 그것은 모험이었다고, 그녀는 스스로에게 말했다. 피아니스트의 손과 수도사의 신중함을 지닌 35세의 청년에게 마사지를 받는 것과 같았다. 안드레아는 그녀가 안전하다고 느낄 수 있는 남자였다.

초인종이 울리자마자 그녀는 베개에서 몸을 일으켜 손가락으로 머리를 정돈했다. 안드레아가 거실에 나타났고, 안나는 그에게 미소를 지었다. "내가 무사히 집으로 돌아왔네요, 보이죠?"

그는 그녀에게 인사하고 침대로 다가갔다. 마르게리타는 업무 전화 때문에 방에 있을 거라고 말했고, 안드레아는 주변을 둘러보다가 시선을 주방에 두었다.

안나가 미소를 지었다. "배고프죠? 솔직히 말해봐요."

그는 아니라고 말했다.

"냉장고 위쪽 문을 열어봐요. 럼 초콜릿이 있을 거예요."

그는 가만히 있었다.

"이런, 수줍음이 참 많군요."

안드레아는 주방에 가서 냉장고 위의 찬장을 열었지만, 아무것도 없었다.

"딸네 부부가 옮겼나봐요. 그 주변을 한번 잘 찾아봐요."

"따님에게 물어봐야겠어요."

"물어보면 재미없잖아요."

"럼주는 약 먹는 데 좋지 않을 거예요." 하지만 그는 선반을 계속 살피다가 레인지 옆에 있는 상자를 찾아 그녀에게 가져왔다.

그녀는 하나를 집었다. "마음껏 먹어요."

"오늘 저녁에 어머니 생일파티가 있어요."

"그래서요?"

"거기서 먹어야 해서요."

"아, 그렇군요. 근육맨의 다이어트." 그녀는 눈살을 찌푸렸다. "당신 어머니는 몇 살인가요?"

"예순여덟이요." 그는 후드티의 소매를 걷어올렸다.

"어머니께 노랑과 빨강 튤립을 사다드려요." 그녀는 상자에서 또다른 초콜릿을 꺼냈다. "정말 안 먹을 거예요?"

그는 그것을 받았고, 그들은 눈을 반쯤 감고 단맛이 사라
질 때까지 오물거리며 말없이 먹었다. 그런 다음 안드레아
는 그녀를 향해 몸을 숙이고 성한 팔부터 천천히 시작했다.
그는 어깨 관절로 그녀의 상태를 알아보았다. 관절이 유연
해진 것을 느끼곤 집으로 돌아와서 그녀가 편안해졌다는 사
실을 알았다. 그는 어깨뼈에서 한참 머물며, 가끔 그녀의 작
은 눈을 살폈다. 그녀의 눈은 약 때문인지 울어서인지 부어
있었다. 그는 팔에서 목과 등으로 옮겨갔고, 그녀의 몸을 돌
려 다리를 아래로 늘어뜨릴 수 있게 침대 가장자리에 앉혔
다. 주변에서는 헤어스프레이 냄새가 났다. 몇 년 전 마르게
리타가 그를 그곳에 초대했을 때도 같은 냄새가 났다. 그녀
는 어머니가 코모에 있는 친척집에 갔다고 말했고, 그는 상
황을 이용하는 소녀 같은 모습이 재미있었다. 그는 무슨 일
이 일어날지 궁금해하며 그 초대에 응했다. 그들은 한참 이
야기를 나누다 마지막에야 키스했다. 서서 나눈 짧은 키스.
그리고 나서 그들은 커피를 준비했고 모카포트가 끓는 사이
그가 말했다. "나는 남자를 좋아해요." 그녀가 긴장하자 그
도 긴장했다. 창문으로 레게가의 혼잡한 교통 소음이 들려
왔다. 그녀는 말했다. "나도 남자 좋아하는데." 그들은 조리

대에 등을 기대고 서서 웃었다. 그녀가 손을 뻗어 그를 와락
붙잡았고 그들은 서로 껴안았다. 그가 덧붙여 말했다. "어쩔
수 없어요. 어쩔 수 없더라고요." 그 말을 조르조에게도 해
서 개들과 창고와 그날 밤에도 하게 될 격투를 설명할 수 있
다면 얼마나 좋을까.

"다리를 시험해볼게요."

"겁나네요." 안나는 그에게 미소 지었다.

"준비되셨어요?"

안드레아는 몸을 굽혀 그녀가 자신의 목을 붙들게 하고는
그녀의 옆구리를 잡고 자세가 불안정해지면 도와줄 준비를
했다. 그녀를 침대에서 내리기 전에, 잠옷이 그녀의 몸을 잘
덮고 있는지 확인했다. 그녀가 일어나면서 중얼거렸다. "나
말고 위쪽을 봐줘요, 부탁해요." 그들은 한 걸음, 또 한 걸음
을 내디뎠고, 페르시아 카펫이 깔린 거실 중앙에 있을 때 그
는 그녀와 춤을 추는 것 같은 기분이 들었다. 그가 이 온순
한 육체에 적응한 것은 이상한 일이었다. 그 밤의 난폭한 육
체와 다음날 학생들의 능동적인 육체, 조르조의 따뜻한 육
체에 적응하게 된 것도. 그에게 익숙하지 않은 유일한 육체
는 부모님의 몸이었다. 이후 그는 부모님의 집으로 가서 케

이크를 먹고, 사다리를 타고 복도의 전구를 갈 것이다. 소파에 앉아 음량을 반으로 줄인 텔레비전을 앞에 두고, 그들은 가판점과 훈련에 관한 이야기를 나눌 것이다. 그런 다음 창고로 가기 위해 집을 나서기 전, 그는 아버지의 어깨를 꼭 쥐는 것으로 인사를 대신할 것이다. 아버지를 만지는 것은 너무도 어려웠다.

소피아는 아빠와 팔짱을 끼며 엄마도 함께 있는 것 같다고 느꼈다. 그녀가 어렸을 때, 세 사람은 〈토이 스토리〉를 보러 아스토리아 영화관에 갔고, 그녀가 기억나는 건 팝콘뿐이었다. 그녀는 그와 발걸음을 맞춰서 함께 카보우르광장을 건넜다. 진눈깨비가 내렸고, 가로등 아래의 리미니는 적갈색으로 물들었다. 그들은 거리로 나와서 풀고르 영화관 앞에 제법 많은 사람이 있는 것을 보았다. 아버지는 걸음을 늦추며 말했다. "아마 자리가 없을 거야."

"얼른 가." 그녀는 팔을 더 꽉 둘렀다.

그들은 말없이 줄을 섰다. 소피아는 팝콘을, 아버지는 감초 사탕을 원했다. 그는 혈압이 오르는데도 커다란 소용돌이 모양의 막대사탕을 좋아했다. 그는 고운 양모카디건을 입고 거친 질감의 자줏빛 넥타이를 매고 있었고, 계산할 때가 되

자 이미 지갑을 손에 들고 있었다. 그들은 상영관으로 들어
갔고, 금박 장식과 진홍색 안락의자가 있었다. 정말로 펠리
니의 1930년대 영화관이었다. 사람들은 그 감독이 12월의
어느 저녁 메르세데스를 타고 이나카사를 지나갔다거나, 누
군가가 그를 봤는데 마스트로이안니도 분명히 그 차에 타고
있었다는 등의 이야기를 주고받았다. 잠시 그녀는 톰마소와
함께 여기 오지 않은 것을 후회했다. 아마 그녀는 믿음직한
남자친구와 무엇을 해야 할지 알았을 것이다. 그녀는 점퍼
에서 핸드폰을 꺼냈지만, 어쩌면 그것만으로는 전혀 충분하
지 않았을지도 모른다. 그녀는 메시지를 썼다. 책들이 잘 도착
했기를 바랍니다. 요 몇 년 사이 페놀리오도 다시 읽었어요. 소피아
(카사데이). 그녀는 전송 버튼을 누르고 안락의자에 털썩 주
저앉았다. 이제 어두워졌고, 그녀는 딸이 될 수 있었다.

　카를로에게 메시지가 도착했을 때, 그들은 모두 레게가에
있었다. 로렌초가 할머니와 거실에서 자는 동안 그와 마르게
리타는 방에 틀어박혀 있었다. 그들은 노트북에 있는 영화
중 하나를 고르고 있었다. 그녀는 이미 여러 번 같이 봤는데
도 〈새로운 탄생〉을 제안했고, 그는 〈특별한 날〉이 더 좋았
지만, 울리는 전화를 꺼내기 위해 논의를 중단했다. 그는 소

피아의 메시지를 읽었고, 마르게리타는 안드레아 지아니의 포스터로 다가가 벽에서 떨어진 모서리를 누르고 있었다. 그녀는 그에게 자신이 최고의 영화 열 편을 꼽는다면 〈새로운 탄생〉은 그중 하나일 거라고 말했다. "어떻게 생각해?"

그는 그녀를 보기만 할 뿐 대답하지 않았다.

"카를로?"

"응?"

"내 말에 동의해?"

"그래."

"누구야?"

"누구?"

"당신 핸드폰."

"아, 동생."

"시모가 뭐래?"

"면접." 그는 잠시 말을 끊었다. "연락이 온 게 있는지 궁금하대."

"하지만 오늘 내가 시모하고 삼십 분이나 그 얘기를 했는데!"

그는 고개를 들었다. "장모님이 어떠신지도 묻고."

"니코 얘긴 없었어?"

"시모 말로는," 그는 여전히 핸드폰을 들고 있었다. "내일 전화해서 알아볼게."

"시모가 뭐랬는데?"

"어제 반을 바꿀 거라고 했거든."

"나라면 학교를 바꿀 거야. 그애들이 복도에서도 소리친 대. 검은 니코라고."

"깜둥이 니코."

"생각해보면 래퍼한테는 어울리는 이름이네."

"걔들이 배낭에 쪽지까지 붙였대." 그는 전화기를 집어넣었다.

"답장 안 해?"

"영화나 보자." 그는 그녀를 침대로 이끌었다.

마르게리타는 그에게 잠깐 기다리라고 하고는 방을 나가 거실로 향했고, 그는 메시지를 다시 읽었다. 글자들을 빤히 보다가 수신 날짜와 시간을 확인했다. 삼 분 전, 그가 잘못 본 게 아니었다. 이제 그는 혼란스러웠고, 흥분감이 희미하 게 들썩거렸다. 그는 핸드폰을 치웠고, 그녀가 돌아왔다. "둘 다 깊이 잠들었어. 로레는 소파에서 곤히 자니까 깨우지 않는 게 좋겠어."

"장모님은?"

"물리치료로 녹초가 됐어."

카를로는 침대로 올라가 마르게리타에게 손짓하고는 등을 받칠 베개들을 정리했다. 그는 자기 쪽 베개에 몸을 기대고 〈특별한 날〉*의 플레이 버튼을 눌렀다.

"독재자가 따로 없네!" 그녀는 그를 매트리스에서 밀어내는 시늉을 했다.

"로렌이 보고 싶어." 그는 오프닝 크레딧과 기차 기적 소리, 기차에서 내리는 히틀러, 로마로 향한 개선 행진을 알리는 화면 밖의 목소리, 아파트 발코니에 만자 깃발을 거는 관리인이 나올 때까지 기다렸다가 말했다. "좀전 메시지는 동생이 보낸 게 아니었어."

그녀는 그의 가슴에 기댄 머리를 움직였다. "그래."

마르게리타는 영화를 보고 있든가 아니면 방 뒤쪽, 자신이 공부했던 책상과 선반 구석에 쌓여 있는 카세트테이프를 보고 있었다.

---

* 1977년 개봉한 에토레 스콜라 감독의 이탈리아 영화. 소피아 로렌과 마르첼로 마스트로이안니가 주연을 맡았다.

카메라는 아파트 건물에 머물러 있었다. 새벽이었고, 창문에서 하나둘 불이 켜졌다.

"그 책은 해로워." 그의 아내가 말했다.

"어떤 책?"

"『실비아』."

그는 난처해하며 안드레아 지아니 포스트와 떨어진 모서리를 보았다. "몇 년 동안 소식이 없었어."

"당신이 읽는 그 책들과 인스타그램에 올라온 똑같은 책 사진은, 그건 뭐야?"

"그 사람 발상."

"카를로."

"그쪽에서 보낸 거야."

"그쪽에서 보냈다고?"

"말했잖아, 그쪽에서 혼자 생각한 거라니까."

"카를로."

아내의 몸은 가벼웠고, 온기가 갈비뼈로 느껴졌다. 로렌은 주방 테이블에서 셔츠 다림질을 마치고 커피를 준비했다. 그는 주머니를 뒤져 핸드폰을 꺼냈다. "보여줄게, 아무 일도 없어."

그녀는 담요 아래에서 그의 손을 붙들었다. "관심 없어."

"읽어봐."

"관심 없대도." 그녀는 그의 팔을 슬며시 밀어냈다.

그는 전화기를 시트 위에 내려놓았고, 그녀는 그의 배에 손을 얹었다. 손을 내리며 그를 부드럽게 만졌고, 그의 벨트와 청바지 단추를 풀고 바지를 허벅지까지 내리려고 했다. 그는 그녀를 돕지 않았고, 그녀는 바지를 벗기려고 잡아당겼다. 로렌과 구겨진 원피스, 집안을 돌아다니는 그녀의 지친 얼굴, 여러 명의 아이, 립스틱을 바르다 들키는 큰딸. 카를로는 시선을 화면에 고정했고, 마르게리타도 그랬다. 그러다 그녀가 그것을 쓰다듬었고, 그것을 쓰다듬다 입을 갖다대고 입안에 넣었다. 집에 홀로 남은 로렌과 함께. 그리고 와이셔츠에 빨간 조끼를 받쳐 입은 마스트로이안니가 책상에 앉아 있는 동안 마르게리타는 그것을 빨며 모양을 갖추게 했다. 그녀는 집요했고, 그는 아내의 입을 보며 다른 여자가 거기 있다고 상상했다. 그가 남자의 유치함으로 그런 상상을 한 지는 오래됐다. 그는 아내에게 돌아와 준비했다. 그녀를 위해 신음하고, 그녀를 위해 쾌감을 즐기고, 흥분과 묘한 기분에 휩싸여 그녀 안에서 자신을 비우기.

남편의 맛은 그 모든 세월 동안 변하지 않았다. 마르게리타는 그의 치골에 뺨을 대고 눈을 감았다. 잠시 그녀는 강박에 사로잡혔다. 다른 여자도 그것을 맛보았을 거란 생각. 그녀는 노트북 화면을 주시하며 침대에서 일어났다. 로렌이 마스트로이안니의 문 앞에 나타나 허락을 구하고 안으로 들어갔다. 마르게리타는 카를로를 남겨둔 채 방을 나와 복도로 갔다. 거실은 어둑했고, 그녀는 잠자고 있는 어머니와 아들에게로 갔다. 로렌초의 다리가 담요에서 빠져나왔다. 아이는 항상 왼발을 시원하게 두는 버릇이 있었다. 그녀는 유리문으로 다가갔고, 이런 때면 항상 아버지를 떠올렸다. 남편에게 돌아가서 안드레아에 대해 얘기하고 싶었다. 그녀가 돌아섰을 때, 카를로는 거실 입구에 있었다. 그녀는 그에게 다가가 팔을 잡고 복도로 끌고 가서 어머니의 방으로 들어갔다. 재봉틀은 옷장 옆으로 옮겨져 있었다. "당신은 그 화장실에서 그 학생하고 섹스 안 했어."

"알잖아."

"당신이 말한 대로 그 여자와 섹스 안 했다고 생각해."

"그럼, 뭐가 문제야?"

"아마 당신은 그 여자랑 섹스하지 않았을 거야."

“그만해.”

“당신이 그 여자와 섹스했다면, 당신은 그녀를 떨쳐냈을 테니까. 아니면 나를 떨쳐냈든지. 그것도 아니면 내가 당신을 버렸든가. 그러면 아내의 어릴 적 침대에서 그녀와 함께 〈특별한 날〉을 보다 깜짝 놀랄 메시지를 받지는 않았겠지.”

“깜짝 놀라다니?”

“맞잖아. 아니면 당황했다는 말이 더 정확할까?” 그녀는 목소리를 높였다.

그는 그녀에게 소리를 낮추라고 손짓했다. “문제는 당신에게 있어.”

“아, 물론이지! 죽어 묻힌 님펫의 메시지를 십 년 만에 받고 얼굴이 붉어진 남편을 보는 아내라니. 문제는 당연히 아내 쪽에 있겠지.”

“사소한 메시지야.”

“사소하다면 말 안 해도 됐잖아.”

“정말 사소하니까 말한 거야.”

“몇 년 전 그때도 그랬겠지.”

“당신이 그렇게까지 생각할 줄 몰랐어.”

“나도 몰랐어.” 그녀는 숨을 길게 들이쉬었다. “그 여자애는 한 달 900유로 대출금보다 더 나빠. 더 나쁘다고, 다른 뭣보다도.”

“실업자 남편보다도.”

“그러지 마.”

“뭘?”

“말 돌리지 말라고.”

“두고 봐. 면접을 잘 봐서 맥주 마케팅 일자리를 얻을 거고, 당신은 내가 자신의 영역을 표시하는 남자라는 걸 알게 될 거야.”

“그러지 마, 제발.” 그녀는 두 팔을 아래로 내려뜨렸다.

그는 그녀의 팔을 꽉 잡았다. “걱정할 것 없어.”

“언제부터 서로 연락을 안 한 거야?”

“그때 이후로.”

그녀는 그의 손에서 팔을 빼냈다. “제발, 카를로.”

“그때 이후로는 한 적 없어.”

“그럼, 그 여자가 보내준 책들은, 그건 일종의 문화교류인 거네.”

“그녀 혼자 생각해냈을 뿐이라니까.”

“카를로, 당신 머릿속에서 그 여자를 없애고 싶어.”

“하지만 이미 없는걸.”

그녀는 깊은숨을 들이쉬었다. “피곤해.” 그리고 혼잣말하듯 나지막이 중얼거렸다. “제발 당신 머릿속에서 그 여자를 지워.”

“그 여자를 지워야 하는 사람은 바로 당신이야.”

“카를로.”

그는 앞이 거의 보이지 않는 어둠 속에서 방 중앙에 서 있었다. 그녀는 가까이 다가가 그의 가슴에 한 손을 얹었다. “난 피곤해.” 그녀는 그의 품에 안겼다. 그가 그녀를 꼭 껴안으면 그녀는 작아졌다.

“조금 더 있다 가렴.” 그의 어머니가 고집을 부렸다.

안드레아는 어머니를 안았고, 잠시 뒤 몸이 굳어져서 팔을 풀고 물러나야 했다. “가야 해. 생일 축하해, 엄마.” 노랑과 빨강 튤립이 유리 꽃병에 꽂혀 있었다. 그는 멀리서 아버지에게 인사하고 나갔다. 창고에 가기 전에 부모님 집을 들르는 날이면 기운이 빠졌다.

그는 차까지 걸어가서 차에 올라 핸드폰을 확인하고 시동을 걸었다. 음악을 듣고 싶지 않았고, 무거운 머리로 출발했다. 좌석을 뒤로 젖혀 약간 기울였다. 갈비뼈가 좀 성가셨는데, 안나와 함께 몸을 굽히면서 허리 부위에 부담이 갔다. 여전히 그녀의 장미 향수 냄새를 느꼈다. 그의 배는 가벼웠다. 그는 케이크만 조금 먹었다. 중요한 건 촛불과 어머니가 촛불을 끌 때 그가 빌었던 소원이었다. 그녀가 행복하기를. 그는 항상 같은 소원을 빌었다.

잠시 후 그는 뇌를 해방시켰다. 길에는 얇은 서리가 내렸고, 밀라노의 밤은 그를 안심시켰다. 그는 이집트인과 겨루고 싶었다. 갓 태어난 아들을 둔 그 빵집 거인은 옆통수를 가격해서 두 명의 상대를 기절시켰다. 노베드라테세에 도착하는 데 삼십오 분이 걸렸고, 카르푸 앞에는 나이지리아 여자가 세 명 있었다. 그는 계속 가다가 카리마테 방향의 경사로로 진입했고, 이후 갓길에 차를 세우고 안전벨트를 풀었다. 그는 트렁크로 걸어갔다. 어둠 속에 가려진 자동차 한 대가 몇 미터 떨어진 곳에서 헤드라이트를 켜고 있었다. 그는 손그늘을 만들어 그 차를 살피다가 이내 단념하고 트렁크를 열고 가방을 꺼냈다. 그 차가 천천히 다가오는 소리가 들렸다. 차가 그의 옆에서 멈췄고, 그는 조르조를 알아보았다. 조르조는 내려져 있는 창문으로 조용히 그를 응시하다가 조금 더 앞에다 주차했다. 안드레아는 그에게 다가갔다.

"집에 가."

"저기로 가는 거야? 저 안에 누가 있는데?" 조르조가 창고를 가리켰다. 그는 이마를 가린 곱슬머리를 쓸어넘기고는 고개를 내밀었다. "누구랑 섹스하는 거야?"

"제발 그냥 가."

"저녁식사 시간 내내 너희 부모님 집 앞에서 기다렸어." 그는 운전대를 내려다보았다. "네가 대문에서 나오는 걸 보고 생각했어. 다른 사람이랑 자러 갔던 게 아니구나. 나한테 부모님 집이나 체육관에 간다고 해놓고 다른 사람이랑 뒹굴러 간 게 아니구나."

"가라고 했지!"

"그렇게 생각했는데……"

"가!"

서리가 내린 맑은 밤, 윙윙거리는 엔진소리, 이집트인만 원했던 안드레아. 조르조의 차가 다시 출발했고 방향을 바꾸어 속도를 높였다. 안드레아는 차창으로 보이는 자신의 남자에게 슬쩍 시선을 던지고는 걸어갔다.

그들은 마르게리타의 어릴 적 침대에서 깨어났다. 아내는 그의 어깨에 기대어 웅크린 자세로 자고 있었다. 카를로는 천천히 일어났다. 밖은 아직 어두웠다. 그는 목이 뻐근한 채로 방에서 나와 욕실로 가서 욕조 가장자리에 앉아 눈을 감았다. 욕조의 가장자리. 로렌초가 병원에서 나온 날, 그는 칭얼거리는 2.5킬로그램의 작은 아이를 안고 콘코르디아의 집안을 돌아다니며 얼렀다. 그러다 가장 따뜻한 방인 욕실로 들어가서 에나멜욕조의 가장자리에 앉았다. 거기서 방금 떠오른 동화를 들려주자, 아기가 잠들었다.

그는 차분하게 옷을 입고 영국제 윙팁 구두를 신었고, 이틀 뒤 면접에서도 편안하고 맵시 좋은 그 신발을 신어야겠다고 생각했다. 벽 너머로 이웃이 흥얼거리는 소리가 났고, 카를로는 그와 함께 양치질하는 기분이 들었다. 안나는 이웃 부부가 각방을 쓰고 있다고 넌지시 말했다. 그는 어젯밤을 떠올렸다. 말다툼을 한 후 마르게리타가 그에게 말했다. "나랑 자." 그는 셔츠 단추를 채우고 전화기를 들어 소피아의 메시지를 다시 읽었다. 이제 그는 리미니에서 보낸 책들의 정확한 동기를 알게 되었다—그녀는 그를 다시 만나고 싶어했다—그리고 아내는 그를 몰아붙였다—당신 머릿속에서 그 여자를 없애고 싶어—그는 그때 그녀를 몰아붙이지 않기로 한 것이 후회됐다. 그날 아침 그녀는 아직 침대에 있었고, 그는 일어나서 아침식사를 준비했다. 그녀가 잊고 식탁 위에 놔둔 블랙베리 핸드폰을 보았다. 그는 앉아서 평소와 다르게 그것을 집어들었다. 왜 하필 그날 아침은 그랬는지 설명할 수 없었다. 그는 메시지를 죽 훑어보다가 안드레아 물리치료라는 이름을 발견했다. 총 아홉 개의 메시지에서 네 개는 수신, 다섯 개는 발신. 마지막 발신 메시지는 '원한다면, 오후에 만나고 싶어요'였고, 그의 답장은 없었다. 원한다면, 얼마나 우아한 표현인가. 그 말이 오랫동안 그의 머릿속에 울려퍼졌다.

간통 대 간통. 내가 했지만, 아마 당신도 했을 거야. 그는 의심이 자리잡게 내버려뒀다. 자신의 죄책감을 조금 덜고, 속 태우고, 질투하고, 억누르면서. 그들의 결혼생활은 의심의 공격을 견뎌냈다. 그들은 서로 보호했고, 어떻게든 지켰고, 그는 가상의 안드레아 이후 아내의 몸을 다시 갈망하기 위해 그들의 취약한 부분을 이용했다. 그녀의 성기를 연구하고(여전히 똑같은지, 탄력이 있는지, 더 아늑하거나 덜 아늑한지, 다른 느낌인지), 그녀의 젖꼭지에 키스하고(그도 거기에 키스했을까, 누가 더 잘했을까?), 그녀가 쾌락에 겨워 내는 소리를 들으면서(그와도 그랬을까).

그들이 섹스하는 동안 그는 그녀에게 다른 사람을 상상하는지 묻는 것을 멈췄다. 그 사실을 확인하면 쾌감이 더 커졌다. 마르게리타가 다른 사람을 원했고, 아마 지금도 원하지만, 그녀를 진정으로 경험할 수 있는 사람은 오직 그뿐이었기에. 그는 다시 경계심을 키웠다. 그는 누군가가 열망하고, 더 나은 것을 기대할 수 있는 여자와 결혼했기 때문이다. 그는 그녀를 아내로만 생각하지 않게 되었다. 그래서 마르게리타의 멋진 다리는 그녀만의 멋진 다리가 되었고, 그녀의 놀라운 두뇌는 그녀만의 놀라운 두뇌가 되었고, 그녀의 눈과 입술은 그녀만의 것이 되었고, 그녀의 힘도 마찬가지여서, 그녀는 그를 압도하고도 남을 만한 유혹의 힘을 끌어낼 수 있었다. 이 고통스러운 자각은 그녀가 한 여자이고 자신의 일상이 아니라는 사실을 깨닫게 했다. 그러던 어느 날 저녁, 식탁에서 그녀가 그에게 말했다. "내 물리치료사 기억나?"

"개에게 물린 사람."

"그 사람 게이야."

"생각도 못했네."

“나도 그랬어.”

그때 그는 상처 입은 여자를 보았거나, 보았다고 믿었다.

그는 욕실에서 나와 거실로 갔다. 로렌초는 자고 있었고, 안나는 깨어서 창밖의 새벽 햇살을 보고 있었다. “간호사가 곧 오니, 카를로?”

“한 시간 후에요.”

“한 시간은 너무 길어.”

그는 가까이 다가갔다. “아프세요?”

그녀는 그의 손을 잡았다. “마르게리타 좀 불러줄래?”

그는 그녀의 손가락이 떨리는 것을 느꼈다. 그는 방으로 돌아왔고, 그의 아내는 일어나 블라인드를 올리려고 했다. 그녀는 방으로 들어서는 그를 보고 말했다. “이 침대에서 당신과 함께 자서 좋았어.”

“나도.” 카를로가 안으려 하자 그녀는 물러섰다. “장모님이 찾으셔.”

마르게리타는 안나가 시트 자락을 비틀고 있는 것을 보았다. “얘야, 간호사에게 빨리 오라고 말해줄래?”

“아픈 거야? 먹을 걸 가져올 테니까 먹고 진통제 먹어.”

“아픈 게 아니야.” 그녀는 시트를 내려다보았다. 그 아래에서 악취가 나고 있었다.

마르게리타는 고개를 끄덕였다. "내가 할게."

"간호사를 불러줘."

"내가 하면 돼."

"얘야, 안 돼, 제발."

"엄마, 내가 있잖아." 그녀는 복도 쪽을 돌아보았다. 남편은 거기서 지켜보고 있었고, 자신이 놀랐다는 것을 설명할 필요가 없었다. 그녀는 그에게 서둘러 로렌초를 챙기라고 손짓한 다음 옷을 입으러 갔다. 어머니는 같은 자세로 그녀를 기다렸고, 시트를 부여잡은 채 손자를 바라보고 있었다. 카를로는 아이에게 바지와 후드티를 입혔다. "할머니 보러 금방 올 거지?"

"할머니는 코골이." 아이가 말했다.

"너도 코를 골아." 안나가 대꾸했다.

"아빠도 코를 고는데." 카를로는 아이의 유치원복 단추를 채웠다.

"맞아." 마르게리타가 말했다.

"유치원 잘 다녀오렴, 꼬맹아."

마르게리타는 현관에서 로렌초와 카를로를 배웅하고는

거실로 돌아와서 블라인드를 완전히 올렸다. 안나는 남편의 안락의자를 바라보고 있었다.

"나는 네 아빠를 여러 번 씻겨줬거든. 스펀지로 네 아빠 몸을 닦으면서 내가 무슨 생각을 했는지 아니?" 그녀는 목을 긁었다. "이런 생각이 들었어. 프랑킨, 어쩌다 이렇게 됐어?"

마르게리타는 음반이 꽂힌 선반으로 갔다. "누구 음악을 틀까?"

어머니는 대답하지 않았다.

마르게리타는 하나를 골랐다. "데 그레고리?"

"너무 깨끗해."

"리노 가에타노, 리노 가에타노를 틀자." 그녀는 음반을 꺼냈다.

"아무것도 틀지 마."

"정말?"

"됐으니까 틀지 마."

마르게리타는 음반을 다시 선반에 끼워넣고 욕실로 갔다. 기저귀 봉지를 내려 하나를 꺼내고 대야를 가져다 미지근한 물을 받았다. 스펀지와 수건과 물병을 꺼내 물병에 뜨거운 물을 채운 다음 비닐 덮개, 중성비누, 양동이를 꺼내서, 아버지 때 사용하던 바퀴 달린 작은 테이블 위에 전부 올렸다. 그녀는 테이블을 거실로 밀고 갔다. 침대로 가서 손잡이를 돌려 매트리스를 올렸다. "편해?"

어머니는 고개를 끄덕였다.

그녀는 어머니의 팔을 쓰다듬고 뺨에 입을 맞추고는 한쪽 옆구리를 잡고 몸을 돌리려고 했다. 어머니가 고통으로 신음했다. 카테터가 움직임을 제한했고, 소변주머니를 확인하니 반쯤 차 있었다. 마르게리타는 어머니의 양쪽 어깨를 팔로 감싸고 그녀를 매트리스 오른쪽으로 옮겨서 시트 위에 비닐 덮개를 펼치고 수건을 깔았다. "내가 있잖아."

안나는 머리를 뒤로 젖히고 눈을 감았다.

"내가 있어, 엄마." 마르게리타는 대야에 뜨거운 물을 조금 붓고, 스펀지를 비닐 포장에서 꺼내 담가둔 다음, 액체비누의 뚜껑을 열었다.

"너희 어젯밤에 싸웠지?" 안나는 딸이 무엇을 하는지 보려고 고개를 들었다.

"싸움?" 그녀는 잠옷을 위로 걷었고, 악취가 훅 덮쳤다. "컴퓨터로 영화를 봤는데, 싸우는 장면이 나왔어."

"어떤 영화?"

"로렌과 마스트로이안니가 나오는 거." 그녀는 입으로 숨을 쉬었다.

"로렌이 무슨 일로 목소리를 높였는데?"

마르게리타는 기저귀의 첫번째 테이프를 떼고 나서 대답했다. "과거에 젖어 있는 마스트로이안니 때문에."

"어떤 과거?"

"그에게서 달아난 달콤한 삶."

"그 사람은 배우로 한참 잘나갔는데 지금은 거의 일을 안 하네. 그나저나 면접은 언제지?"

그녀는 어머니의 러닝셔츠가 불편해 보여서 브래지어까지 올렸다. "모레."

"카를로는 자격이 충분한데."

"마흔네 살이잖아."

"그만큼 많은 경험을 쌓은 거지."

"요즘 마흔네 살은 반쯤 죽은 거나 다름없어. 일만 문제가 되는 건 아니니까."

안나는 깁스한 팔을 가슴에다 붙였다. "대출이라는 말을 들은 것 같은데."

"다리 좀 벌려봐." 마르게리타는 구역질을 참으며 셔츠로 코를 막았고, 다시 안나를 보며 기저귀의 두번째 테이프를 떼어냈다. "전후세대는 돈만 걱정하지."

"우리는 결혼에 순응했으니까."

마르게리타는 그녀를 응시했다.

그녀의 어머니는 진지했다. "순응은 자유였단다, 애야."

"난 못 그래."

"넌 수고로운 자유는 항상 꺼렸지."

마르게리타는 기저귀 앞부분을 잡고 어머니를 바라보며 당겼다. 어머니에게 미소 짓고는 고개를 숙였다. 수건과 그녀의 손가락에 대변이 묻었다.

"내가 어쩌다 이리됐는지."

"엄마는 예뻐." 그녀는 기저귀를 빼내 접어서 옆에 두고 대야를 얼른 앞으로 당겼다. 병원에서는 감염을 피하기 위해 배꼽부터 아래쪽으로 씻으라고 알려줬다. "물 온도가 적당한가?"

"마스트로이안니에게 황소의 뿔을 붙잡게 해."* 그녀는 고개를 끄덕였다. "물이 딱 좋아. 황소의 뿔은 항상 효과가

---

* 문제에 정면으로 맞서라는 뜻.

있거든."

마르게리타는 한차례 닦아내고는, 팔뚝에 코를 묻고 그 모습이 보이지 않도록 몸을 숙인 다음, 스펀지로 한쪽 지점을 집중해서 닦았다. 그녀는 놀라는 데에도 지친 채로 어머니의 모습을 살폈다. 한때는 그녀도 젊은 여성이었다고 생각하며 천천히 닦았다. 위에서 아래로, 스펀지를 헹구고, 위에서 아래로, 다시 헹구고, 위에서 아래로, 헹구고, 카테터를 조심스럽게 다루고, 스펀지를 양동이에 던지고 새것으로 갈았다. "엄마는 아빠를 의심한 적 없어?"

"살살 해다오, 얘야, 제발." 안나는 한숨을 쉬었다. "당연히 네 아빠를 의심했지. 그리고 나 자신도 의심했고. 하지만 너와 같은 시대에 살지 않았으니까."

"같은 시대였다면?"

"그랬다면 황소의 뿔을 잡았겠지." 안나가 웃었고, 숨이 가빠지며 기침을 했다. 마르게리타는 어머니가 진정될 때까지 기다렸다. 그러고 나서 이마에 입을 맞췄다. "엄마는 아름다워, 알겠어?" 다리의 붕대에 오물이 묻어 있었고, 그녀가 거즈 끝부분을 닦자 어머니가 비명을 질렀다.

"많이 아파?"

"조금."

"부어 있지만 괜찮을 거야." 그녀는 조심스럽게 계속 닦았다. "간호사가 오면 물어볼게."

"어쨌든 나는 로렌을 응원해. 너도 알겠지만."

마르게리타는 고개를 끄덕이고 수건을 가져다 피부를 닦았다. 가볍게 두드리며 깨끗한 엄마 냄새를 맡았다. 그녀는 스펀지로 시트를 훔치곤 욕실로 가서 세면대 아래 수납장의 헤어드라이어를 꺼내와 시트를 말렸다. 드라이기를 끄기 전에 어머니에게 바람을 뿌리며 장난쳤다.

안나가 미소를 지었다.

마르게리타는 모든 것을 다시 이동 테이블에 싣고 욕실로 가서 문을 닫았다. 그녀는 벽에 기대앉아 눈을 꾹꾹 눌렀다. 손이 아파서 쥐었다 폈다를 반복했다. 어머니를 씻기는 일, 그것은 그녀가 할 일이었다. 두려워 말고 잘 씻겨야 했다. 그녀는 타일에 등을 붙이고 마음이 가라앉을 때까지 기다렸다가 몸을 일으켰다. 세면대로 가려다가 그 자리에 멈춰 섰다. 그녀는 핸드폰을 꺼내 남편에게 전화를 걸었다. 벨이 세 번 울린 후 남편이 전화를 받자, 그녀는 말했다. "당신 목소리를 듣고 싶었어."

그는 그녀의 쉰 목소리를 알아채곤 무슨 일이 있느냐고 물었다.

그녀가 말했다. "그게 다야."

그들은 잠시 가만히 있었고, 그가 말했다. "사랑해. 알았지?" 전화를 끊었을 때, 카를로는 다른 여자들을 만난 이후 집에 돌아와 마르게리타를 봤을 때와 같은 애정을 느꼈다. 그리고 그녀에게 저지른 일에 대한 고뇌에, 달콤하면서도 깊은 슬픔에 휩싸였다. 이제 아내가 옳다는 것을 알았기에, 머릿속에서 소피아를 지워야 했다. 그녀를 다시 만나야 했다.

그는 로렌초를 유치원에 데려다주고, 아이가 다른 아이들에게 다가가는 것을 지켜보았다. 유치원복이 커서 아이가 더 작아 보였다. 그는 발걸음을 돌려 포르타제노바 지하철역까지 걸어갔고, 아들에 대한 생각을 멈췄다. 겨울이 그의 얼굴을 일그러뜨렸다. 그는 지하철을 타고 카도르나역에서 내려 3유로짜리 승차권을 산 다음 아소행 지역열차를 기다렸다. 기차는 정시에 도착했고, 그는 창가 쪽 자리에 앉았다. 가는 동안 점퍼를 벗지 않고 차창 밖을 내다보았다. 판매중인 창고들, 황량한 시골, 간이역들, 은퇴한 노인들과 추위에 떨며 기차를 기다리는 이민자 무리. 그는 카비아테에 도착해 내렸다. 언젠가 그와 다니엘레 부키는 밀라노 시내에서 세탁소까지 사십오 분이 걸린다는 것을 계산했다. 서로 만나는 데는 한 시간도 걸리지 않았지만, 그런 일은 딱 한 번뿐이었다.

그는 역을 나와 작은 구시가지로 향하는 맞은편 길로 걸어갔다. 어디로 가야 할지 모르다가 '아우로라 세탁소'라고 쓰인 흰색 간판을 보았다. 그리고 유리창 너머의 다니엘레를 보고서 멈춰 섰다. 카운터 앞에 여자 손님이 있었고, 그는 옷걸이에서 바지를 빼내며 그녀에게 고개를 끄덕였다. 세탁기는 불빛으로 가득했고, 다니엘레는 바지를 얇은 종이 위에 올린 다음 손님에게서 눈을 떼지 않은 채 포장했다. 그는 스카치테이프를 붙여 포장을 마무리하고, 머리를 숙여 돈을 받고 거스름돈을 내줬다. 손님이 나가고 문이 딸랑거렸다. 옛날 식당에서 나던 종소리와 비슷했다. 카를로는 인기척을 내며 안으로 들어갔다. 친구는 가게 뒤쪽에서 다림질하는 여자와 얘기하고 있었다.

"렐레, 나야."

다니엘레는 스테이플러를 들고 있다가 내려놓았다. "너구나!" 그를 맞으러 다가왔다. "그동안 어디 있었어?" 그들은 서로 손을 맞잡았다.

그는 약간의 서먹함을 느꼈다. 그는 가만히 있었고, 다니엘레는 그를 카운터 뒤로 이끌어 그의 점퍼를 벗겼다. "어떻게 지내, 펜테?"

"발리 선생님의 시험을 앞둔 것처럼."

"라틴어, 이탈리아어?"

"라틴어."

"저런!"

"하지만 이 몸은 커닝 실력이라면 파리니고등학교에서 최고였단 말이지."

"그때가 좋았는데." 다니엘레는 세탁기의 레버를 내리고 둥근 유리문을 가리켰다. "얼마 전에 바꿨어. 소비 전력량은 절반이고, 경차 한 대 값이야. 하지만 실수였지 뭐야."

"다른 건 아직 괜찮네."

"그래, 일단은." 다니엘레는 그에게 따라오라고 손짓하며 가게 창문으로 데려갔고, 길 끝에 있는 파란색 간판을 손가락으로 가리켰다. "보여?"

"새 가게네."

"우리가 새 세탁기를 설치한 지 삼 주 만에 갑자기 들어섰

어. 중국인 가족이 운영해. 저 사람들이 바지 하나를 얼마에
세탁하고 다리는 줄 알아? 2유로. 그런데 나는? 물어봐봐.”

“넌 얼만데?”

“2유로 70센트. 그런데도 남는 게 거의 없어. 너라면 누구
에게 갈래?”

“너한테.”

“유다의 거짓말이네.” 그는 배를 때리는 시늉만 했지만,
어쨌든 카를로는 그를 피했다. “펜테, 아이가 생겼는데도 몸
이 좋은데!”

“주먹 피하는 기술을 연마했지.”

“누구 주먹?”

“부모님.”

“헛소리하다가 된통 당하지나 마. 알겠어?”

“노력해볼게.”

그들은 조용해졌다. 고등학교 때도 그들 중 한 명이 속마
음을 은근히 내비치면 조용해졌다. 책상에서, 나란히 앉아.
축구 경기장에서, 한 명은 수비수, 다른 한 명은 공격수가
되어. 어느 일요일 오후 카를로의 집에서, 그다음주는 다니
엘레의 집에서, 라틴어 숙제를 하는 동안 라디오로 축구 경

기를 낱낱이 새겨들으며. 또는 아스프로몬테광장의 벤치에 앉아, 몰래 담배를 피우고 맥주를 마시면서. 혹은 부키네 주방에서, 러닝셔츠만 입은 아버지가 뜬금없이 와서 그들과 함께 먹을 프로슈토 파니노를 준비하던 때도.

"그래서, 무슨 헛소리 때문에 그러는데?" 다니엘레는 왼쪽 입꼬리를 들어올렸다. 그는 여전히 긴 구레나룻이 있었고 눈은 피곤해서 움푹 들어갔지만, 눈빛은 반짝거렸다.

"여러 가지가 있었지."

"네가 교수였을 때도?"

"그럼."

"상황이 점점 더 어려워지잖아. 아이들, 중국인 세탁소, 나이도 무시 못하고. 그러니 누군가는 그렇게 반응할 수도 있어, 알지?"

카를로는 고개를 끄덕였다.

"헛소리를 버티다보면, 네가 지켜온 것이 더 강해진다는 것도 알 거야."

"그게 헛소리가 아니라면?"

"그럼 계속해." 그는 여전한 축구 선수의 구부러진 다리로 운동화를 끌며 가게 안을 돌아다녔다. "나는 모험하는 쪽

330

이 좋단 말이지."

"넌 부인이랑 세 아이가 있잖아."

"그러니까 하는 소리야."

모자를 눈까지 눌러쓴 한 남자가 들어왔고, 다니엘레는 말없이 그를 맞이했다. 이제 그의 몸짓은 우아했고, 손과 다리는 잠자리처럼 가벼웠다. 그는 조심스럽게 움직이며 전동 옷걸이에서 셔츠를 내려 봉투에 넣고는 뒤쪽으로 사라졌다. 모직 스웨터를 갖고 와서 엄지와 검지로 접어 얇은 종이에다 테이프 두 줄을 붙여 포장했다. "6유로 20센트입니다. 감사합니다, 로사티 씨."

그 남자는 돈을 건넸다. "나는 당신을 배신하지 않아요, 부키 씨." 그가 창문을 가리켰다. "흑인들에게 내 옷을 맡기지는 않을 거예요."

"저 사람들은 중국인이에요."

"나한테는 다 똑같아요." 그는 잔돈과 옷을 챙겨 모자를 가볍게 들어 인사하고는 나갔다.

카를로가 쉰 목소리로 흉내냈다. "나는 당신을 배신하지 않아요, 부키 씨."

다니엘레가 고개를 끄덕였다. "너 자신도 배신하지 말고."

"너도 마찬가지야."

"간신히 그러고 있어." 다니엘레는 탁상 달력에 무언가를 적었다. "하지만 너, 그거 알아? 아녜세와 아이들을 위해 뭔가를 포기하는 건 나한테는 자연스러운 일이야."

세탁기는 일정한 소리를 내며 돌아갔다. "넌 인테르 팬이야. 십 년 동안 지압 마사지를 받았지. 냉동 피자를 먹었고. 어쩌면 넌 마조히스트일지도 몰라."

"펜테, 나는 한참 전에 폐소공포증이 생겼어. 세탁소 보험을 검토하러 밀라노에 갔다가 사십 분 동안 엘리베이터에 갇혔거든. 사람들이 나를 끌어냈을 때, 나는 아무렇지 않은 척했어. 그 이후로 심장이 두근대고 호흡이 가빠져서, 어떤 때는 교통체증이 생길 때 차 안에서도 그런 증상이 나타나는 거야. 작년에 우리 가족이 란사로테섬에 갔는데, 비행기에서 힘든 시간을 보냈고, 지하철이 느려지면 불안해." 그는 손바닥으로 카운터의 털실을 쓸어냈다. "일 년간 정신과 상담을 받았는데, 의사가 그러더라. 가족을 돌보느라 나 자신을 소홀히 했다고."

카를로가 미소 지었다.

"뭐야, 웃어?"

"정신과에 간 사람이 나였다면 어떨까?"

"의사가 직업을 바꾸었겠지."

"대학에서 해고된 후부터 다니기 시작했어."

"강의를 계속해야 했는데."

"실패한 교수, 미심쩍은 남편, 특권층 아빠를 숨기는 아들. 버겁기만 하더라고."

그들은 서로 바라보았다. 카를로는 선반에 사진이 있는 걸 보고 그리로 가서 사진을 집어들었다. 막내딸을 안은 아녜세가 해먹 위에 누워 있었다. 그녀는 한쪽 다리를 늘어뜨렸고 발목에 발찌를 차고 있었다. "섹스는 정말 아름다워, 렐레."

"그걸 내가 모르겠냐?"

"다른 여자하고 하는 섹스 말이야."

"알 것 같아." 그는 뒤쪽을 돌아보고는 목소리를 낮추라고 손짓했다. "하지만 내 욕망을 채운 다음 집에 돌아와 이사벨라의 유아식을 만들고, 마누엘레와 같이 플레이스테이션을 하고, 복도에서 줄리오를 쫓아다니고, 내 다리를 베고 누운 아내와 엑스팩터쇼를 본다고 생각하면, 감당 못하겠어. 난 못해. 펜테, 어떻게 그러겠어?"

“만약 네 아내가 그랬다면?”

“마르게리타를 의심하는 거야?”

“단순히 남자만 그러란 법은 없으니까.”

“하지만 이십대 여자와 함께 있다가 어떻게 아내가 있는 집으로 돌아갈 수 있겠어? 그건 나쁜 짓이야.”

“아마 그렇겠지.”

“그런 일을 마음에 담고 있다고는 하지 마.”

“나는 마르게리타를 사랑해.”

“두려운 거구나.”

“뭐가?”

“거기에 머물러 있는 것. 네 결혼생활과 가정을 유지하고, 한 권의 책처럼 마무리하는 것.” 그는 돌아서서 세탁기의 버튼 두 개를 눌렀다. “책을 완성하려면 용기가 필요하겠지? 언젠가 네가 나한테 한 말이야.”

“아니면 무모함이.”

두 여자가 목줄을 채운 잡종 개와 함께 들어오고 있었고, 다니엘레는 계산대 옆에 있는 명단을 확인했다. 카를로는 라디에이터에 다가가 등을 기대고 몸을 데웠다. 그는 그녀의 메시지를 다시 읽었다. 그리고 중국인 세탁소의 네온 불빛을 바라보았다. 겨울을 뚫고 나온 봄기운이 느껴졌다. 소피아는 창밖으로 추위가 풀린 보르도니광장을 흘끗 보았다. 그녀는 펜테코스테가 절대 답장하지 않을 거라고, 어쩌면 그가 책을 받지 못했거나 그녀의 침범에 짜증이 났을지도 모른다고 생각했다.

그녀는 사다리 꼭대기에 올라가 서랍을 열었다. 벽에 쓰는 못은 충분했고, 접착제와 철제 앵커와 함께 이틀 후에 주문하면 되었다. 위에서 본 가게는 나름대로 근사했다. 그녀는 그의 답장을 기대했던 자신이 어리석어 보였고, 이제는 아무것도 보내지 않기로 했다.

그녀는 서랍을 닫고 의자로 돌아갔다. 배에 손을 얹고 카운터의 어딘가에 시선을 두었다. 그녀는 움직일 수 없었다. 어머니가 몹시 그리울 때마다 그랬다. 그 감정이 지나가기를 기다리며, 그들이 여름쯤 베르지아노의 초등학교 뒤에 있는 들판으로 갔던 때를 떠올렸다. 차로 십 분 거리에 있었고, 그들이 도착하자마자 어머니는 구겨진 종이공이 든 병을 꺼내 그녀에게 하나를 고르라고 했다.

"잘 골라, 소피, 잘 골라보렴."

그녀는 잠시 망설이다가 공 하나를 집어든 다음 펼쳤다.

“노란색.”

“진 사람은 한 달 동안 발코니 청소!”

그들은 차문을 닫고 들판으로 달려갔다. 규칙은 주황색 계열까지 허용됐다―너무 쉬운 데이지는 불가했다―꽃다발은 주방의 꽃병에 딱 맞아야 했다.

소피아는 민들레꽃으로 뛰어들어 숨도 쉬지 않고 뜯어서 모았고, 들판 저편에 있는 엄마를 찾으며 숨을 골랐다. 자그마한 엄마가 종종 고양이처럼 튀어올랐고, 가끔 재채기를 했다. 그러다 엄마가 보이지 않았다. 다시 봐도 보이지 않았다. 소피아는 자리에서 일어섰다. “엄마?” 그녀를 마지막으로 본 곳으로 갔다. “엄마!” 거기부터 들판 끝까지 온통 줄기가 잘려 있었다. 그 밀밭에 엄마가 있었다.

“이건 반칙이야!” 그녀가 소리쳤다.

엄마가 고개를 들었고, 석탄처럼 검은 머리카락에 눈이 빛났다. “노란색이잖아!” 그녀는 밀 이삭을 들어올리며 웃었다.

그들은 그날의 기념품인 밀과 민들레를 주방과 벽장 구석에 보관했다. 그 사고 이후에 아버지는 그것들을 버렸다.

그녀는 밀 이삭 한 줄기만 있으면 충분했을 거라고, 그것

을 가게에, 길고 얇은 꽃병에 꽂아 카운터 위에 두었으리라
고 생각했다. 그녀는 옷걸이를 응시하며 파란색 가운으로 다
가갔다. 그녀는 엄마가 카보우르광장에서 바노니의 공연을
보고 그 가운을 사러 가고, 더 행복한 얼굴로 노래를 흥얼거
리며 가게로 돌아오는 모습을 상상했다. 그리고 그 여름 무
렵, 베르지아노의 학교 뒤편 들판에 있던 그녀를 떠올렸다.

소피아는 옷걸이에서 가운을 꺼내 입었다. 한쪽 소매를
끼고, 반대쪽 소매도 낀 다음 앞섶을 닫았다. 옆구리가 너무
조이지 않을까 걱정됐다. 단추를 채우고 보니 잘 맞았다. 어
깨 위로 코를 가까이 댔다. 먼지 냄새가 났고, 그녀는 엄마
가 어디로 갔는지 궁금했다. 리미니는 항상 봄을 먼저 맞이
했다.

안드레아는 차창을 두드리는 소리를 듣고 잠에서 깼다.
유리창에 손을 얹은 채 자신을 응시하는 조르조를 보았다.
그는 목 받침대에서 목덜미를 들었고, 차가 가판점 앞에 비
뚤게 주차되어 있었다. 그는 터진 입술을 만졌다. 이집트인
과 벌인 격투. 그는 2라운드에서 경기에 패했고, 그들은 오
랫동안 그가 출전하지 못하게 할 것이다. 그는 잠금장치를

해제했고, 조르조가 문을 활짝 열었다. "맙소사!" 그는 바로 문을 닫더니 조수석 쪽으로 가서 문을 열고 차에 올랐다. "어젯밤에 온갖 사람에게 전화했어."

"부모님한테도?"

"아니, 거긴 안 했어. 창고에 다시 가보기도 했고. 아무도 없더라고."

"가판점을 열어야 해." 그는 고개를 돌려 그들을 지켜보는 록카페의 직원을 흘긋 보았다.

"네가 여기 있다고 저 사람이 알려주더라."

"신문은?"

"저 사람이 신문을 들이고 나한테 연락한 거야. 사람들이 구급차를 부르려고 했어."

"난 괜찮아."

조르조가 그의 목을 만졌고, 그는 몸을 뺐다. 이집트인은 그의 가슴에도 타격을 가했다. 그는 갈비뼈를 눌러보고 심각하지는 않다는 걸 알았다. 거울을 내리고 입을 벌렸는데, 앞니 하나가 깨져 있었다. "뒤에 있는 가방에 진통제가 있어. 좀 가져다줄래?"

하지만 조르조는 움직이지 않았다.

"가방 좀 부탁해." 그는 등받이를 올렸다.

조르조는 약을 찾아 그에게 건넸다. 안드레아는 물 반병에 약을 녹여 마셨고, 피와 진통제의 박하가 뒤섞인 맛이 느껴졌다. 조르조는 그의 손에서 열쇠를 빼내 셔터를 올린 다음 카페로 가서 신문 뭉치를 가져오기 시작했다. 그들은 가판점 안으로 들어갔고, 조르조는 의자를 펼쳐 그에게 앉으라고 했다.

그들은 입을 다문 채 가만히 있었고, 날이 추웠다. 안드레아가 앉았다. "나는 이게 필요해."

조르조는 신문더미를 옮겼다. "반차를 내고 여긴 내가 정리할게. 넌 집에 가."

"나는 괜찮아."

"집에 가라고."

"경기 한 번이면 몇 달은 가."

"다음은 어딘데?"

"나는 이게 필요해." 안드레아는 갈비뼈를 잡고 고개를 숙였다. 그의 눈은 젖어 있었고, 폐가 팽창과 수축을 반복했고, 목소리는 신생아처럼 들렸다.

조르조는 신문더미의 끈을 자르고는 커터칼을 카운터 위

에 던졌다. 그는 안드레아에게 다가가 그의 관자놀이를 두 손으로 잡고 머리를 안으며 말했다. "야 엘스카 데이." 그는 눈물을 닦아줬다. "적어도 돈은 좀 되는 거야?"

"얼마 안 돼."

"돈마저 안 되는 격투 클럽이라니."

안드레아는 부은 입술을 가볍게 두드렸다.

조르조가 그의 눈을 똑바로 바라보았다. "나 때문에 그러는 거야?"

"널 만나기 전부터 그래왔어."

조르조는 가만히 있었다. 그러다 신문을 카운터 위에 쌓고, 수량이 맞는지 서류를 확인한 후 마커펜으로 표시했다. 그는 다시 안드레아를 보더니 그의 손을 잡고 〈라 가제타 델로 스포르트〉 더미에 올렸다. 하루 마감 때 회계장부에 쓰는 펜을 꺼내 뚜껑을 열고 그의 검지에서 손목까지 선을 그었다. 그리고 중지에서 손목까지, 약지에서 손목까지, 새끼손가락에서 손목까지, 엄지에서 손목까지 이어지는 선을 그었다.

안드레아는 선이 그어진 손을 바라보았다.

"너의 뿌리, 너의 혼란, 그런 건 용납할 수 있어." 갑자기 그는 새끼손가락에서 엄지까지 선을 그으며 다른 다섯 선을 가로질렀다. "하지만 이건 아니야." 그는 펜을 내려놓았다. "너 자신을 수치스러워하는 게 역겨워."

안드레아는 자신의 손을 내려다보았다. 그 손은 다른 사람의 것 같았다. 조르조는 그의 손을 놓았다. 안드레아는 손을 거두어 다섯 개의 선을 쓰다듬었다. 그후에도, 집에 돌아와 샤워기 아래서 물줄기에 닿기 전에 그 선 다섯 개를 쓰다듬었다. 부드러운 스펀지로 문지르다가 문득 멈췄다. 그는 그것을 잊고 싶지 않았다.

샤워를 끝내고, 상처를 치료하고, 멍이 든 곳에 얼음을 얹었다. 학생들에게 전화를 걸어 훈련 일정을 다시 조정해야 한다고 알렸다. 그는 침실로 갔다. 벽면이 우묵 들어간 공간에 놓은 작은 테이블 위에는 연필 깎은 찌꺼기 가운데 조르조의 스타빌로펜이 흩어져 있었다. 그는 서류철을 열어 맨 위에 있는 종이를 꺼냈다. 가을 컬렉션 스웨이드 옥스퍼드화를 스케치해놓았다. 뒷굽에 대해 고민한 흔적이 아래쪽에 있었고, 그는 그것을 사흘 동안 작업했다. 안드레아는 연필을 들어 종이 모서리에 'Jag älskar dig'라고 썼다.

그는 진통제를 한 알 더 먹고 침대에 누웠다. 한참을 잤거나 아주 잠깐 잤을 것이다. 가늠이 안 되는 시간이 흐르고 핸드폰이 울렸다. 그는 잠에 취한 채 벨소리가 끝나기를 기다렸다가 다시 잠들었고, 또다시 걸려온 전화에 일어났다. 밖은 어두웠다. 그는 주방으로 가서 발신자가 마르게리타인 걸 보았다. 그가 전화를 받자, 그녀는 어머니의 다리 색깔이 이상하고 통증이 있다고 말했다.

"어떤 이상한 색이죠?"

"맞아서 멍든 것 같은 색. 간호사는 아무것도 아니라고 하네."

그는 간호사를 믿으라고 말했고, 발열이나 오한, 호흡곤란 등 다른 증상이 있는지 물었다. 마르게리타가 안나에게 물어보는 소리가 들리더니 다른 증상은 없다고 대답했다.

"내일 오후에 방문할게요."

바람이 일고, 구름이 짙어지고 있었다. 그는 신발을 신고 외투를 입은 후 엘리베이터를 기다리지 않고 계단을 내려갔다. 왼쪽 허벅지가 타는 듯이 아팠다. 그는 조르조에게 전화를 걸어서, 대퇴골을 수술한 부인이 뭔가 잘못된 것 같아 보러 간다고 알렸다. 그리고 고맙다는 말을 덧붙였다. "그런 상태로 정말 대퇴골 부인에게 가는 거야?" 그는 괜찮다고 안심시키며 다시 말했다. "오늘 일 고마워."

거기까지 가는 데 사십 분이 걸렸다. 그는 차에서 내렸고, 바람은 따뜻했다. 마르게리타는 그를 기다리고 있었던 것처럼 문을 열었다.

"세상에!" 그녀는 그의 입술과 광대뼈를 보고 놀라서 외쳤다.

"상대가 오른 주먹을 잘 쓰더라고요."

"넌 미쳤어." 그녀는 그를 계속 층계참에 세워뒀다. "이런 데도 오다니!"

"잠깐만 볼게요." 그는 거실에 들어갔다. "실례합니다. 저 왔어요."

안나가 대답하지 않자, 그는 그녀 앞으로 갔다. 매트리스가 내려져 있고, 그녀의 얼굴은 책장 쪽을 향해 있었다. "여긴 웬일이에요?" 그녀는 움직이지 않고 말했다.

"근처에 있었어요."

"재클린과 아침식사를 하려고 비행기를 탄 오나시스처럼."*

---

* 재클린 케네디 오나시스는 첫 남편 존 F. 케네디가 사망한 후, 그리스의 부호 애리스토틀 오나시스와 재혼했다.

"마르게리타가 다리 얘기를 하더라고요."

안나가 고개를 돌렸다. "맙소사, 무슨 일이에요?"

"권투하다가요."

"어리석은 짓을 했네요."

"다리 좀 볼까요?"

"가족 전화번호 좀 알려주세요. 당장 가서 일러야겠어요." 그녀는 시트를 잡아당겨 다리를 드러냈다.

마르게리타가 거실의 불을 켰고, 그는 고개를 숙였다. 깨끗한 냄새가 났다. 붕대에서 불거져나온 피부가 올리브색을 띠고 있었다. "간호사가 고무 밴드를 느슨하게 해줬나요?"

"더 꽉 끼는 것 같아요."

안드레아는 두 팔을 나란히 아래로 뻗은 자세로 바람막이 재킷을 벗었고, 바닥에 닿기 전에 재킷을 잡아 안락의자에 올려놓았다.

"당신 연인은 당신이 그렇게 재킷을 벗는 모습을 본 적 있나요?"

"왜요?" 그리고 그는 붕대의 클립을 풀기 시작했다.

"너무 멋있어서요."

"치켜세우지 마세요."

"험프리 보가트 같아요." 안나는 이를 악물었다. "당신 연인은 이름이 뭐예요?"

두번째 클럽이 잘 빠지지 않았다. "허벅지를 조금 올려주시겠어요?"

"참견쟁이라 미안해요."

그가 하던 일을 멈췄다. "그 사람 이름은 조르조예요."

"그럼, 조르조에게 매일 저녁 소파에서 기다리라고 해요. 그리고 당신은 매일 저녁, 아이고, 아파라! 좀 조심해줘요."

"죄송합니다."

"당신은 조르조 앞에서 아까처럼 외투를 벗는 거예요."

"자, 풀게요." 그는 붕대를 벗겼다.

그녀가 한숨을 내쉬었다. "속이 시원하네요."

안드레아가 다리를 만지자, 안나가 약간 움찔거렸다. 그는 기저귀가 있는 데까지 짚어보았고, 곁눈질로 거실 구석에 있는 마르게리타를 보았다. 그는 옆구리에 통증을 느끼고 허리를 바로 세웠다. 자기 손에 그려진 조르조의 선과 그 가지들이 안나 부인에게 뻗치는 것을 보았다. 그는 마르게리타에게 가까이 오라고 했다. "두 시간마다 이 동작을 해주세요. 다리 안쪽은 만지지 말고요." 그는 그녀의 손가락을 안나의 다리에 얹게 했고, 손을 잡은 채 뻣뻣한 근육을 풀었다. "이렇게, 알겠어요?" 그들은 함께 마사지했다. 그의 손가락 관절은 거칠었다. 그녀는 아직 소년 같은 그의 손가락을 감쌌다.

그들은 계속했고, 안드레아는 다른 한 손을 얹었다. 마르게리타는 물리치료센터의 침대에 있는 느낌이었다. 허벅지에서 사타구니까지 올라가는 손, 옆으로 밀리는 속옷과 짜릿한 자극, 욕망, 그가 새끼손가락을 움직여야 하는 긴요함, 그녀는 그 새끼손의 무례함을 얼마나 열망했던가. 그녀는 남자를 사랑하는 남자와 함께하느라 카를로를 배신했다. 그것은 이상한 일이었다기보다는, 우유부단함과 애원과 변덕에 무릎 꿇은 육체에게 자신을 내어줌으로써 낙담을 안겨준 일이었다. 한동안 그녀는 우연한 사고였다고 여겼다. 그러다가 자신이 특별한 경험의 당사자라는 생각이 들었다. 그녀는 타락할 수 없는 본성을 타락하게 했다. 여기에서 오르가슴과 오래도록 지속되는 달콤함을 느꼈다. 자신의 엄마를 돌보는 남자에 대한 우정도.

"오늘밤은 붕대를 풀어두세요. 하지만 내일 간호사에게 물어보세요. 피부색이 어두워지면 의사에게 연락하시고요.

항혈전제는 복용하세요?"

마르게리타는 고개를 끄덕였다.

"눈이 올 거래요." 안나는 책장 쪽으로 고개를 돌리고 눈을 내리간 채 말했다.

"밖에 바람이 이상해요." 안드레아는 그녀를 조심스럽게 침대 중앙으로 옮겼다.

"3월의 눈은 새 소식을 가져오죠." 안나는 고집스럽게 그들을 보지 않으려 했다. 그녀는 자신의 다리에 얹힌 네 개의 손을 머릿속에 그리며, 자신의 확신을 재고해보고 있었다. 어쩌면 딸이 그와 실수를 저질렀을지 모른다는 생각에 충격을 받았는지도 모른다. 갑자기 그녀는 다른 사람들에 대해 생각하는 것에 진저리가 났다. 그녀는 침대에 누워 볼일을 봐야 하는 재봉사였기 때문이다. 하지만 그녀의 손가락은 여전히 건강했다. 그녀는 시트 아래의 손가락을 사랑스럽게 바라보다가 눈앞에 가까이 대고 보았다. 그녀의 손가락은 능숙하게 뀈 실로 바늘의 움직임을 따라가고, 검지로 줄을 맞춰 거침없이 끝단을 자르고, 손끝으로 다마스크천의 감촉을 음미했다. 그녀는 주방 의자에 앉아 있는 자신을 상상했다. 프랑코는 안락의자에서 책을 읽었고, 레인지 위에선 국물의 달큼한 냄새가 났다. 마르게리타는 자기 방에서 전화로 수다를 떨고 있었다. 예나 지금이나 마찬가지였다.

그녀는 딸에게 로렌초는 언제 오느냐고 물었고, 마르게리타는 수영장에서 돌아오는 길이라고 대답했다. 그녀는 손자에 관한 일에서는 마음이 급해졌다. 손자를 늦게 본 만큼 그동안의 시간을 만회하고 싶었다. 만약 할 수만 있다면, 그녀는 그애가 행운의 참치를 더 꾸밀 수 있게 깁스를 절대 풀지 않을 것이다. 그녀는 지느러미와 꼬리를 스치며 그 모양을 따라가면서 마르게리타와 안드레아가 복도에서 속삭이는 소리를 들었다. 얼핏 잠이 들었고, 깨어나보니 로렌초가 옆에 있었다. "안녕, 꼬마야." 그녀는 나른한 목소리로 인사했다. "수영은 잘했니?"

아이는 고개를 끄덕이고는 소파에 있는 쿠션을 가져와 의자 위에 쌓고 높다란 왕좌에 앉았다. "마시모 니콜리니가 첫번째로 도착했어."

"마시모 니콜리니는 누구야?"

"내 친구."

"너는 몇 번째였어?"

"일곱번째."

"수영장에 몇 명이 있었는데?"

"여덟 명."

"우리 꼬마는 또 어떤 스포츠를 좋아하지?"

"검술."

아이는 배낭을 뒤적여 봉투를 꺼내서 포카치아를 한입 베어 물고 씹었다. "하지만 엄마는 검을 안 좋아해."

"너는 검이 없어도 총사잖아. 너와 나는 두 총사야. 우리가 어디를 지킨다고 했지?"

"레게가."

"똑똑하기도 하지!"

아이는 그녀에게 포카치아 한 조각을 주었고, 그녀는 그것을 받아서 먹으며 손자를 지켜보았다. 푸른 눈과 마르게리타와 같은 앞머리. 프랑코가 보였다. 웃으려다가 참는 순간, 입을 크게 벌려 자신을 놓아주기 직전, 각진 턱선과는 어울리지 않는 느긋한 표정. 그녀는 포카치아를 좋아하지 않았지만 더 달라고 했고, 아이는 할머니의 입에 넣어주고는 그녀가 음식을 씹다가 갑자기 멈추는 모습을 지켜보았다.

안나는 캑캑거리며 가쁜 숨을 내쉬었고, 가슴뼈를 누르며 한 손을 뻗어 아이를 부여잡았다. "할머니, 할머니!"

그녀는 기침을 하고 숨을 고르고는 손자를 힘껏 붙들고 있던 걸 깨닫고 그를 쓰다듬었다. "애야, 미안하다."

아이는 계속 그녀를 빤히 보고 있었다.

"아무것도 아니야, 애야."

"너무 빨리 먹었어."

"그래, 맞아." 그녀는 다시 기침했고 침이 튀어나왔다. "간식을 삼키다가 사레들렸어." 그녀는 손으로 침을 문질렀다. 심장이 두근거렸고, 그 진동이 다리로 전해졌다. 그녀는 안드레아가 마사지한 딱딱한 피부를 만졌다. "할머니는 이제 괜찮아."

"아빠!" 아이가 의자에서 내려오려고 했다.

안나는 그를 붙잡았다. "할머니 깁스에 그림을 그려줄래?"

로렌초는 가만히 있었다.

카를로가 방에서 나왔다. "무슨 일이야?" 마르게리타가 그의 뒤에 있었다.

"무슨 일 있어?" 안나가 물었다.

"우리요?"

아이는 할머니를 돌아보았다. 할머니가 그에게 눈짓하자, 아이는 의자에서 일어나 배낭을 열고 크레용을 꺼냈다.

그녀는 다시 기침이 나왔다. "우리는, 내일 행운을 빈다고 말하려고 했어. 면접이 몇시지?"

카를로가 다가와서 침대 시트의 빵부스러기를 털었다. "아홉시요." 그는 두 사람을 주의깊게 살폈다. "할머니를 피곤하게 하지 마."

"피곤하지 않아. 방금 그림을 그려달라고 했거든. 그리고 총사의 힘으로 나를 방으로 밀어달라고 부탁하려던 참이었고."

"엄마, 방으로 가고 싶어?"

안나는 고개를 끄덕였다.

마르게리타는 몸을 굽혀 그 순간을 못내 기다려왔던 것처럼 침대 바퀴의 브레이크를 풀었다. 그리고 침대의 프레임을 잡고 조심스럽게 밀기 시작했다.

카를로를 처음 만난 날부터 마르게리타 안에는 무언가가 생겨났다. 안나는 그 무언가의 이름을 밝혀내려고 했다. 배려하는 성격, 어쩌면 그보다 더 나은 무언가. 마르게리타는 다른 사람들의 갈등을 견뎠다. 결혼생활은 그녀가 변덕을 받아들이고, 심지어 지지해줄 수 있는 여자가 되게 했다. 거실에 대형 캐노피 침대를 두어 어머니가 머물게 하고는 침실로 돌아가겠다는 갑작스러운 요청에 즉시 따른 것처럼, 예정보다 일찍 죽고 싶어하는 아버지를 거든 것처럼, 배신 혐의를 받도록 허용한 것처럼.

마르게리타는 그녀를 방 중앙으로 밀고 가서 재봉틀 옆에 있게끔 주의를 기울여 침대를 돌렸다. 블라인드를 조금 내리고 거실에서 나머지 물건을 가져오기 시작했다. 그런 다음 옷장 문을 활짝 열었고, 어머니는 걸려 있는 옷들을 볼 수 있었다.

"고마워." 안나는 결혼식날 입었던 망토를 바라보았다. 셀로판지를 통해 옷감의 밝은 빛이 드러났다. "나는 저걸 뒤집어 입었어." 그녀가 속삭였다.

"응, 알아. 1950년대의 반항적인 행동. 그런데 엄만 그냥 실수로 그랬던 것 같아."

안나는 딸에게 미소를 지으며 베개에서 몸을 더 편하게 조정했고 피로가 밀려오는 것을 느꼈다. 그녀가 깨어났을 때는 어두웠고, 복도에서만 빛이 들어오고 있었다. 간호사는 안락의자를 옮겨와 휴대용 램프로 잡지를 읽으면서 그녀를 지키고 있었다. 그녀는 기침이 날 것 같았지만, 참았다. 호흡이 가빠졌고, 폐의 힘을 찾으려고 몸을 뒤척였다. 다리

피부는 시원했고, 시트에서 상쾌한 냄새가 올라와 마음이 놓였다. 그녀는 창밖을 내다보았고, 가로등 아래로 흙먼지가 자욱하게 날리고 있었다. 자세히 보니 3월의 눈이었다.

"왔네요." 그녀는 쉭쉭거렸다.

"안나, 어디 불편하세요?" 간호사가 물었다.

"눈이 오는 건가요?"

"진눈깨비가 한 시간 전부터 내려요."

그녀는 눈발이 더 굵어지기를 바랐고, 잠시 후 그런 일이 일어난 걸 보고는 일어나서 밖으로 나가고 싶어졌다. 그녀는 눈사람 만들기 대회에서 우승한 파도바가의 소녀였다. 코에는 주키니 호박을, 눈에는 검은색으로 칠한 신문지를 사용했다. 눈이 와! 안드레아는 조르조에게 외치고 싶었지만, 말을 삼켰다. 그는 창문으로 갔고, 흰눈이 아스팔트를 덮고 호두나무 아래의 둔덕에 쌓이기를 바랐지만, 세자르가 추울까봐 걱정됐다. 그의 쉼표 모양 꼬리, 눈물 어린 눈, 상처와 옆구리, 발과 주둥이가 얼지 않을까. 그가 창문 손잡이를 잡았을 때 누군가가 뒤에서 어깨를 감싸안았다. 조르조는 그를 껴안고 목에 뺨을 갖다댔다. 밀라노에 내린 갑작스러운 눈, 마르게리타는 이것이 남편의 면접에 좋은 징조라고 생각했다. 그녀는 흥분해 콘코르디아의 거실을 가로질러 걸어가 유리창을 두드렸다. 카를로는 소파에서 일어나 텔레비전을 끄고 그녀에게 다가갔다. 그도 이것이 면접이나 다른 일에 대한 신호일 수 있다고 생각했다. 그는 아내를 껴안았고, 그들이 처음 만난 날부터 늘 맡았던 그 향기가 났다. 그는 두 사람만 있기를 바랐고, 그들은 온전히 둘뿐일 수는 없을 거라는 생각이 들었다. 나의 마르게리타, 그는 콘코르디아의 고요 속에서 그녀에게 속삭였다. 그의 아내는 그의 팔을 잡아 꼭 껴안고는 침대에서 기다리라고 말했다. 고운 눈가루가 소용돌이치며 휘날렸고, 바깥의 희끗한 빛이 거실로 들어왔다. 그녀는 복도를 따라 로렌초의 방으로 갔다. 아이는 이불에서 발을 내민 채 자고 있었지만, 그녀는 그냥 두기로 하고 현관에 있는 탁상으로 갔다. 그 탁상은 아버지가 수리한 20세기 초반의 가구였고, 그들이 이사했을 때 어머니가 준 것이었다. 그녀도 맨 위쪽 서랍을 사용했다. 그 서랍을 열고 뒤적거려 항히스타민제가 든 약병을 찾아냈다. 남편은 이제 그 약을 지니고 다니지 않았고, 그녀도 더이상 상기시켜주지 않았다. 그녀는 옷걸이로 가서 카를로의 코트 안주머니에 병을 밀어넣고는 옷깃에 코를 묻었다.

소피아는 어머니의 가운 주머니에서 오래된 영수증을 발견했다. 보르도니광장의 리디아 미용실에서 받은 것이었다. 그녀는 그것을 가게에서 집으로 가져와 책상 등 아래서 다시 살펴보았다. 커트와 파마 시술에 28유로가 들었고, 날짜는 십오 년 전 9월 13일이었다.

그녀는 침대 옆 탁자에 영수증을 놓고 침대에 들었고, 톰마소가 이불을 덮어주었다. 매트리스가 작다보니 그들이 함께 있을 때면 그녀는 그의 풍성한 곱슬머리와 잠을 방해하는 요란한 숨소리를 피해 몸을 돌려야 해서 난처했다. 그녀는 이불 밑에서 그의 손을 잡고 깍지를 끼었고, 이상한 기분이 들었다. 두 방 건너에 아직 잠들지 않았을 아버지가 있었기 때문이다.

밖에서는 바람이 창틀을 두드렸고, 그녀는 책상 등을 껐다. 그들은 방으로 들어오는 빛을 보다가 깜빡 잠이 들었고, 톰마소는 그녀의 머리를 쓰다듬으며 그녀를 깨웠다. 그녀는 짧은 머리카락에 닿는 그의 손길을 좋아했다. 그가 가야 한다고 말했고, 그녀는 붙잡지 않았다. 그녀는 그가 큰 덩치를 조심스럽게 움직이며 옷을 입는 모습을 지켜보았다. 그를 현관문까지 배웅하고 방으로 돌아와 창문으로 갔다. 블라인드를 완전히 내리려다가 진눈깨비가 오는 것을 보았다. "와!" 그녀는 기쁨에 휩싸였다.

밀라노에서는 산탐브로지오 축일* 아침 열시가 되면 셈피오네공원의 아레나 맞은편 전나무에 세 개의 열쇠가 걸린다는 말이 전해진다. 그 전나무는 말타가의 초입부에서 가장 바깥쪽에 있다. 전설에 따르면 열쇠 세 개는 아르코 델라 파체 너머에 있는 에우필리가 6/A번지 아파트로 이끈다고 한다. 정면에 회반죽 장식이 있는 작은 건물로, 첫번째 열쇠는 출입구의 철책을, 두번째 열쇠는 나무 대문을, 세번째 열쇠는 최상층에 있는 현관문을 여는 데 사용된다. 잘 관리된 그 집에는 테이블과 벨벳 소파가 있는 작은 거실, 책이 가득한 책장이 있다. 그리고 욕조와 향소금이 갖춰진 욕실, 맛있는 음식이 준비된 간이 주방이 있다. 편안한 매트리스와 깨끗한 시트, 부드러운 담요 세 장이 갖춰진 침실도 있다. 전나무의 열쇠를 손에 쥔 사람은 다음날 아침까지 아파트에 머

---

* 밀라노의 수호성인 성 암브로시우스를 기념하는 축일로, 12월 7일이다.

물 수 있으며, 세 가지 규칙을 따라야 한다. 시간을 준수하고, 집주인이 누군지 묻지 말고, 한 사람만 들어가야 한다.

카를로가 프랑코에게 전설에 대해 알아보자고 제안했을 때는 2005년 산탐브로지오 축일이었다. 그들은 가나슈와 라즈베리가 올라간 케이크를 사기 위해 코바 제과점에서 줄을 선 채 기다리고 있었다. 프랑코는 그의 말을 듣지 못한 척하고 줄을 서 있었고, 카를로는 지금 열시 오분이니 아직 시간이 있다고 말했다.

"이미 늦었어."

"프랑코, 어서요."

마르게리타의 아버지는 움직이지 않았다.

"아아, 프랑코."

"흠."

"아버님이 해주신 이야기잖아요."

"그냥 이야기일 뿐이야."

"어디서 들으셨어요?"

"밀라노 사람이면 누구나 알지."

"전나무에 가보신 적 있으세요?"

프랑코는 고개를 저으며 지갑을 점퍼에 다시 넣었다. 그는 점잖은 남자였고, 슈나우저 같은 눈썹을 치켜올리며 그를 쳐다보았다. "안나와 마르게리타가 케이크를 기다리고 있어."

"별로 오래 걸리지도 않을 텐데요. 전나무를 찾아보고 여기로 돌아와요."

프랑코는 두 손가락으로 코를 쥐었는데, 집중할 때마다 늘 그렇게 했다. 그는 시계를 보더니 모자를 다시 썼다. "가자."

그들은 도요타 코롤라를 타고 갔고, 셈피오네공원까지 이십 분이 걸렸다. 주차할 곳이 보이지 않자, 프랑코가 말했다. "갔다 와."

"사위는 장인을 혼자 두지 않아요."

"마르게리타와 아직 결혼 안 했잖아."

"하지만 결혼할 건데요."

"사랑의 맹세라는 건 하루밖에 안 가는 법이야."

"결혼해요. 조만간 할 거라고요."

카를로는 차에서 내렸고, 프랑코는 비상등을 켰다. 그들은 말타가의 자갈길로 반원을 그리며 공원으로 들어갔다. 전나무가 가장 먼저 나타났고, 길에서도 잘 보였다. 그들은 추위에 입김을 내뿜었고, 나무 앞에 도착해 멈춰 섰다.

프랑코는 모자를 벗었다.

카를로는 나무줄기로 다가갔다. 가장 높은 가지의 밑부분에 박힌 못에 세 개의 열쇠가 걸려 있었다. 거기 손이 닿으려면 한 사람이 다른 사람을 받쳐줘야 했다.

프랑코도 가까이 다가왔다.

카를로는 그를 보며 말했다. "우리가 가져가죠. 절 좀 도와주세요."

"집안 여자들에게는 아무 말도 하지 마." 그는 손이 시린지 두 손을 맞비볐다.

"우리가 가져가요."

프랑코는 고개를 숙였다. "나는 이걸로 만족해."

"에우필리가에 가고 싶어요."

"난 이걸로 됐어." 그는 돌아서면서 코를 쥐었다.

면접실로 들어오라는 소리를 듣고 카를로는 코를 쥐었다. 그에게 그건 행운의 동작이 되었다―마르게리타도 모르고, 안나도 몰랐다―그 동작을 할 때마다 그는 전나무 아래에서 놀란 표정을 짓던 프랑코를 떠올렸다.

카를로는 나무 테이블이 있는 사무실로 들어갔다. 큰 창문을 통해 눈 덮인 레푸블리카광장의 교차로가 보였다. 벽에는 중절모를 쓴 남자가 건배하는 모습이 담긴 데페로*의 포스터가 붙어 있었다. 카를로는 코트를 벗고 배낭을 바닥에 놓으며 의자에 앉았다. 면접관들이 들어오자, 그는 일어나서 악수했다. 그들은 날씨에 대해 몇 마디 얘기하고는, 그에게 일련의 질문을 할 것이고, 면접 후반부는 영어로 진행될 것이라고 알렸다. "시작해도 될까요?"

카를로는 고개를 끄덕였다.

"펜테코스테 씨, 당신의 이력이, 말하자면 제각각이라는 사실은 아시지요?"

"다양하다는 의미인가요?"

"현대문학 전공, 카피라이터, 전략기획자, 서술 기법을 가르치는 대학원 시간강사, 여행 전문 출판사 편집자."

"적성에 맞은 일을 다방면으로 경험했습니다."

"다방면이라. 갈피를 못 잡은 건 아니고요?"

"저는 유연성이라고 말하고 싶습니다."

"음료 마케팅 업무에 지원하다니, 지금까지와는 분야가

---

* 이탈리아의 미래파 예술가 포르투나토 데페로.

상당히 다르네요."

"마케팅은 저의 여러 관심사와 결합되어 있습니다."

"예를 들면요?"

"이야기를 생각해내고, 그것을 들려주는 능력이요."

"조작이라고 말할 수 있을까요?"

그는 잠깐 생각했다. "유혹이지요."

"맥주도 그와 관련이 있나요?"

"중요한 것은 효과입니다."

"효과라 하면?"

"영감을 이끌어낼 수 있는 열정 말입니다."

"그 말은 학생들을 가르치거나 몰디브에 관한 관광 카탈로그를 쓰거나 더블 몰트 음료를 홍보할 때 당신은 같은 열정을 가지고 임한다는 뜻인가요?"

"결과는 어쨌든 감정적 충격이어야 하니까요."

"2010년 이후로 소비자들이 우리가 '구매 행복'이라고 부르는 성향을 점차 잃어버렸다는 사실을 아시나요? 현재 소비자들은 제품에 대한 감정적인 충동 의지가 3분의 1로 줄었습니다. 이런 변화에 어떻게 대처할 건가요?"

"맥주나 한잔하자고 설득하면서?"

그들은 웃었다.

"그러면 당신은 자신이 설득력이 있는 사람이라고 여깁니까?"

"저는 전달하는 능력이 뛰어납니다."

"당신이 가르쳤을 때 그랬나요?"

"그때도 그랬습니다."

"강의 활동을 안 하고 있네요."

"급여가 적었습니다."

"그렇다면 당신에게는 경제적 동기가 정서적 동기보다 더 중요한가요?"

"둘 다 중요합니다. 흥분감도 중요하고요."

"흥분이요?"

"살고자 하는 욕망 말입니다."

"그 말인즉슨……?"

"자기탐구지요."

"좋습니다. 그럼, 이제 우리가 어떤 정황을 제시할 텐데요, 당신에게 끼치는 감정적 영향에 따라 0부터 10까지 값을 매겨주세요. 앞서 말한 '흥분'의 정도라고 이해해도 상관없습니다. 감정적 영향이나 흥분이 느껴지지 않으면 0점, 당신을 완전히 사로잡거나 흥분시키면 10점입니다."

"알겠습니다."

"열다섯 명의 학생에게 셰익스피어에 대해 수업하기."

"저는 셰익스피어를 잘 모릅니다."

"값을 매겨주세요."

"7."

"최신 아이폰 모델에 대한 사용설명서를 작성하기."

"1."

"동일한 설명서에 아이폰으로 일상생활을 편하게 하는 방법을 제안하기."

"5."

"미술 전시회에서 가이드를 맡기."

"어떤 전시회요?"

"값을 매겨주세요."

"어떤 작가인지 예를 하나 들어주세요."

"피카소."

"5."

"코카콜라병 디자인 전시회."

"8."

“새로운 진공청소기 특허에 대해 대중 앞에서 말하기.”

“4.”

“비용 부담이 클지라도 일등석을 타고 여행할 때 누릴 수 있는 심리적 안정감에 대해 연설하기.”

“8.”

“무독성 제초제에 대한 연설.”

“7.”

“7?”

“신제품인 거죠?”

“그럼, 기존의 제초제.”

“0.”

“체중 감량 효과가 있는 딸기맛 음료.”

“3.”

“신인 음악 그룹의 페이스북 페이지를 관리하기.”

“6.”

“당신에게 10점이 되는 경우를 들어보세요.”

“10점이요?”

“그래요.”

“매일 아침 일어나서 좋아하는 사람들과 함께 일하는 직

장에 가기. 나를 더럽히지 않는 업무에 종사하면서 하루 여
덟 시간 일하기. 노력과 만족의 측면에서 공정한 급여를 정
기적으로 받기. 가족과 시간 보내기.”

“노력과 만족이란 무슨 뜻인가요?”

“자신을 혹사하지 않는 것입니다.”

“당신이 상급직에 지원한다는 사실을 알고 있습니까?”

“물론입니다.”

“그러면 적어도 두 명의 상사와 다른 두 명의 선임이 있다
는 것도 알겠군요.”

“네, 그렇습니다.”

“선임들이 당신보다 어리다는 것도.”

“문제없습니다.”

“싱글이라도.”

“그건 무슨 뜻인가요?”

“당신과 시간 개념이 다를 수 있어서요. 어떤 사람들은 토
요일에도 일하거든요.”

“괜찮습니다.”

로렌초.

“광고 캠페인 기간에는 연장근무를 한다는 사실을 알고

있나요?"

"이미 들었습니다."

"이력서에 영어 수준이 초급이라고 쓰셨네요."

"네."

"프랑스어는 중급이고요."

"프랑스어를 더 오래 연습했어요."

"이제 몇 가지 여가활동을 제안할 테니, 값을 매겨주세요."

"독서."

"8."

"원예."

"모르는 분야지만, 4?"

"여행."

"10."

"친구들과 저녁식사."

"7."

"치즈 시식하기."

"7."

"소믈리에 강좌 듣기."

"2."

"소셜미디어 사용하기."

"6."

"우리가 확인한 바로는, 열성적인 사용자는 아니더군요."

"그게 더 낫습니다."

"그게 더 낫다고요?"

"통제력을 잃게 될지 모르니까요."

"통제력을 잃는 것도 일종의 흥분이지 않을까요?"

"상황에 따라 다르겠죠."

"이해되네요."

"그런가요?"

"영어 면접으로 넘어가기 전에 다섯 개의 질문을 더 드리겠습니다. 당신은 긍정적인 변화에 얼마나 유연하다고 생각하세요?"

그는 칠십 분 후에 나왔다. 역 도로를 따라 몇 걸음 걸었고, 눈 냄새에 코가 얼얼했다. 천천히 숨쉬면서 카페로 들어가 마키아토를 주문했다. 코트 단추를 풀고 핸드폰을 꺼내 마르게리타에게 전화해서 말했다. "잘됐어."

"사람들은 어때? 분위기가 어떠냐고."

"좋아, 인간적이야, 마음에 들어."

"그 사람들이 뭘 물어봤어?"

"안나는 어때?"

"다 괜찮아."

"즐거운 대화였어."

"여보, 난 행복해."

"행복해?"

"응."

"잘될 거야, 두고 봐."

그는 핸드폰을 꽉 쥐었다. "오늘 아침에 로레가 그러더라. 아빠는 할 수 있다고."

마르게리타가 따라서 말했다. "아빠는 할 수 있어."

그가 카페를 나설 때 다리는 피곤했고 머리는 맑았다. 손그늘을 만들어 눈을 조금씩 뜨며 중앙역으로 향했다. 열시 삼십오분발 프레치아비앙카 승차표를 샀다. 비밀리에 기차를 타고, 롬바르디아 평야와 에밀리아로마냐 평야를 가로지르는 세 시간의 여정을 위해 차창 옆에 앉는 것이 내키지 않았다가, 그러고 싶어졌고, 그게 필요하다고 느꼈다. 그는 배낭을 열어 공책을 꺼냈다. 마치 자신이 무릅쓰고 있는 위험이 글쓰기의 영감을 불어넣는 것처럼. 그는 잘 만들어진 문장 하나만으로 충분히 감탄했을 것이다. 그것만으로도 믿음을 가질 수 있었다. 맥주 마케팅 일자리를 얻고, 세상에 책을 내고, 스물두 살짜리 여자애 때문에 균열이 생긴 시간에 더는 머물지 않을 거라고. 기차가 출발했고, 그는 창밖을 내다보았다. 얼마 지나지 않아 피아첸차의 시골 풍경이 부드럽게 펼쳐졌다. 추위에 놀란 과수원의 구석진 땅에 눈이 쌓여 있었고, 굴뚝에서는 시커먼 연기가 피어올랐다. 그는 십대 때 리미니에 간 적이 있었다. 부키와 다른 사람들과 함께 바이아 임페리알레 나이트클럽에 춤추러 갔다. 그들은 리바벨라의 호스텔에서 잤는데, 황토색 간판과 재떨이가 딸린 소파들 외에는 기억나는 게 없었다. 그는 마르게리타에게 뭐라고 말할까? 그는 어머니에게 전화해서 유치원이 끝나면 로렌초를 돌봐달라고 부탁했고, 저녁식사 때 데리러 갈 거라고 했다. 그리고 소피아에게는 뭐라고 말할까?

그는 돌아가는 기차들을 확인해봤고, 약 세 시간 정도 여유가 있었다. 그는 핸드폰을 치우고 의자에 몸을 기댔다. 얼마나 정신없이 0에서 10까지 점수를 매겼던가. 웃음이 나왔고, 면접에서 자신을 애먹였던 남자의 얼굴을 떠올렸다. 번들거리는 두상, 아세테이트 안경테, 두드러진 울대뼈 위의 짧은 넥타이. 그가 겨울에 개를 데리고 산책하는 모습을 상상해봤다. 닥스훈트가 어울릴 것이다. 카를로는 그의 짐짓 침착한 표정, 테이블 밑의 긴장한 다리, 마지막에 물 한 모금을 마시며 한 말에서 좋은 인상을 받았다. 그가 열정적으로 말했다. "곧 연락드리겠습니다, 카를로." 연락하다, 안나의 대퇴골, 지난여름 엘바에서 로렌초가 평영을 하던 모습, 길 떠나는 마흔네 살 남자의 생각은 어디로, 어디로 향하는가. 그의 생각은 한곳으로 향했다. 철물점 뒤쪽에 있는 소피아와 그녀의 뒤에서 끝내지 못한 것을 끝내는 그, 이솔라의 집에서 작별인사를 할 때처럼 그의 팔을 붙잡고 있는 그녀. 그는 창밖을 보았다. 파르마에 내린 눈은 더 얇았고, 검은 땅이 드러나 있었다. 볼로냐에서 그는 열차에서 내려 밀라노로 돌아가고 싶은 충동을 느꼈다. 목도리를 돌돌 감아 유리창에 대고 머리를 기댔다. 체세나에서 역무원이 그를 흔들어 깨웠고, 카를로는 그에게 승차표를 보여줬다. 그는 코트를 입고 목도리를 두르고 객차 사이의 공간으로 갔다. 그제야 그는 안쪽 주머니에 뭔가가 있다는 걸 알아챘다. 두 손가락으로 짚어 항히스타민제병을 확인하고는 약병을 꺼내 손안에서 돌려보았다. 기차가 멈췄고, 그는 들고 있던 약병을 꽉 움켜쥐었다. 문이 열리고 그는 리미니에 있었다.

그는 코트로 몸을 감싼 채 역 앞 광장에 대한 기억을 떠올렸다. 이십오 년 전 그와 친구들은 지역열차에서 내렸다. 반디에라 지알라와 레이디 고디바 클럽의 입장권을 파는 여름 인파와 큰 소리, 해안의 불빛 가운데 있었다. 이제 해안에는 가벼운 안개가 끼어 있었다. 그는 보행자 전용 도로가 된 큰길에 있었고, 왼쪽으로 두오모가 보였다. 정면의 상아색 벽이 차갑게 느껴져 몸이 굳어지는 것 같았다. 그는 상점이 늘어선 길을 걸어갔다. 광장은 바로 앞에 있었고, 리미니 사람들은 주랑 현관 아래에 모여 있었다. 그는 돌바닥 가운데 만들어진 별 모양에 발을 올려놓고 멈춰 섰다. 핸드폰에서 지도를 보며 그곳이 트레 마르티리 광장이라는 걸 확인했다. 보르도니광장은 같은 방향으로 2킬로미터 떨어져 있었다. 아드리아해는 반대편에 있었다. 그는 아드리아해가 보고 싶었고, 이제는 배도 고팠다. 그는 숨을 들이쉬었고, 소금기와 폭풍이 지나간 냄새가 느껴졌다.

"이제 가자." 그는 자신에게 말했고, 길가에 걸린 작은 스피커에서 나오는 음악을 따라갔다. 자전거 한 대가 행인들 때문에 속도를 내지 못하고 천천히 그의 옆으로 지나갔다.

콧수염을 기른 남자가 자전거를 타고 있었다. "사우로!" 신문가판대에 있던 사람들이 그에게 인사했고, 사우로가 그들의 인사에 답했다. 카를로는 그를 따라잡으려고 노력했다. 자전거는 '모리'라는 간판이 달린 와인 매장 앞에 멈췄다. 리미니 중심가가 그의 뒤에 있었고, 그는 자신이 무엇을 하고 있는지 알고 있었다. 대학 화장실, 그에게 밀착된 그녀의 골반, 암모니아 냄새, 입술과 매끄러운 혓바닥, "우리는 안 돼요"라며 한숨짓는 그녀, 「있는 그대로」, 욕망은 이 거리와 나무와 사람들에게서 나왔다. 그는 모든 것을 경험했다고 확신했고, 아무것도 경험하지 못했다고 확신했다. 기억은 어떤 식으로 저장되는가. 그는 혼잡한 도로를 지났고, 도심을 벗어난 지역은 밀라노의 변두리보다 마음이 편안했다. 잘 관리된 집들과 문 옆에 놓인 자전거들이 보였다. 그는 나무가 늘어선 다리오 캄파나 가로 들어서서 지도를 확인했다. 도보로는 십이 분이 걸릴 예정이었다. 잠시 후 루비색 오두막이 중앙에 있는 잔디밭 원형 교차로가 보였고, 이백 미터 더 가면 보르도니광장이 있었다.

그는 67호실이나 낯선 침대로 들어갈 때와 같은 조급한 마음이 들었다. 조금 더 가자, 단조롭고 기하학적인 우아함을 지닌 공공주택 단지가 나타났다. 그는 시계를 보았다. 두 시 이십 분이었다. 상점들은 곧 다시 문을 열 것이고, 어쩌면 철물점은 이미 문을 열었을 것이다. 그는 주택단지의 철책 앞을 지나갔고, 데스파르 슈퍼마켓과 생선가게가 있었다. 누군가 짐을 잔뜩 들고 길을 가다가, 아는 사람을 보고 인사하고, 멈춰 서서 이야기를 나누다 다시 걸어갔다. 그는 목도리를 느슨하게 풀었다. 소피아는 단편소설에서 이런 건물에 산다고 썼는데, 일층이나 이층이었을 것이다. 사고가 나던 날, 푼토가 건물 앞에 주차되어 있었고, 그녀와 어머니는 그 차에 타서 라디오를 켰다.

그는 널찍한 공간이 펼쳐진 보르도니광장에 도착했다. 보행자 구역의 주랑 현관에는 유제품가게, 카페, 신문가판대, 세탁소가 있었고, 상점 위로는 여러 아파트에서 내려다보이는 넓은 테라스가 이어졌다. 그는 상점들을 지나갔다. 길 건너편의 꽃집이 문을 열고 있었고, 갈림길 너머로 벤치 두 개와 여기저기 의자가 놓인 화단이 보였다. 그리고 마침내 그것을 보았다. 카사데이 철물점 주방용품. 불은 꺼져 있었고, 밖에는 물뿌리개가 걸린 진열대가 있었다. 그는 다가가서 보라색 불빛이 진열창에서 깜빡이는 것을 보았다. 진열된 상품 주위로 크리스마스 조명 장식이 둘려 있었다. 그는 안을 들여다보았다. 추위로 유리창이 흐릿했고, 내부는 어두웠다. 그는 색색의 플라스틱 뚜껑이 있는 용기들과 금속 걸쇠, 열쇠고리가 있는 카운터를 알아보았고, 뒤쪽 벽에는 서랍장이 있었는데, 거기에 적힌 글씨는 보이지 않았다. 그는 유리창에 손을 댔고 물자국이 생겼다. 행인이 옆을 지나가자 그는 급히 돌아섰고, 가게 뒤쪽에서 움직임을 알아챘다. 선반 사이로 그림자가 움직였다. 한 남자였다. 그 사람은 그에게 기다리라고 손짓하고는 문 열쇠를 돌려 가게 문을 열었다. "필요한 게 있으면 말씀하세요."

"그냥 둘러보고 있어요."

"몽땅 다시 정리하고 있는데, 불을 켜두면 손님들이 자꾸 들어오셔서요. 곧 문을 열 겁니다." 그는 마른 체형이었고 나직이 말했으며, 말하면서 눈꺼풀이 내려갔다. "정말로 찾는 물건이 없으세요?"

"네, 고맙습니다. 방해해서 죄송해요."

"별말씀을요, 좋은 하루 보내세요."

그는 그녀의 아버지일지도 모른다. 카를로는 그와 악수하지 않은 것이 후회됐다. 소피아의 이야기에서 그 남자는 결

374

정을 내리지 못하고, 남을 잘 챙기고, 너무 말이 없고, 너무 공손하고, 오직 고객들 앞에서만 결단력이 있는 사람이었다. 카를로는 그를 한번 더 보고는 뒷걸음질치다가 직감한 듯 휙 돌아섰다. 그리고 그녀를 보았다. 소피아는 보르도니 광장의 반대편에 있었다. 잘 보이지 않았지만, 그녀라는 걸 알 수 있었다. 그는 확신이 들 때까지 기다렸다가 가게 앞을 물러나 모퉁이로 돌아섰다.

그 남자는 그녀에게 문을 열어주고는 뭐라고 말했다. 소피아는 코트와 가방을 벗어 옷걸이에 걸고는, 침착하게 파란색 가운을 입고 팔을 뻗으며 매무새를 가다듬었다. 그녀는 아름다웠다, 정말 그녀였다. 얼굴에 살이 빠졌고, 짧은 머리카락에 목은 길고 가늘어 보였다. 그녀는 카운터 옆에서 부산하게 움직였고, 철물점의 불이 켜졌다. 그녀는 귓불을 만졌다. 시간이 지나면서 그녀의 뺨은 어린애티를 벗었고, 그는 그녀가 수업에 집중하려 할 때 생기던 보조개를 알아봤다. 그것은 과거에 대한 그리움이었고, 그는 그리움이 부드러운 애정을 동반한다는 걸 알았다. 그는 그 애정을 예전에 느끼지 못한 것을 얼마나 후회했던가. 그는 그저 교수였고, 그녀는 그저 학생이었으니까. 그가 다른 여자들에게 빠져들었던 자신을 얼마나 원망하고, 다른 육체들을 고통스러운 단념으로 남기지 않은 것을 얼마나 후회했던가. 그는 추웠지만, 목도리를 조여 매지 않았다. 배낭을 추스르고 한 쪽 어깨를 벽에 기댄 채 계속해서 몰래 창문을 들여다보았다. 소피아가 스웨터 소매를 걷어붙였고 팔찌가 드러났다. 이제 그는 다시 깨울 수 없는 흥분에 미안함과 안도감을 느꼈다. 그 감정은 억제된 것이 아니라 길들여졌다. 그는 철물점 선반 사이에 있는 여자의 윤곽과 동작, 잠재적인 외설성을 알아보았다. 그녀는 뚜렷하고 유연하고 부드러운 육체 속에서 명확한 형태를 띠었고, 잃어버린 시간의 아름다움을 구성했다. 그는 그녀에게 인사하고 싶은 충동을 느꼈고, 그녀가 남자와 얘기하면서 뒤쪽의 서랍을 뒤적이는 모습을 바라보았다.

소피아는 계단 두 칸을 올라갔고, 탄탄한 다리가 가운 아래로 보였다. 그녀는 계단을 내려와서 아버지에게 말했다. "뭣 좀 먹어."

"배가 안 고픈데."

어쨌든 그녀는 아버지에게 플라스틱 용기를 건넸다. 그녀는 채소가 들어간 쿠스쿠스를 준비했다. "두 숟갈만이라도 먹어."

아버지는 진열창을 가리켰다. "크리스마스가 지난 지 두 달이 넘었어." 그는 그리로 가서 진열된 상품들 사이를 비집고 들어가 보라색 불빛의 뱀을 잡아 천천히 잡아당기기 시작했고, 그것을 꺼내서 팔과 어깨에 둘렀다. "소피아, 플러그 뽑아."

하지만 그녀는 아빠의 모습을 보고 웃음을 터뜨렸다. 작은 전구들의 불빛을 두른 깡마른 남자는 크리스마스트리처럼 보였다. "잠깐만." 그녀는 주머니에서 핸드폰을 꺼내 사진을 찍었다.

"나는 고약한 딸을 뒀네."

"자세 좀 취해봐."

"저리 가!"

"어서, 아빠!"

그는 보랏빛 뱀을 풀어내고 스위치를 끄러 갔다. "나를 인터넷에 올리지 마라."

"올려도 돼?"

"아니."

"왜 안 돼? 멋지잖아, 와서 봐."

아버지는 전구를 옆에 두고 주문장부를 찾았고, 소피아는 그에게 핸드폰을 보여줬다. 그는 많이 늙어 보였지만, 적어도 그 불빛은 유쾌한 분위기를 주었다. "네 맘대로 해라."

"그럼, 올린다." 그녀는 아버지의 얼굴이 조금 가려지도록 그림자 효과를 넣고 설명글을 달았다. 산타클로스가 주장하길, 봄은 올까요? 일곱 개의 해시태그와 장소를 추가하고 인스타그램에 공유했다.

사십이 분 후, 마르게리타는 모스코바 구역의 고급 스리룸 아파트에 대한 답장을 기다리다가 그 게시물을 보았다. 재밌고 정겨운 사진, 약간은 즐거워하는 아버지의 표정. 그녀는 그들이 좋은 사람들일 거라고 생각했다. 남편에게 전화하고 싶었지만, 그러지 않았다. 면접을 마친 카를로의 상쾌한 목소리를 들은 걸로 만족하고, 그날 하루는 그냥 둬야 한다는 걸 알았다. 그녀는 의자에 앉았다. 그녀의 자리에서는 가리발디대로와 지나가는 사람들이 보였다. 그녀는 젊은 부부가 중개소 유리창의 매물정보를 읽고 안으로 들어오는 모습을 보면 기분이 좋았다. 그럴 때면 항상 그들을 맞이하러 나갔다. 그녀는 솔직하게 일하는 법을 배웠다. 위험 요소나 수리해야 하는 시설, 시끄러운 이웃, 추가 관리비 등이 있으면 슬며시 알려줬다. 그것은 콘코르디아에 대한 죄책감에서 비롯됐지만, 그녀가 깨닫게 된 인식 때문이기도 했다. 그녀는 자기 일이 다소 성가신 직업이라고 여겼다. 하지만 그 사무실에서 다른 일곱 명의 드센 동료와 함께 지내고, 미국 회사를 위해 청구서를 작성하고, 문구 세트가 딸린 책상에 앉아 있으면서, 결국 그녀는 이 모든 것에 의미를 부여하고 싶었다. 그녀는 예전 자신의 중개소가 있던 자리를 지날 때면 손을 비틀었다. 요즘은 그곳을 일부러 찾기도 했다. 카페로 바뀌었지만, 마룻바닥과 벽 마감재는 예전과 똑같았다. 그녀는 그 카페에서 음료를 마시고 바닥과 벽을 둘러보며 그 시절이 다시 올 거라고 스스로에게 말했다.

그녀는 모스코바 매물에 대한 연락을 계속 기다리지 않고 자리에서 일어섰다. 동료에게 급히 어머니를 보러 가야 한다고 말했다. 심각한 일은 아니며, 남은 업무는 전화로 처리하겠다고 했다. 그녀는 사무실에서 나와 몬테나폴레오네가까지 걸어가서 코바 제과점으로 들어갔다. 미니케이크 한 쟁반을 주문하고, 디플로마티코를 꼭 넣어달라고 부탁했다. 그리고 이곳에서 모피 코트를 입은 부인들 사이에 있는 엄마를 상상했다. 고객들의 작은 요새로 가는 레게가의 자그마한 재봉사, 부자들의 제과점에 들른 수줍은 어머니들과 크리스마스 조명에 둘러싸인 친절한 아버지들.

그녀는 집에 도착해서 졸고 있는 엄마를 보았다. "내가 뭘 가져왔는지 봐." 그녀가 말하자 안나는 신생아처럼 눈을 떴다. 마르게리타는 작은 케이크들이 담긴 쟁반을 침대에 놓았다. "디플로마티코는?" 그녀는 고개를 끄덕이며 그것을 보여줬다. "오늘 저녁에 다 같이 먹자. 남자들도 아주 좋아할 거야."

소피아의 아버지는 상자 두 개를 들어 철물점 앞에 있는 르노 세닉에 실었다. 카를로는 창문에서 몇 걸음 물러섰고, 계단 위에 있는 그녀의 모습을 마지막으로 서서히 자리를 떴다. 발끝으로 선 발레리나의 늘씬하고 가볍고 우아한 다리. "안녕, 소피아." 그는 보르도니광장의 주랑 현관을 나서며 속삭였다. 코트 주머니에 손을 넣고 걸으면서 속도를 늦추지 않고 불빛에 싸인 남자와 딸의 모습을 붙잡았다. 루비색 오두막에 다다랐을 때, 그는 청춘의 마지막 끈을 놓아줄 수 있을 것 같았다.

이제 그는 바다가 보고 싶었다. 거기까지 가는 시간 내내,

리미니가 그의 작별인사를 알고 있다는 인상을 받았다. 모든 사람과 자전거와 거리가 그에게 길을 내주기 위해 애썼고, 도시 외곽에서 티베리오 다리와 인근의 어부 마을까지 방향을 알려줬다. 그는 구시가지를 지나 역 지하도로 들어갔고, 코에서 물을 뿜어내는 석조 말 네 마리가 있는 분수에 도착했다. 그 위로 그랜드호텔이 있었다. 그는 다시 내리기 시작한 안개와 함께 바다로 향했다. 해변 산책로를 건너 판자를 깔아놓은 길을 통해 시설물까지 갔다. 페인트는 퇴색했고, 건물 정면에는 숫자 4가 적혀 있었다. 그곳을 지나 낮은 모래언덕을 넘었다. 아드리아해는 고요했고, 작은 파도가 해안선을 쓸었다. 그는 입김을 내뿜으며 배를 찾아보았지만, 보이지 않았다. 안개가 그를 덮었다.

어느 날 저녁, 레게가의 집에 전화벨이 울렸다. 안나는 남편과 마르게리타와 함께 식사하고 있었다. 그 시간에는 전화 올 일이 없었기에, 그들은 깜짝 놀랐다. 안나는 달려가서 숨을 참으며 전화를 받았고, 여성의 목소리가 들렸다. 그녀는 안나가 가끔 일감을 받는 의상실의 이름을 대며 자신을 소개하고는 옷을 수선하는 사람과 통화하고 싶다고 했다.

안나는 자신이라고 말했고, 전화 건 상대를 다시 확인하고 주의깊게 말을 들은 다음 최선을 다하겠다고 대답했다. 안나는 전화를 끊고 테이블로 돌아와서 가족들에게 긴급한 일로 사람들이 집에 올 거라고 알렸다.

"지금?" 프랑코는 테이블을 치우기 시작하면서 물었다.

안나는 고개를 끄덕였고, 마르게리타는 인형 마리사에게 남은 빵 조각을 먹이고는 의자에서 일어나 소파로 가서 앉았다.

삼십 분 후에 사람들이 도착했다. 긴 코트를 입은 두 여자와 층계참에 남아 있던 한 남자. 여자들은 옷가방을 들고 들어왔고, 안나는 그들을 거실로 안내했다. 프랑코와 마르게리타는 침실에 들어가 문을 닫고 있었다.

그들은 함께 옷가방을 열어 드레스를 꺼냈다. 이브 생로랑이었다. 안나는 오트쿠튀르를 이미 작업한 적이 있어서 생로랑의 스타일을 알고 있었고, 문제는 옷맵시가 안 난다는 점이었다. 그녀는 테이블에 면포를 깔고 그 위에 드레스를 펼쳐놓고는 예술품을 보듯 바라보았다. 어두운 색상의 치마, 값비싼 소재, 독특한 문양.

"마티스에게서 영감을 받은 거죠." 두 여자 중 한 명이 말했다. 그녀는 보석 귀걸이를 하고 있었고, 코트 안에는 또 다른 이브닝드레스를 입고 있었다. "만일을 대비해서 여분의 옷을 입고 왔어요."

"그 옷도 멋지네요."

"하지만 그 사람들은 내게 이 옷을 보내줬어요. 그리고 내가 보기엔, 글쎄요……"

안나는 고개를 끄덕였다. "파티는 언제예요, 부인?"

"최대 한 시간 반 남았어요."

드레스는 허리춤에 담청색 리본이 달려 있고, 윗부분은 긴소매에 목둘레가 약간 파인 검은색 셔츠 형태였다. 그녀는 공단에 문양이 있는 것을 확인했고, 한쪽이 찢어졌고 치마 끝단이 손상된 것도 보았다. "최선을 다할게요. 손님도 입어보면서 도와주셔야 해요."

"정말 친절하시네요. 의상실에서 그러더군요, 밀라노에선 유일한 분이라고."

"아마 이 시간에는 유일하겠죠."

그들은 웃었다. 안나는 커피를 권했지만, 그들은 정중히 사양하고는 테이블에 앉았다. 그녀는 작업을 시작했고, 더는 그들에게로 시선을 돌리지 않았다. 찢어진 부분은 양쪽을 겹쳐 공그르기로 숨겨야 했는데, 사십오 분이 걸렸다. 침실 문이 열리고 마르게리타가 나왔을 때, 그녀는 집중력을 잃었다. 딸이 욕실로 가는 소리를 들었고, 변기물이 내려가는 소리와 사투리로 빨리 끝내라고 말한 프랑코 때문에 당황했다.

"딸이 몇 살이에요?" 그 여자가 물었다.

"네 살이요."

"저는 아들 하나, 딸 하나 있어요."

안나는 드레스를 더 가까이에서 보았다. 마티스의 잎 문양은 빨간색, 녹색, 황토색이었고, 그녀는 두 손가락으로 문양이 있는 치마를 쓸어내렸다. 그녀는 그가 디자인한 옷을 볼 때마다 흥분감에 사로잡혔다. 스케치하는 그 디자이너의 손목과 안경테, 한쪽으로 흘러내린 머리카락을 보았기 때문이다. 그들은 동년배였고, 그녀는 그에게서 자신과 같은 안목을 발견했다. 그녀는 옷을 향해 허리를 굽힌 채 몇 분 더 작업을 살펴보다가 몸을 일으켰고, 그 여자에게 입어보라고 했다.

그녀는 안나의 도움을 받아 옷을 벗었고, 거실 한쪽에 거의 알몸인 채로 서 있었다. 안나는 그녀가 얼마나 아름다운지 볼 수 있었다. 잡지에 나온 사진들은 그녀의 실물을 제대로 담지 못했다. 안나는 책장 옆에 둔 거울을 가지러 갔다. 책장 선반에 책은 몇 권 되지 않았고, 장신구와 잡동사니가 나머지 공간을 차지했다.

"훨씬 좋아졌네요." 그 여자는 말했다.

안나는 수선한 옷감을 살며시 만졌다. "상체를 틀 때 조심하세요."

"오늘 옷걸이에 걸렸어요."

"그런 일이 종종 있어요." 안나는 옷매무새를 다듬은 다음 그녀의 잘록한 허리에 리본을 묶었다. 목걸이의 위치를 바로잡고 목둘레선을 추어올렸다. "다 됐어요."

그 여자는 마지막으로 한번 더 거울을 쳐다보고는 안나를 향해 돌아서서 손을 뻗어 그녀의 어깨를 쓰다듬었다. "패션 디자이너시네요."

"저는 재봉사예요, 부인."

부인은 다른 여자에게 비용을 치르라고 지시했고, 돈은 쌀 봉투에 들어 있었다.

안나는 봉투를 받아 배에 대고 감사인사를 한 뒤, 다른 한 손으로 손님들이 코트를 입게 도와주고는 현관에서 그들을 배웅했다. "안녕히 가세요."

그 여자는 층계참에서 안나를 돌아보았다. "남편이 차에 있어요."

"아." 안나가 말하며 시선을 돌렸다.

"그이에게 밀라노에 훌륭한 재봉사가 있다고 전할게요." 그녀는 미소를 짓고는 자리를 떴다. 코트 자락에서 붉은 잎사귀가 엿보였고, 이브는 레게가의 계단을 내려가고 있었다.

안나가 생로랑의 붉은 잎과 그 여인의 잘록한 허리를 떠올리고 있을 때, 마르게리타와 카를로, 로렌초가 방으로 들어와 그녀에게 다시 케이크를 권했다.

"디플로마티코 줄까?"

안나는 그들을 간신히 바라보면서, 쌀 봉투를 건넸을 때 프랑킨이 지었던 표정을 애써 떠올렸다. 그는 봉투를 열어보고는 그 많은 지폐를 보고 놀라움을 감추지 못했다.

"안 먹을 거야?"

"토리노 엽서 좀 갖다줄래?"

"토리노 엽서." 마르게리타는 이마를 찌푸렸다. "토리노에서 온 엽서, 알겠어." 그녀는 케이크가 담긴 접시를 카를로에게 건넸다. 로렌초는 할머니를 보면서 마르차파네를 먹었다. 안나가 손자를 향해 말했다. "이제 할머니가 비밀을 보여주마."

마르게리타가 돌아와 그녀에게 상아색 엽서를 건넸다. 안나는 깁스에서 튀어나온 손가락으로 엽서를 쥐었다. 글씨는 선명했지만, 읽을 수가 없었다.

카를로가 그녀의 손에서 엽서를 빼내 낮은 목소리로 읽었다. "당신의 친절과 솜씨에 감사드립니다. 생로랑을 대신해서도. M. A."

로렌초는 마르차파네를 베어 물었고, 안나는 아이에게 미소를 지었다. "할머니에게 뜻밖의 행운이었단다."

"난 그날 저녁에 대한 기억이 전혀 없어." 마르게리타는 침대의 등받이를 내렸다.

"너는 아주 어렸잖니, 애야."

"아빠는 그날 이후로 전화를 꺼둬야 한다고 했다니까."

"그 이후로 많은 고객이 찾아왔지만, 전화를 꺼둔 적은 없었어."

"아버님 말씀으로는 변호사가 옷을 맞추러 왔다던데요." 카를로는 아들의 머리에 턱을 얹었다.

"프랑코는 상상력이 풍부했어." 그녀는 다리가 나아지고 있다고 믿는 척하면서부터 그리움에 휩싸였다. 그녀는 머리까지 올라오는 무지근한 통증에 시달렸고, 관자놀이가 욱신거렸고, 가슴에는 돌덩이가 얹힌 느낌이었다. 그녀는 불평하고 싶지 않았다. 야간 간호사와 주간 간호사에게 거짓말을 했고, 그날 오후에도 안드레아에게 거짓말을 했다. 그녀는 창밖을 내다보며 눈이 쌓인 지붕을 찾았지만, 눈은 다 녹았다. 이제 졸음이 밀려왔다. 그녀는 가끔 잠들기 전에 성모상을 향해 눈을 돌렸다. 그리고 용기를 내느라 잠시 뜸을 들인 다음 여자들의 대화를 나누었다. 그녀에게 다른 사람들을 부탁했고, 자신을 위해서는 고통이 없기를 바랐다. 그녀는 팔다리가 아프고, 아무것도 할 수 없고, 움직일 수 없다는 사실 때문에, 가족에 대한 걱정 때문에 괴로웠다. 몬테나폴레오네가에서 조명이 켜진 진열창을 차분히 들여다보는 저녁 산책을 얼마나 원했던가. 안나는 카를로에게 신호를 주었고, 그는 그 신호만으로도 바로 알 수 있었다. 그는 로렌초를 내려놓고 주방으로 가서 엄마를 도와주라고 말했다. 안나는 카를로와 단둘이 있을 때, 그의 손목을 잡고 말했다. "필요하다면, 프랑코에게 한 것처럼 해야 해."

"안나."

"제발."

"그럴 필요는 없어요."

"그러지 말고."

그는 그녀의 손가락을 쓰다듬었다. "왜 그러세요?"

"나는," 그의 손을 꽉 잡았다. "무서워."

카를로는 안나가 잠들 때까지 옆에 있다가 중앙조명을 끄고 재봉틀 옆에 갓스탠드를 켜뒀다. 그녀의 손에서 토리노 엽서를 빼내 침대 옆 탁자에 올려놓았다. 그는 거실로 갔고, 마르게리타는 노래를 흥얼거리며 설거지하고 있었다. 그가 마르게리타의 등에 몸을 기대자 그녀는 물에 담그고 있던 손동작을 멈췄지만, 그가 말했다. "계속해." 마르게리타는 스펀지를 문질렀고, 카를로는 그녀의 어깨에 턱을 얹은 채 오늘밤은 여기서 자야겠다고 말했다. 그녀는 다른 접시를 집어 행구면서 엄마가 부탁했느냐고 물었다. 그는 같은 말을 반복했다. "이 집에서 자자." 그녀가 고개를 끄덕였고, 그는 그녀의 손을 잡았다. 바닥으로 물이 떨어졌다. 그녀는 돌아서서 그의 앞에 섰다. 그리고 유리문 너머로 다시 눈이 내리기 시작했다는 것을 눈치챘다. "오늘은 당신이 돌아오지 않을까봐 두려웠어."

안드레아는 후드티의 모자를 벗고 추위에 몸을 맡겼다. 자동차 문을 잠그고 길을 건너 아파트 앞에 도착했다. 건물로 들어가기 전에 아직도 3월의 겨울 속에 있는 밀라노를 돌아보았다.

그는 입구의 매트에서 신발을 털었고, 빨리 집으로 들어가고 싶었다. 계단을 오르면서 한 번에 두 칸씩 디디고 있다는 걸 깨달았다. 그는 혼자 살지 않게 된 이후로 종종 계단을 두 칸씩 올라갔고, 이따금 층계참에 멈춰 서서 어떤 안도감을 느끼곤 했다. 그는 자물쇠에다 열쇠를 돌리고 자신이 온 걸 알리고 싶었지만, 집안은 어둑했다. 그는 불을 켜지 않은 채 안과 밖 사이에 가만히 서 있었다. 한 걸음 앞으로 나아갔고, 집에 아무도 없다고 생각했다. 그러다 거실 소파에서 잠든 조르조를 보았는데, 그의 윤곽은 길게 곡선을 그리며 푸른빛을 띠었다.

그는 조용히 문을 닫았고, 그를 깨울지, 자게 내버려둘지 고민했다. 그는 멈춰 서서 슬며시 미소를 지었다. 거리의 눈 속에서 어떤 목소리가 들리는 듯했다.

프랑킨, 나는 청록색 물고기야, 프랑킨, 나는……

그 목소리는 밖에서 울려퍼졌고, 카를로는 곧 안나의 목소리라는 것을 깨달았다. 그는 안락의자에서 일어나 침실로 갔다. 눈 덮인 지붕의 빛이 밤을 밝게 비췄고, 그녀가 잠든 모습을 볼 수 있었다. 그는 문간에서 그녀의 숨소리를 듣기 위해 기다렸다. 쉭쉭거리는 소리를 듣고는 마르게리타와 로렌초가 있는 방의 닫힌 문 앞을 지나 거실로 돌아왔다. 그는 음악이 꺼진 전축으로 다가갔다. 루치오 달라는 여전히 회전판 위에 있었다. 그는 스탠드의 불빛을 낮추고 책장으로 가서 책등을 쓰다듬었다. 책등은 가지런히 줄지어 있었고, 어떤 것은 비닐 표지가 씌워져 있었다. 안나는 제목 페이지마다 읽은 연도와 월을 적어뒀다. 그는 차분한 마음으로 책장에서 물러났고, 그에게 인생과 전나무와 세 개의 열쇠를 알려준 남자의 안락의자에 앉았다. '나는 이걸로 만족해.' 그 말은 일종의 신의였다.

그는 두 다리를 테이블 위로 뻗었고, 쿠션에 몸을 파묻자 삐거덕거리는 가죽 소리가 났다. 설핏 잠이 들었고, 스탠드 불빛이 눈꺼풀 사이로 스며들었다. 그는 불을 끄지 않았다.

어렸을 때는 항상 침대 발치에 불을 켜놓고 잤다. 안나의 목소리가 다시 울려퍼졌고, 이번에는 분명하게 들렸다. 그는 침실로 갔다. 그녀는 똑같은 자세였고, 머리가 오른쪽 어깨로 살짝 기울어져 턱으로 침이 흘러내렸다. 그는 더 가까이 다가갔다. 안나는 눈을 뜬 채 옷장을 보고 있었고, 숨을 쉬지 않았다.

청록색 물고기가 그녀를 주의깊게 지켜보고 있었다.

그들은 철물점에서 출발했다. 소피아는 발코니에 재스민 꽃이 있는 이나카사를 올려다보았다. 아버지는 조심스럽게 운전했다. 루비색 오두막까지 왔을 때, 그녀는 자기가 운전해도 되느냐고 아버지에게 물었다. 할인매장까지는 그리 걸리지 않지만, 그는 방향지시등을 켜고 차를 세웠다. 그들은 자리를 바꾸고, 다시 안전벨트를 매고, 북쪽 성벽까지 조용히 나아갔다. 그러다 소피아는 라디오를 켰다. 구시가지를 지나서 작은 배들이 정박해 있는 곳에 이르렀다. 할인매장은 해군본부까지 가기 전에 있었지만, 그녀는 방향을 반대로 틀었다. 아버지가 돌아가야 한다고 말했는데도, 그녀는 몇 킬로미터 거리에 있는 리바벨라를 향해 계속 나아갔다. 아버지가 어딜 가느냐고 묻자, 그녀가 대답했다. "엄마한테."

그러자 아버지는 입을 다물었고, 묘지의 커브길이 나올 때까지 등을 좌석에 대지 않았다. 그들은 좁은 길을 따라가며 벽을 돌았다. 잔디밭에 주차한 다음 그녀가 먼저 차에서 내렸다. 아버지는 천천히 내렸고, 밖으로 나오자마자 담뱃불을 붙였다. 그는 이마에 주름을 잡으며 애매한 미소를 지었다. 그녀는 혼자 가야 한다는 걸 깨닫고는 출발했다.

그녀는 꽃 파는 가판대를 지나 입구에 도착해서 렉스호*의 뱃머리 모양 무덤을 보았다. 펠리니와 마시나, 그리고 그들 아이의 무덤이었다. 청동 조각품이 햇빛에 반짝거렸다. 그녀는 왼쪽으로 돌아 몇 걸음 가다가 올바른 방향을 기억해냈다. 망자들의 불빛이 어머니에게로 향하는 그녀를 뒤따라왔다.

무덤은 오른쪽에서 세번째에 있었다. 아버지가 가져다놓은 장미는 여전히 싱싱했다. 그녀는 주머니에서 손을 빼고 줄기를 매만졌다. 그리고 어머니를 바라보았다. 어깨에 일

---

* 1930년대에 운행됐던 이탈리아 여객선으로 페데리코 펠리니의 영화 〈아마코드〉에도 나왔다.

렁이는 머리카락과 수줍은 눈빛. 그녀는 사진 속에서 부끄러워했지만, 마음은 기뻤을 것이다. "엄마, 나 왔어." 마르게리타가 방으로 들어섰다. 여전히 환자 침대와 재봉틀이 있었다. "나 왔어." 그녀는 옷장 문을 열었다. 한 짝, 그리고 나머지 한 짝. 그 옷들, 그 모든 옷. 그녀는 날씨가 따뜻한 날에 어머니가 입었던 화려한 블라우스를 쓰다듬었다. 그들에게 그 옷은 이제 날이 풀렸다는 뜻이었다.

옷장을 비우고, 정장과 바지와 신발을 세심하게 정리하고, 그 옷들을 어딘가에 치워두고, 자신을 위한 무언가를 간직하기까지 얼마의 시간이 걸릴까. 그녀는 어머니에게 얘기하고 싶었다. 카를로가 취업해서 인턴사원이 되었고, 로렌초는 안나 할머니가 바닷속에서 헤엄치고 있다고 믿는다고. 그리고 집에 들어올 때면 의자에 앉았거나 전축 옆에 있거나 낮은 테이블에 발을 얹은 그녀를 본다고. 그래서 어떤 때는 인사를 건네기도 한다고. "안녕, 엄마." 그녀는 나지막하게 속삭이고는 거실과 복도 사이에 멈춰 서서 욕실 안을 바라보았다. 거즈와 목욕용품. 그녀는 어머니를 씻겼던 자기 손을 내려다보았다. 그녀는 더 잘할 수 있었다. 더 부드럽게, 스스럼없이 할 수 있었다. 구역질을 숨기려고 기침하지 않고, 그녀가 기대하지 않은 순간에 함께해줄 수 있었다. 그녀는 어머니와 여행한 적이 없었고, 상트페테르부르크에도 데려간 적이 없었다.

그녀는 옷걸이에서 화려한 블라우스를 꺼내 침대 위에다 펼쳤다. 나머지 옷들도 그렇게 하며 조심스럽게 쌓았다. 포장지에 싸인 신부 망토 차례가 되었다. 그녀는 망토를 꺼내 셀로판지를 벗기고 창문으로 가져가서 잘 보존된 천을 확인했다. 망토를 뒤집어서 어깨에 걸쳤다. "50년대 자유 신부, 내가 여기 있어!"

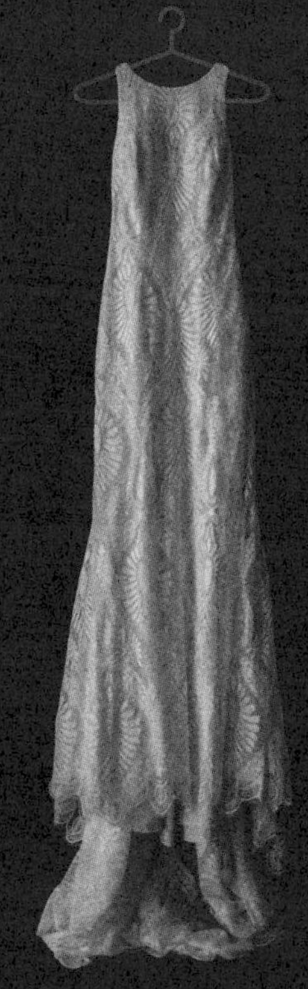

Fedeltà

옮긴이 **김희정**

경북 상주에서 태어났으며, 대구가톨릭대학교 이탈리아어과와 동 대학원을 졸업했다. 인문·문학·예술·종교 분야의 책을 번역하고 있다. 옮긴 책으로 『가재걸음』 『적을 만들다』 『60개의 이야기』 『금테 안경』 『눈물을 만드는 사람』 『하룻밤에 읽는 그리스 비극』 『지구의 미래』 『깊은 곳의 빛』 『악령에 사로잡히다』 『전염의 시대를 생각한다』 『나는 침묵하지 않는다』 등이 있다.

문학동네 세계문학

페델타

초판 인쇄 2025년 12월 9일 | 초판 발행 2025년 12월 19일

지은이 마르코 미시롤리 | 옮긴이 김희정
책임편집 백지선 | 편집 송원경 박신양 오동규
디자인 조아름 최미영 | 저작권 박지영 형소진 주은수 오서영 조경은
마케팅 정민호 서지화 한민아 이민경 왕지경 정유진 정경주 김혜원 김예진 이서진
브랜딩 함유지 박민재 이송이 박다솔 조다현 김하연 이준희
제작 강신은 김동욱 이순호 | 제작처 영신사

펴낸곳 (주)문학동네 | 펴낸이 김소영
출판등록 1993년 10월 22일 제2003-000045호
주소 10881 경기도 파주시 회동길 210
전자우편 editor@munhak.com | 대표전화 031)955-8888 | 팩스 031)955-8855
문학동네카페 http://cafe.naver.com/mhdn
인스타그램 @munhakdongne | 트위터 @munhakdongne
북클럽문학동네 http://bookclubmunhak.com

ISBN 979-11-416-1466-9 03880

www.munhak.com